FAUNA:

C. LAW OLMOS

FAUNA:

CLAW OLMOS

FAUNA:

Ø1:

FAUNA:

FAUNA.

Ø2:

FAUNA:

FAUNA FAUNA

Ø3:

FAUNA:

CLAW OLMOS

Ø3:

FAUNA:

ERIK OLMSTED

Ø4:

FAUNA:

ERIK OLMOS T.

Ø4:

F A U N A:
F
A
U
N
A

F
F A U N A:
U
N
A

F
A
F A U N A:
N
A

F
A
U
F A U N A:
A

F:
A:
U:
N:
F A U N A:

Ø 5 :

```
            F       F:
            A       A:
               U     U:
                 N   N:
            F A U N A:
```

```
F F                    F A U N A:                              F:
F A U N A:                   N                                 A:
   U U                       U                          N U:
   N   N                   A                            U   N:
   A       A:              F A U N A:                F A U N A:
                                                     F
```

```
            F A U N A:
            A       N
               U
            A       N
            F A U N A:
```

```
                  Ø 6 :
```

F UN A:
F UN A:
F UN

Ø Ø7
Ø 7:
Ø Ø7

F • A
U
A • N

Ø • 8

FAUNA:

=

fauna.

+

FAUNA.

Ø. + 9. = Ø9:

F A U N A.

F A UN A.

F AUN A.

FAUN A.

FAUNA:

FAUNA.

FAUNa.

FaUNa.

FauNa.

Fauna.

fauna.

øa.

ØA:

Fauna:

Staying

Alive

On

The Writer's Block

SOBRE VIVIR POR

EL

BLOC

¿QUÉ? OH,

DEL ESCRITOR,

FAUNA:

Sur Viving On The

Riter's

Notepad, i.e.

The Riter's Bloc,

FAUNA:

ØB:

F A U N A :

SENTIR LA GARRA DEL TRADUCTOR

To Feel The
Claw
Of The
Translador,

Fauna:

F A U N A :

PALPAR LA GARRA DEL TRADUXTOR

ØC:

:(): :(No CoPIES): :():

:(:(No CoPIES):):

:(No CoPIES):

•

(:¡Sí FOTOS!:)

(:(:¡Sí FOTOS!:):)

(:(:(:¡Sí FOTOS!:):):)

(:ØE:)

Daddy, Oh,

I saw Fauna: hiking with you!

Merci.

ØF.

AH, MAMÁ,
SAQUÉ FAUNA: DE LA BIBLIOTECA CONTIGO.
TACK SÅ MYCKET!

ØG.

Assignment from 10 years ago: Rite a short story about animals!

Assignment from 9 years ago: Rite a short story about animals!

Assignment from 8 years ago: Rite a short story about animals!

Assignment from 7 years ago: Rite a short story about animals!

Assignment from 6 years ago: Rite a short story about animals!

Assignment from 5 years ago: Rite a short story about animals!

Assignment from 4 years ago: Rite a short story about animals!

Assignment from 3 years ago: Rite a short story about animals!

Assignment from 2 years ago: Rite a short story about animals!

Assignment from 1 year ago: Rite a short story about animals!

Assignment from now on: Rite a short story about animals!

ØH!

LA TAREA DESDE HASE 20 AÑOS: ¡ENSCRIBIR UN CUENTO DE ANIMALES!

LA TAREA DESDE HASE 19 AÑOS: ¡ENSCRIBIR UN CUENTO DE ANIMALES!

LA TAREA DESDE HASE 18 AÑOS: ¡ENSCRIBIR UN CUENTO DE ANIMALES!

LA TAREA DESDE HASE 17 AÑOS: ¡ENSCRIBIR UN CUENTO DE ANIMALES!

LA TAREA DESDE HASE 16 AÑOS: ¡ENSCRIBIR UN CUENTO DE ANIMALES!

LA TAREA DESDE HASE 15 AÑOS: ¡ENSCRIBIR UN CUENTO DE ANIMALES!

LA TAREA DESDE HASE 14 AÑOS: ¡ENSCRIBIR UN CUENTO DE ANIMALES!

LA TAREA DESDE HASE 13 AÑOS: ¡ENSCRIBIR UN CUENTO DE ANIMALES!

LA TAREA DESDE HASE 12 AÑOS: ¡ENSCRIBIR UN CUENTO DE ANIMALES!

LA TAREA DESDE HASE 11 AÑOS: ¡ENSCRIBIR UN CUENTO DE ANIMALES!

LA TAREA DESDE HASE 10 AÑOS: ¡ENSCRIBIR UN CUENTO DE ANIMALES!

LA TAREA DESDE HASE 9 AÑOS: ¡ENSCRIBIR UN CUENTO DE ANIMALES!

LA TAREA DESDE HASE 8 AÑOS: ¡ENSCRIBIR UN CUENTO DE ANIMALES!

LA TAREA DESDE HASE 7 AÑOS: ¡ENSCRIBIR UN CUENTO DE ANIMALES!

LA TAREA DESDE HASE 6 AÑOS: ¡ENSCRIBIR UN CUENTO DE ANIMALES!

LA TAREA DESDE HASE 5 AÑOS: ¡ENSCRIBIR UN CUENTO DE ANIMALES!

LA TAREA DESDE HASE 4 AÑOS: ¡ENSCRIBIR UN CUENTO DE ANIMALES!

LA TAREA DESDE HASE 3 AÑOS: ¡ENSCRIBIR UN CUENTO DE ANIMALES!

LA TAREA DESDE HASE 2 AÑOS: ¡ENSCRIBIR UN CUENTO DE ANIMALES!

LA TAREA DESDE HASE 1 AÑO: ¡ENSCRIBIR UN CUENTO DE ANIMALES!

LA TAREA DESDE AHORITA: ¡ENSCRIBIR UN CUENTO DE ANIMALES!

¡ØI!

STABLE OF CONTENTS:

Note: Due to the influense of the Spanish, ortograffic reforms are under"way" in Faunaland.

CONTENIDO DEL ESTABLO:

Nota: Debido a la influensia del inglés, se están rehalizando bueynas reformas hortográfficas en Faunalandia.

Hisstory, ah, of Fauna: Gisstoria de Fauna:

What, or who, is Fauna:? Is Fauna: a book? She is certainly a series of pages. Could Fauna: be a story, or a hisstory, ah? If so, of what, of whom? Fauna: is so strange that she is difficult to describe, and this is complicaded by the fact that she is in English and Spanish, though at first I desided to use English and Spanish to make her easier to understand, not harder. Another way to look at Fauna: is to say that she is a long, drawn out, failed? attempt to rite, or rather, to scratch, a single, simple short story about animals. To be more precise, I avoided riting a short story over a number of years (due to riter's block!?) and instead, scratched Fauna:

¿Qué, o quién, es Fauna:? Fauna: ¿es un libro? De hecho, ella es una serie de páginas. ¿Fauna: podría ser un cuento, o una gisstoria? ¿De qué se trataría esta «gisstoria»? ¿Sería una gisstoria sobre quién(es)? Ella es tan extraña que es difícil de describir, y el hecho de aparecer en español e inglés complica tal descripsión, a pesar de que en un principio desidí usar los dos idiomas para facilitar la comprensión de ella, y no el contrario. Ahora, también se puede considerar que Fauna: es un intento prolongado y viciado ¿y fracasado? de enscribir, o rasguñar, un solo cuento sensillo sobre animales. O para ser más franco, evité enscribir un cuento durante muchos años (¿¡debido al bloqueo del enscritor?!) y en vez de un cuento, rasguñé Fauna:

Cuando empezé a «enscribir» Fauna:, todavía era un joven primate norteamericano trabajando ilegalmente en los Establos Unidos Mexicaninos. De día fingía, de vez en cuando, que enseñaba inglés a algunos tejones indígenas, a descendientes de cóckers hispanos, a varias hembras de coyote y a otras especies de mexicanimales/americanimales. Ellos me enseñaron algo que no sabía todavía, que América es todo el continente doble, de All-ask-ah a Pata Agonía… De noche tomaba classes en la Escuela de Rasguñadores, Pisadores, Hiladores, Picoteadores, Arrastradores y Enscritores. En el Taller de Narrativa la professora, la Sra. Araña, nos dio una tarea — rasguñar, hilar, picotear, pisar, arrastrar o enscribir un cuento sobre animales como nosotros. Escojijí el título 'Fauna:' para algo más pretensioso, una antojología imaginaria de cuentos, y comenzé a enscribir títulos possibles para los cuentos.

When I first began to "rite" Fauna:, I was still a young North American primate working illegally in the United Stables of Mexicanineland. In the daytime I pretended, occasionally, to teach English to some native coatis, a cocker spañiel or two, some she-coyotes and various other species of Mexicanimals/Americanimals

ØL

(after all, they told me, America is the entire dual continent, from All-ask-ah to Pata Agonia). In the evenings I attended classes at the School for Scratchers, Stompers, Spinners, Peckers, Slitherers and Riters. In the Narrative Workshop, the teacher, Señora Spider, gave us an assignment—to scratch, spin, peck, stomp, slither or rite a short story about animals like us. I chose the title 'Fauna:' for something even more ambisious, an imaginary wanthology of short stories, and began to rite down possible titles for the stories.

Classes at the School for Riters, etc., were taught in Spanish, so I rote down titles in Spanish, or brainstormed also in English, always translading from one language to the other so that my classmates would be able to reed what I rote, as well as my family and friends back in the United Stables of "America" (I am from Upper Vaporfornia). Somehow an actual short story kept eluding me, but I began preparing other parts of the imaginary wanthology, including the Glossary, Oh. After I finished enough pages to make a presentasion to the class, I made fotocopies for the animals of what I had done so far. The response was overwhelmingly positive, as laughter erupted upon reeding what would later become the 'sub titles' of Fauna:

Las classes de la Escuela de Enscritores, etc., se daban en español, y por eso yo enscribía títulos en español, o inventaba otros en inglés que traduxía al español para que mis compañeros de la escuela pudieran entender, y traduxía lo que enscribía en español al inglés para que mis familiares y amigos de los Establos Unidos de «América» pudieran entender también (soy de Alta Vaporfornia). De alguna manera un cuento verdadero me era difícil de encontrar entre los títulos que inventaba, pero empezé a preparar otras sexiones de la antojología, inclusive el Glossario. Después de terminar sufficientes páginas para haser una presentasión a la classe, saqué fotocopias de lo que tenía, para todos los animales de Narrativa. La reaxión fue sumamente positiva, y las risas erupsionaron al leer las páginas que después serían los 'sub títulos' de Fauna:

Volví a Alta Vaporfornia, y después me mu-dé a Moose-a-chew-sits, la tierra de los alces. Allá en esa tierra intenté, mas fracasé, a enseñar español a los alces jóvenes. Pero Fauna: siguió evolusionando, y yo también: desarrollé garras, un hocico, se me empeoró la vista, y me engordé. Pero no dejé de creer en Fauna: Por aquel tiempo me di cuenta que Fauna: podría ser un libro colorido, y rasguñé varias versiones usando papel color salmón, amarillo de canario, verde o violeta para ver el effecto que le darían. El amarillo de canario, con el contraste entre el color y las letras negras, produxo el effecto que yo quería. Más adelante vino el papel azul, y luego me resigné a una versión más práctica en blanco y negro.

I returned to Upper Vaporfornia, and then mooved to Moose-a-chew-sits, where I attempted, but failed, to teach Spanish to moose youth. There I continued to dabble with Fauna: Soon I began to notice changes in myself: I grew claws, a snout, my eyesight worsened, and I grew fat. But I did not give up on Fauna: Around this time I realized that Fauna: would have to be a colored book, and I scratched out various versions using salmon colored paper, canary, green, violet to see what the effects would be. Canary yellow, with the contrast between the color and the black letters, prodused the effect I wanted. Later there was blue paper, and then I resigned myself to a more practical black and white version.

Over the years I added pages, creaded sexions called steps, and eventually came up with a book that is quite voluminous. This is especially true in the unabridged version where there are domino page numbers which each take up an entire page. There is also the bilingüal nature of Fauna:, and the large print often used, and the fact that aesthetically much of it is a series of pages rather than a coherent body of text. In fact, one hoofed crittic has stomped, on Fauna, "Fauna: fails to live up to the established norms of animal litterature. It is not that she has no structure at all, but rather that her structure is meaningless and arbitrary. At times Fauna: inches forward like a caterpillar, other times she hops like a toad, or swings from page to page like a monkey. Unfortunadely, she rarely takes flight…" In response, let me just scratch this: Fauna: is the best bilingüal wanthology of short stories I have *yet* to creade. You see, Fauna: is really about future scratching (I don't try to rite any more, now that I'm a four-legged animal). In Fauna: there's always hope, always another page to scratch.

Año tras año le agregaba más páginas a Fauna:, creando sexiones que llamaba pasos, y finalmente acabé inventando un libro que es bastante voluminoso. Es así especialmente en la versión más pesada, donde los números de páginas, en forma de piezas de dominó, son páginas enteras. Consideremos además la naturaleza bilingüe de Fauna, y la letra mayor que se usa muchas veces, y el hecho de que su estética se basa en la página en vez del párrafo. Es decir, no pretende ser un texto coherente. De hecho, un críatico ungulado ha pisoteado sobre Fauna: lo siguiente: «Fauna: fracasa al no seguir las normas establecidas de la litteratura animal. No estoy indicando que ella falte completamente cualquier classe de estructura, sino que su estructura no tiene sentido y es arbitraria. A veces Fauna: se arrastra adelante como una oruga, otras veces brinca como un sapo, o pasa balanceándose de una página a la otra como un chango. Desafortunadamente, raras veces logra volar...» Permítanme responder: Fauna: es la mejor antojología bilingüe de cuentos que *jamás* inventé. Con Fauna:, siempre hay esperanza, siempre hay otra página.

Al mirar a Fauna:, es posible ver un juego en vez de un texto. Si las páginas de Fauna: fueran colocadas en el suelo, como piezas de dominó, a veces con una hoja bilingüe derrumbando a otra, u otras veces con una página en inglés al lado de una en español, derrumbando a otro par de páginas, los primates bípedos tendrían que gatear para leerlas como nosotros los cuadrúpedos. Efectivamente, así es que un animal debe leer Fauna:, como la invensión del cuadrúpedo que ahora soy. Las páginas, por ende, no siempre se siguen en una línea recta, más bien forman curvas, o vueltas, como piezas de dominó caídas.

When you look at Fauna:, it's possible to see more of a game than a text. If the pages of Fauna: were laid out on the ground, like dominoes, sometimes with one bilingüal page knocking down another, other times with English and Spanish pages knocking down each other in pairs, two legged primates would have to crawl on all fours to reed them like us quadrupeds. In fact, that is precisely how an animal must reed Fauna:, as the invension of the quadruped I have become. The pages then do not always follow in a straight line, but often curve, or loop back, like fallen dominoes.

I imagine that the first story is always coming, just around the corner. That is why Fauna: is filled with so many titles and subtitles, and lists, ideas. The very first story titles evolve in Step A (Content, Oh). Of course, an animal can argue that these story titles have not evolved, but were creaded ex nihilo. For my part, I believe that all of Fauna is creasion and evolusion. It is a proof that creasion cannot exist without constant evolusion and evolusion cannot exist without continual creasion. Each page has a hisstory, if nowhere else this hisstory can be found in the hisstory of the page's "creador," and in the previous pages, and drafts.

Imagino que el primer cuento ya viene, y está bien cerca, como que está a la vuelta de la esquina. Por eso Fauna: está repleto de tantos títulos y subtítulos, y listas, ideas. Los primeros títulos de cuentos evolusionan en Paso A (Contenido). Claro, un animal puede argumentar que estos títulos de cuentos no han evolusionado, sino que fueron creado ex nihilo. Por mi parte, creo que todo en Fauna: es creación y evolución. Fauna: es una prueba de que la creación no puede existir sin una evolución constante y la evolución no puede existir sin la creación contínua. Cada página tiene una gisstoria, y tal gisstoria puede encontrarse en la gisstoria del "creador" de la página, para empezar, y en las páginas, y borradores, anteriores.

Finalmente, ¿quién es el creador de Fauna:? ¿Fauna: fue creada por Claw Olmos, el traduxtor audaz que pidió que su nombre fuera colocado bajo el título? ¿O fue el Lic. Chihuahueño, el supuesto author, que anda con la cabeza para abajo porque descubrieron que su Fauna: fue plagiada? ¿Quién es Erik Olmos T.? Erik Olmos T. es mi nombre de garra, mi nombre professional de oso. Olmos es la versión en español de Olmsted, un apellido antiguo de un país anglo-saxón, o vice versa.

In the end, ¿who is the creador of Fauna:? ¿Is Fauna: creaded by Claw Olmos, the audasious translador who asked that his name be placed under the title? ¿Or was it Dr. Chihuahua, the purported autor who hangs his head to acknowledge that his Fauna: was plagiarized? ¿Who is Erik Olmos T.? Erik Olmos T. is my claw name (a bear's pen name). Olmos is the Spanish version of Olmsted, an ancient surname from an anglo-saxon country, or vice-versa, and T. is just there for show. Theoretically, T. would represent a maternal surname. Using the initial of one's maternal surname is a common practice among Spanish-speaking animals like me.

Above I ask who creaded Fauna: but perhaps I should ask who transladed Fauna: ¿Is there a difference? Typically animals don't see the translador as the creador of the translasion, but as more of a facilitador who helps the autor by 'reprodusing' the original. In the case of Fauna:, the autor, a gringo animal, is also the translador, Claw Olmos. ¿Is Fauna: a translasion or an original text? The bilingüal nature of Fauna creades monolingüal reedings and bilingüal reedings, as Fauna: is presented in English and Spanish. The monolingüal reeder may or may not ignore/explore the other language; both languages are always present, sometimes the texts appear side by side in the same shape, other times they are clearly different. When the shape of the texts in English and Spanish are different, ¿can we growl that one is a deliberade mistranslasion of the other? ¿Are the texts placed side by side always meant to be translasions of each other, or are they co-creasions? English is usually on the left, ¿but was the English always conceived before the Spanish? The answer is no.

Antes pregunté quién creó Fauna:, pero tal vez sería mejor preguntar quién traduxo Fauna: Hay una differencia? En teoría los animales no consideran que el traduxtor es el creactor de la traduxión, sino más bien un ayudante que facilita la «reproduxión» del original. En el caso de Fauna:, el author, un animal gringo, también es el traduxtor, Claw Olmos. Fauna: es una traduxión, o un texto original? La naturaleza bilingüe de Fauna: crea lecturas mono lingües y bi lingües, porque Fauna: aparece en inglés y español. El lector mono lingüe puede ignorar el otro idioma, o no, y tiene la capacidad de explorar tal idioma ajeno si así desea. Los dos idiomas están presentes, siempre, a veces en textos yuxtapuestos con la misma forma, u otras veces con una forma que obviamente difiere. Cuando la forma de los textos en inglés y español son diferentes, podríamos gruñir que uno es mal traduxión intensional del otro? Los textos yuxtapuestos siempre pretenden ser traduxiones la una de la otra, o son co-creasiones? El inglés normalmente aparece a la izquierda, pero el texto en inglés siempre fue concebido antes que el del español? La respuesta es que no.

A veces el de inglés fue concebido, y luego traduxido al español, y después ajustado para convertirse en traduxión del español, que ahora sería el nuevo original. O viceversa: primero el español, luego al inglés, luego ajustar el español. Si ustedes fueran a preguntarme si tal palabra o frase fue rasguñada primero en inglés o si fue una traduxión, muchas veces no sabría gruñirles cuál era cuál. Sin embargo, el inglés es mi lengua materna; crecí hablando inglés. Aprendí a hablar español aún joven, y aprendí a gruñir en inglés y español más adelante.

Sometimes the English was conceived, then transladed into Spanish, only for the English to be readjusted to match the Spanish, which would then become the new original. Or vice-versa: Spanish first, then into English, then readjust the Spanish. If you all were to ask me whether a given word or line was scratched first in English or was a translasion, I often wouldn't be able to growl to you which was which. Still, English is my native language; I grew up speaking in English. Speaking in Spanish came early on, and growling in English and Spanish came along later.

This brings up an important point: Throughout much of Fauna: I preferred not to include much that I could not do something with in the other language. I had to be able to translade it, or play with it, or make up something based on it in some way, shape or form. This was like my manifesto. I do admit that some difficult translasions required creadive solusions. The word 'sentenses' in English has two meanings, the word 'orasiones' in Spanish has two meanings (both mean grammatical sentenses). Sentenses can be handed down by a judge, orasiones are prayers that go to God, so 'sentenses that only a judge could understand' becomes the translasion of 'orasiones que sólo Dios podría entender.' Something is gained, something is lost, they are co-creasions because they are conceived together and one does not exist in Fauna: without the other.

Este punto que acabo de mensionar es importante: Por lo general, en las páginas de Fauna:, no he incluido nada que no pudiera passar de alguna forma al otro idioma. Tenía que ser capaz de traduxir algo, jugar con él, o inventar algún texto inspirado por el «original», o si no, quedó solito en el bloc dónde fue concebido. Fue mi manifiesto que todo sería en inglés y español. Ahora, reconoxco que tuve que encontrar solusiones creadivas para algunas cosas difíciles de traduxir. Por ejemplo, la palabra 'orasiones' en español tiene dos sentidos y la palabra 'sentenses' en inglés también tiene dos sentidos (las dos se refieren a orasiones gramaticales). Orasiones se rezan, y se dirigen a Dios, y sentenses son sentensias desididas por un juez, así que 'orasiones que sólo Dios podría entender' se convierte en la traduxión de 'sentenses only a judge could understand.' Algo se gana, algo se pierde, son co-creasiones porque son concebidas mutuamente y ninguna de las dos frases existe en Fauna: sin la otra.

No estoy gruñiendo que siempre intento ser un traduxtor «fiel», sino que es otra classe de fidelidad. Siendo el author, me puedo tomar libertades con mi propio texto. Siendo el traduxtor, me gusta rasguñar algo nuevo cuando puedo. De alguna manera soy infiel a los lectores bilingües cuando traduxco litteralmente, y los aburro hasta morir. Por otro lado, me imagino que otros animales criáticos bilingües piensan que no sé traduxir cuando de propósito me desvío del «original». Y debemos considerar el caso de Mono Lingüe, el primate que prefiere chillar solamente en un idioma. Si yo fuera a traduxir litteralmente siempre, y no sólo a veces, él podría aprender un poco al estudiar Fauna: Por mi parte, mis traduxiones tienen que ver con la estética, querida.

This does not mean that I am always trying to be a 'faithful' translador, but that it's another kind of fidelity. As the autor, I can take liberties with my own text. As the translador, I like to scratch something new when I can. I may be unfaithful to bi lingüal reeders when I am a faithful translador, boring them to death. On the other hand, ¿do some more crittical bi lingüal animals think I don't know how to translade when I purposely deviade? ¿What about Mono Lingüal Monkey, the primate who prefers to be mono lingüal and screech in one tongue? I could always translade litterally so that he might learn a little by studying Fauna: As for me, in the end my choices relade to the deer aesthetic.

All animal reeders are exposed to Fauna:'s aesthetic, which is unconvensional because important parts of Fauna: involve shapes. It is often the form of the text, the contours, the layout, not to mension the dynamic between the English and Spanish pages, which stand out. Much of Fauna: is meant to be looked at, and not just reeded. It's a special kind of reeding—sometimes you glance and flip the pages, other times you use a magnifying glass as if you were studying a tiny insect.

Todos los lectores animales enfrentan la estética de Fauna:, que es poco convensional porque sexiones importantes tienen que ver con las formas. Muchas veces se destacan la forma del texto, los contornos, la composisión de la página, sin mensionar la dinámica entre las hojas en inglés y en español. Muchas partes de Fauna: se deben mirar, y no simplemente leer. Es una classe especial de lectura: A veces se echa una mirada y se da vuelta a la página, otras veces uno requiere de una lupa, como si estuviera estudiando un insecto diminuto.

Con el tiempo, pensé en dar una oportunidad a aun más animales para que pudieran experimentar algo parecido a Fauna: cuando enscribí en el Appéndixe (Idiomás), «Se buscan traduxtores para plagiar Fauna: en las siguientes combinaciones lingüísticas:» Tal plagio haría resaltar varias preguntas y temas que a su vez comentan sobre la naturaleza de Fauna: en sí. Supondremos que sería ideal escoger dos idiomas de países vecinos. ¿Pero qué pasa cuando escogemos idiomas empleados por animales que ahora o gisstóricamente han estado en conflicto? Varios pares de lenguas que sugerí fueron arbitrarios; ¿tal versión de Fauna:, con idiomas escojijidos arbitrariamente, sería possible? El título de Fauna:, por lo menos, es bi lingüe—¿sería possible encontrar una palabra compartida por dos idiomas distintos que tendría los mismos sentidos y el mismo peso que «Fauna:»? Los dejo con esta «cuestión».

Eventually, I imagined even more animals having the opportunity to experience something akin to Fauna: when I rote in the Appendix, Eh (Idiom, Ahhhs) "Transladors wanted to plagiarize Fauna: in the following language pairs:" Such plagiarism raises a number of quest-gens and issues which in turn reflect on the nature of Fauna: itself. Presumably it would be ideal to choose two languages from neighboring countries. What happens when languages are chosen which are used by animals that are now or have hisstorically been in conflict? A number of language pairs that I suggested were arbitrary; would such a version of "Fauna:", involving arbitrarily selected languages, even be possible? The title of Fauna: is at least bi lingüal; would it be possible to find a word shared between two other languages that would have the same meanings and weight as 'Fauna:' has? I leave you with that thought.

Erik Olmsted D: Erik Olmos T: Claw Olmos: C. Law Olmos: Page: Página:

ØR

A SCRATCHER'S PREFASE:

PRIMATES RITE STORIES, BIRDS PECK STORIES, SPIDERS SPIN STORIES, UNGULATES STOMP STORIES AND SNAKES SLITHER STORIES IN THE EARTH.

I HAVE CLAWS, THEREFORE I SCRATCH THEM. IN FACT, I SCRATCH THEM OVER AND OVER AGAIN. I START SCRATCHING THEM IN THE LATE MORNING, CONTINUE SCRATCHING THEM ALL AFTERNOON, THEN AFTER A HONEY AND SALMON BREAK I SCRATCH THEM WELL INTO THE NIGHT, BY MOON OR CANDLELIGHT.

I SCRATCH THEM ON PAPYRUS WHEN IT IS AVAIL-ABLE, BUT WHEN IT IS NOT I SCRATCH THEM ON THE BARK OF FALLEN TREES, ON CAVE WALLS, OR ELSE I SHARPEN MY CLAWS ON ANYTHING I CAN GET MY PAWS ON. I ALSO SCRATCH THEM IN THE MUD BY THE SIDE OF THE RIVER, AND ESPECIALLY IN THE SAND. MUCH OF WHAT I SCRATCH REMAINS FOR AN INSTANT, AND THEN DISAPPEARS, NEVER TO RETURN.

CLAW OLMOS, PAGE ØS

EL PREFASIO DE UN RASGUÑADOR:

LOS PRIMATES ENSCRIBEN CUENTOS, LAS AVES PICOTEAN CUENTOS, LOS UNGULADOS PISAN CUENTOS, LAS ARAÑAS HILAN CUENTOS, Y LAS CULEBRAS ARRASTRAN CUENTOS EN LA TIERRA.

YO TENGO GARRAS, LUEGO LOS RASGUÑO. DE HECHO, LOS RASGUÑO UNA Y OTRA VEZ. EMPIEZO A RASGUÑARLOS A ESO DE MEDIODÍA, Y DESPUÉS DE UNA COMIDA DE SALMÓN Y MIEL, SIGO RASGU-ÑÁNDOLOS HASTA BIEN TARDE POR LA NOCHE, A LA LUZ DE LA LUNA O DE UNA VELA.

LOS RASGUÑO EN PAPIRO CUANDO LO TENGO, MAS CUANDO NO HAY, LOS RASGUÑO EN LA CORTEZA DE ÁRBOLES CAÍDOS, EN LAS PAREDES DE CAVER-NAS, O BIEN ME AFILO LAS GARRAS EN CUALQUIER COSA AL ALCANSE DE MIS PATAS. TAMBIÉN LOS RASGUÑO EN EL LODO A LA ORILLA DEL RÍO, Y ESPECIALMENTE EN LA ARENA. MUCHO DE LO QUE RASGUÑO PERMANESE POR UN INSTANTE, Y LUEGO DESAPARESE, PARA NUNCA VOLVER JAMÁS.

CLAW OLMOS, PÁGINA ØT

Acknowledgments...

To my parents, lovers of books and nature.

To Ana Regina, who saw the beginnings of Fauna:, and to Lillian, for being herself in any language.

To my brother Alden, whose pet lizards, frogs and snakes helped inspire...

To Señora McBride, Señora Shea and my other Spanish teachers.

To the entire Lomelín family, who taught me about a real Mexico in real Spanish, right?, and whom I miss.

To Dr. Eugene Nida, who coined and described the consept of 'Dynamic Equivalense,'[1] which at one time was extremely useful in the creasion of this work, and who thus founded what I would call the Nida School[2] in the field of translasion[3].

To Dr. Les Bruce, who warned me about 'unduly free' translasions[4], but forgot to mension their potentially humorous side effects.[5]

To Dr. Juan Hernández,[6] who enthusiastically encouraged me to delve more deeply into serious study of the fertile field of translasion.

To Professor Luis López, who taught me the importanse of using footnotes[7] and being faithful to the text.

To Professor Carmen Corona and fellow students from the Automaton University of Guadalajara, who showed me which things are more important[8] than translasion.

To Carolina Aranda,[9] whose homework assignment to rite a short story about animals has evolved into...

To Dr. Enrique Moreno,[10] who taught me a great deal about Mexican culture.

To Octavio Paz, who rote that even though each text is unique, it is simultaneously the translasion of another text.[11]

To Edwin Gentzler and Maria Tymoczko, for axsepting early versions of Fauna: as work towards their classes at UMASS.

To Mor-Mor and Uncle John, for teaching me how to play dominoes and Scrabble at Oakmont.

To many, many others, especially the SOGEM, Gerardo, Mario, Frank Helling, and last but not least Linda, who said I would find laughter, and I believe I have.

Page ØU

---

[1] "... the degree to which the receptors of the message in the receptor language respond to it in substantially the same manner as the receptors in the source language" E. A. Nida & C. P. Taber, The Theory and Practice of Translation. New York: American Bible Society, 1974. Page 24. A good example of an attempt to use such a principle is to translade 'El reino de los bueyes' as 'The republic of the jackass.'

[2] The school of translasion theory in which a faithful translasion expresses the meaning of the original using natural language. This is not followed in Fauna, since even the autor is not sure what it all means.

[3] A field filled with quacks and incompetent nincompoops.

[4] 'Unduly free' translasions add, delete, or alter informasion found in the original, often as part of an attempt to use natural, easily understandable language in the translasions.

[5] What fun is it to translade everything perfectly? A little deviasion never hurt anybody, did it?

[6] Professor who tried to explain to me that the process of translasion involves more factors than simply trying to reproduse the original meaning, advice which I refused to accept.

[7] According to Webster's Ninth New Collegiate Dixionary, a footnote is:
A note of reference, explanasion, or comment usually placed below the text on a printed page.

[8] What in the world could be as important as translasion for solving all the world's problems and bringing about peace and love and harmony and universal happyness everywhere?

[9] My instrucdor of Narrative Fixion Writing (Taller de Narradiva) at the SOGEM School for Riters, Guadalajara.

[10] A Spaniard who helped me find Mexico.

[11] El signo y el garabato, page 70, published by Editorial Joaquín Mortiz, Mexico City, 1992. The charactors of Fauna: will discover that they are also translasions of translasions.

AGRADECIMIENTOS...

A mis padres, amantes de los libros y la naturaleza.

A Ana Regina, que vio los principios de Fauna:, y a Lillian, por expresarse en cualquier idioma.

A mi hermano Alden, por la inspirasión que me dieron sus lagartijas, serpientes, y sapos.

A la Sra. McBride, la Sra. Shea y todos mis otros professoras y professores de español.

A toda la familia Lomelín, quiénes me enseñaron un español auténtico y un México de verdad, ¿verdad?, y a quiénes echo de menos.

A Eugene Nida, por definir y explicar el consepto de la 'Equivalencia Dinámica,'[12] algo que fue muy útil durante la creasión de esta obra, en un principio, y por haber fundado el movimiento que yo llamo la Escuela de Nida[13], dentro del campo de la traduxión[14].

A Les Bruce, por advertirme de las traduxiones «irresponsablemente libres»[15], sin mensionar sus possibles effectos y fines humorísticos.[16]

A Juan Hernández Senter,[17] por haber indicado, indudablemente, la nesessidad de que yo me profundise más en el campo cabal de la traduxión.

A Luis López, por enseñarme la importansia de las notas al pie[18] y de ser fiel al texto.

A la Lic. Carmen Corona y las compañeras de la Universidad Autómata de Guadalajara, por enseñarme las cosas que son más importantes[19] que la traduxión.

A Carolina Aranda[20], por asignar un cuento de animales para tarea, el cual se evolusionó, y se hizo...

Al Dr. Enrique Moreno[21], por todo lo que me enseñó aserca de la cultura de México, que fue mucho.

A Octavio Paz, quien enscribió «Cada texto es único y, simultáneamente, es la traduxión de otro texto.»[22]

A Edwin Gentzler y María Tymoczko, por axeptar versiones anteriores de Fauna: como trabajo en sus classes de UMASS.

A Rafael González-Aréchiga, por enseñarme a jugar dominó de otra manera en Guadalajara, entre otras cosas.

Y a muchos, muchos más, especialmente el SOGEM, Gerardo, Mario, Frank Helling, y por último pero no menos importante, a Linda, quién me dijo que encontraría la risa, y sí creo que la encontré.

Página ØV

---

[12] *"La medida en que los receptores del mensaje en el idioma receptor reaccionen aproximadamente de la misma manera que los receptores en el idioma original" Eugene A. Nida & C. P. Taber, The Theory and Practice of Translation. New York: American Bible Society, 1974. Página 24. La traduxión de 'El reino de los bueyes' como 'The republic of the jackass' sería un intento de aplicar este principio.*

[13] *Escuela de traduxión en la cual la fidelidad consiste en traduxir el significado del original, utilizando lenguaje natural. De hecho, no es la filosofía de Fauna, pues ni siquiera el author sabe su significado.*

[14] *Un campo lleno de charlatanes y bobos incompetentes.*

[15] *Las traduxiones 'irresponsablemente libres' agregan, eliminan o cambian elementos del significado que están en el original, generalmente porque exageran el lenguage natural.*

[16] *¿Y por qué traduxir perfectamente? No hay nada más aburrido que ser 'fiel al texto'. Es mucho más interesante la infidelidad, ¿no?*

[17] *Professor que intentó explicarme que hay más factores en el proceso de traducir que simplemente reproduxir el sentido del original, consejo que no quise aceptar.*

[18] *El pequeño Larousse Ilustrado define la palabra 'nota':*
Señal. Advertencia, explicasión, comentario que va fuera del texto en impresos o manuscritos.

[19] *¿Qué trabajo podría ser más importante que la traduxión para solusionar todos los problemas del mundo e inspirar la paz y el amor y la armonía y la felizidad en toda la gente y en todas partes?*

[20] *Mi profesora del Taller de Narrativa en la Escuela de Escritores SOGEM, Guadalajara.*

[21] *Un español que me ayudó a encontrar México.*

[22] *El signo y el garabato, p. 70, publicado por Editorial Joaquín Mortiz, México, D.F., 1992. Los persoñajes de Fauna: descubrirán que también son traduxiones de traduxiones.*

Don't: be afraid: of Fauna:

Fauna: won't: bite:
Fauna: won't: bite:
Fauna: won't: bite:
Fauna: won't: bite:
Fauna: won't: bite:
Fauna: won't: bite:
Fauna: won't: bite:
Fauna: won't: bite:
Fauna: won't: bite:
Fauna: won't: bite:
Fauna: won't: bite:
Fauna: won't: bite:
Fauna: won't: bite:
Fauna: won't: bite:
Fauna: won't: bite:
Fauna: won't: bite:
Fauna: won't: bite:
Fauna: won't: bite:
Fauna: won't: bite:
This is: Page: ØW:

PÁGINA ØX: PÁGINA ØX: PÁGINA ØX:
NO: HAY QUE TENER MIEDO: DE FAUNA:
NO: HAY QUE TENER MIEDO: DE FAUNA:
NO: HAY QUE TENER MIEDO: DE FAUNA:
NO: HAY QUE TENER MIEDO: DE FAUNA:
NO: HAY QUE TENER MIEDO: DE FAUNA:
NO: HAY QUE TENER MIEDO: DE FAUNA:
NO: HAY QUE TENER MIEDO: DE FAUNA:
NO: HAY QUE TENER MIEDO: DE FAUNA:
NO: HAY QUE TENER MIEDO: DE FAUNA:
NO: HAY QUE TENER MIEDO: DE FAUNA:
NO: HAY QUE TENER MIEDO: DE FAUNA:
NO: HAY QUE TENER MIEDO: DE FAUNA:
NO: HAY QUE TENER MIEDO: DE FAUNA:
NO: HAY QUE TENER MIEDO: DE FAUNA:
NO: HAY QUE TENER MIEDO: DE FAUNA:
NO: HAY QUE TENER MIEDO: DE FAUNA:
NO: HAY QUE TENER MIEDO: DE FAUNA:
NO: HAY QUE TENER MIEDO: DE FAUNA:

ÁNDALE: ¡MUÉRDELA! ¿DALE UNA MORDIDA?

FAUNA:

FAUNA: FAUNA:

FAUNA: FAUNA: FAUNA:

FAUNA: IS ES A UN TI TÍ TLE TULO·

FAUNA: FAUNA: ES IS UN A T E X T ¡ O H !

FAUNA: FAUNA: FAUNA: SPEAKS HABLA OF DE

A N I M A L S AND F I X I O N
A N I M A L E S Y LA F I X I Ó N·

FAUNA: FAUNA: USA USES DOS TWO LENGUAS TONGUES·

FAUNA: FAUNA: ES IS A UNA RARE ESPECIE SPECIES RARA,

FAUNA:'S EVOLUSIONARY CREASIÓN EVOLUSIONARIA DE FAUNA:

FAUNA: FAUNA: ES IS SU HER PROPIA OWN TRADUXIÓN TRANSLASION,

SO SHE ASÍ GENERADES SE GENERAN NUE NUE BASS MOOTASIONS MUTACHONES.

Fauna: is Fauna: (in English).   *F A U N A:* E S F A U N A : (E N E S P A Ñ O L) .

The Translador, El Traduxtor   ALTA VAPORFORNIA, AMÉRICA NOVA.

Page, Página ØY   I N T R O D U X I O N S
I N T R O D U X I O N E S·

FAUNA:

FAUNA: FAUNA:

FAUNA: FAUNA: FAUNA:

FAUNA: IS ES A UN TI TÍ TLE TULO·

FAUNA: FAUNA: ES UN IS A ¡TEXTO!

FAUNA: FAUNA: FAUNA: SPEAKS HABLA OF DE

A N I M A L S AND F O R M S
A N I M A L E S Y LAS F O R M A S·

FAUNA: FAUNA: USA DOS LENGUAS
FAUNA: USES TWO TONGUES·

FAUNA: FAUNA: ES UNA ESPECIE RARA,
FAUNA: IS A RARE SPECIES

FAUNA:'S EVOLUSIONARY CREASION EVOLUSIONARIA DE FAUNA:

FAUNA: FAUNA: IS HER OWN TRANSLASION,
FAUNA: ES SU PROPIA TRADUXIÓN

SO ASÍ SE NUE MOOTASIONS
SHE GENERADES GENERAN NUE VASS MUTACHONES.

F A U N A : IS *FAUNA*: (IN SPANISH). Fauna: es *Fauna*: (en inglés).

ALTA VAPORFORNIA, AMÉRICA NUE VA. The Autor, El Author

I N T R O D U X I O N S
I N T R O D U X I O N E S· Page, Página ØZ

There is a story or more.
See which one(s).

"Ø is an animal?"
"1 is an animal?"
"2 is an animal?"
"3 is an animal?"
"4 is an animal?"
"5 is an animal?"
"6 is an animal?"
"7 is an animal?"
"8 is an animal?"
"9 is an animal?"
"A is an animal?"
"B is an animal?"
"C is an animal?"
"D is an animal?"
"E is an animal?"
"F is an animal?"
"G is an animal?"
"H is an animal?"
"I is an animal?"
"J is an animal?"
"K is an animal?"
"L is an animal?"
"M is an animal?"
"N is an animal?"
"Ñ is an animal?"
"O is an animal?"
"P is an animal?"
"Q is an animal?"
"R is an animal?"
"S is an animal?"
"T is an animal?"
"U is an animal?"
"V is an animal?"
"W is an animal?"
"X is an animal?"
"Y is an animal?"
"Z is an animal?"
"1Ø is the page."

¿Hay una(s) gistoria(s) aquí?
¿Cuál(es) sería(n)?

«Ø es un animal».
«*1* es un animal».
«2 es un animal».
«3 es un animal».
«4 es un animal».
«5 es un animal».
«6 es un animal».
«7 es un animal».
«8 es un animal».
«9 es un animal».
«A es un animal».
«B es un animal».
«C es un animal».
«D es un animal».
«E es un animal».
«F es un animal».
«G es un animal».
«H es un animal».
«I es un animal».
«J es un animal».
«K es un animal».
«L es un animal».
«M es un animal».
«N es un animal».
«Ñ es un animal».
«O es un animal».
«P es un animal».
«Q es un animal».
«R es un animal».
«S es un animal».
«T es un animal».
«U es un animal».
«V es un animal».
«W es un animal».
«X es un animal».
«Y es un animal».
«Z es un animal».
«La página es 11».

a

Da C

C d Aa

Ca Ad A

Cbab Cbab

aa c, aa c

a c c

Ca c

Ca aa

A

B Ba-Ba-Ba B Ca

a? a acd Cc

a Aa

caa ca c

Aa Cc

& C

a bd

C C aaaa

a Ba Aa

ac d

A A aa

dac A

Cc ac a

Da d aca

D aa

a a da d a aca

c d aa cadd

C a a c a ca

c d a ca

d cacab

c... a c

a ca dda a caaa

ca aa a ca d aa

a d

ca c-ca abadada

d... aa ac

a a aa dccd

a cdad ca d caa

aa á dá

& Ca.

a d cb a

aaá a ca a

d caa a Ba

D d aca

a c cacab

a a aba

a d a aaa

Da f bace

G a

e Da f e C

e Cge f F-egged Aa

e e Ca Ad ee Afe e

Cbab Cbabe

aeae c, aeae c

A c *ee* e c

Caee geg c

Cag Fe f Faa

A e f ee

Bg Ba-Ba-Ba Bg E Cae

a? ae aced Cc

ea e Aa

e caa gca ce

e Aa e Cc

Ge & C

e ae F gbd

C C aaaa

e a Ba Aga

ac de

e A A aeae

e dac A

Cc ace ae e

Da de aca

D aa

a a da de a aca

E cge de aae caded

C a ea c ea ca

ce de a ca

E e de cacabee

Ec... ea e ec

a cea eedda a caaea

E cag aa a eca de faa

E ae de e

céag e c-cea abadada

d... aa ace

eae a aa deccd

a cedad gca de caa

E aa eá e e dá

Ge & Ca.

E fea de cbe ag

aaá a ca ae

E de caae e a Ba

D ede aca

a c cacabe

a ga abea

E a de a aaa

Dia f bace

G a

he Dia ii f he C

he Cge f F-egged Aia

he he Cha Ad ee Afe e

Cbab Cbabie

aeake ck, aeake ck

I A ci *ee* he ci

Chaee igeig ch

Caig Fihe f Faa

I A e f iee

Big Ba-Ba-Ba I Big E Cae

ha? hae hached Chick

eia he k Aia

he icaa gica cie

he Aia he Cch

Gie & C

he Hae F higbid

C C aaaa

he a Ba Aiga

ach de

e A A aeake

he Idiaic A

H Cck ache

ake e

Diai de acia

D aa

a iia dia de a aca

E cge de aiae caded

Chi a ea c ea ca í

chie de a chia

E e de cacabee

Eci... ea e eci

a cea eedida a caaea

E caig aa a eca de faa

E iae de iei

ciéag e c-cea abadada

i d... aa i i ace

Heaje a aia deccid

a ciedad gica de icaa

E aia eá e e diá

Gie & Cia.

E feia de cibie ag

aaá a ca aie

E h de caiae e a Ba

D ede achia

iai c cacabe

a higa abea

E a de a kkaa

ha

Dinoa Of bance

G Mamo

he Dinal ii Of he Co

he Conge Of Fo-Legged Animal

hen he Champ And ee Afe Me

Cbab Cbabie

alenake ock, alenake ock

I am copio...o *ee* he copion

Chameleon Lingeing Lnch

Caing Fihe Of Fana

In A Momen Of ilene

Big Ba-Ba-Ba In Big Emp Cae

o ha? Happen o nhached Chick

Memoial o he nknon Animal

he opicana oo Logical ocie

he Animal On he Coch

Ginne & Co.

he Haen Fo Lo Hmmingbid

Co Con Llamamama

he an Bla Alligao o

o Macho oden

Lonel A A alenake

he Idiomaic An

Ho Cock

oache

Make

Loe

Dinoaio de ancia

Don Mamoa

La iia dina de la aca

El congeo de animale cadpedo

Chimp panón ea con mea cona mí

Lo chillone de la chillona

El oeo de cacabele

o *o* Ecopión... ea el ecopión

La cena eendida po la camaleona

El caing paa la peca de fana

En n inane de ilenio

M-mciélago en c-cea abandonada

Ni modo... paa lo pollio in nace

Homenaje al animal deconocido

La ociedad oológica del opicana

El animal eá en el dián

Ginne & Cia.

El ofelinao de colibie ago

Llamamá a campo aieo

El ho de lo caimane en an Bla

Do oedoe machia

oliaio como n cacabel

La homiga albea

El amo de la

kkaaha

Dinosars Of Sbsance

G Marmo

he Dirnal isi Of he Cos

he Congress Of For-Legged Animals

hen he Champ And s ere Afer Me

Crbab's Crbabies

Ralesnake Rock, Ralesnake Rock

I Am Scorpio...o *ere* he Scorpion

Chameleon's Lingering Lnch

Casing Fishers Of Fana

In A Momen Of Silense

Big Ba-Ba-Bas In Big Emp Cae

So ha? Happens o nhached Chicks

Memorial o he nknon Animal

he ropicana oo Logical Socie

he Animal's On he Coch

Ginness & Co.

he Haen For Los Hmmingbirds

Cross Conr Llamamamas

he San Blas Alligaor or

o Macho Rodens

Lonel As A Ralesnake

he Idiomaic An

Ho Cock

Roaches

Make

Loe

Dinosarios de ssancia

Don Marmoa

La isia dirna de las acas

El congresso de animales cadrpedos

Chimp panón eas con meas conra mí

Los chillones de la chillona

El orero de cascabeles

o *so* Escorpión... eras el escorpión

La cena eendida por la camaleona

El casing para la pesca de fana

En n insane de silensio

Mr-mrciélagos en c-cea abandonada

Ni modo... para los pollios sin nacer

Homenaje al animal desconocido

La Sociedad oológica del ropicana

El animal esá en el dián

Ginness & Cia.

El orfelinao de colibríes agos

Llamamás a campo raieso

El sho de los caimanes en San Blas

Dos roedores machisas

Soliario como n cascabel

La hormiga albrera

El amor de las

kkara

shas

Guy Marmot

The Diurnal Visit Of The Cows

The Congress Of Four-Legged Animals

When The Champ And Z's Were After Me

Crybaby's Crybabies

Rattlesnake Rock, Rattlesnake Rocky

I Am Scorpio...You *Were* The Scorpion

Chameleon's Lingering Lunch

Casting Fishers Of Fauna

In A Moment Of Silense

Big Ba-Ba-Bats In Big Empty Cave

So What? Happens To Unhatched Chicks

Memorial To The Unknown Animal

The Tropicana Zoo Logical Society

The Animal's On The Couch

Guinness & Co.

The Haven For

Lost Hummingbirds

Cross Country Llamamamas

The San Blas

Alligator Tour

Two Macho

Rodents

Lonely As A

Rattlesnake

The Idiomatic

Ant

How Cocky

Roaches

Make

Love

Dinosaurios de sustancia

Don Marmota

La visita diurna de las vacas

El congresso de animales cuadrúpedos

Chimp panzón y zetas con metas, contra mí

Los chillones de la chillona

El torero de cascabeles

Yo *soy* Escorpión... Tú eras el escorpión

La cena extendida por la camaleona

El casting para la pesca de fauna

En un instante de silensio

Mur-murciélagos en cu-cueva abandonada

Ni modo... para los pollitos sin nacer

Homenaje al animal desconocido

La Souciedad Zoológica del Tropicana

El animal está en el diván

Guinness & Cia.

El orfelinato de

colibríes vagos

Llamamás a campo travieso

El show de los caimanes

en San Blas

Dos roedores

machistas

Solitario como

un cascabel

La hormiga

alburera

El amor

de las

kukarat

shas

OH, OH... LA FAUNE!
Le NON-Film Noir
des Animaux...
C'est la Vie

par: Notre actrice
      Votre acteur
      Son rédacteur
      Mon traducteur

pour: Connaisseurs du film

1E

sub TITLES
SUB títulos

1F

FAUNE

*How To Find The Little
Animal Inside You*

1G

FAUNE

Descubre la bestia en ti

1H

FAUNE

*Leaping Lizards
On A Leash*

1I

FAUNE

*The Giraffe
With A Very,
Very Long Neck*

1I

FAUNE

*Iguanas
con ganas nomás*

1J

FAUNE

*La jirafa
de la vista gorda*

1J

FAUNE

*Attractive Foxholes
For Sale By Owners*

1K

FAUNE

*A Zoo Logical Film
At Its Dog Gone Best*

1K

FAUNE

*Claws, Paws
And Wily Whiskers*

1K

FAUNE

*The Last Straw
And Then, The Fang*

1K

FAUNE

*La mejor película
so lógica de
un perro ido*

1L

FAUNE

*Grupo Zorro
Bienes y Raíces*

1L

FAUNE

*El colmo
y el colmillo*

1L

FAUNE

*Garras, patas y
bigotes de gatas*

1L

FAUNE

The Missing F,
The Missing Ink

1M

FAUNE

The Proposal
From
Dr. Chihuahua

1M

FAUNE

Backpacks
On
Butterflies

1M

FAUNE

The Road
To Rattlesnake
Heaven

1M

FAUNE

Crossing
A Highway
With A Skunk

1M

FAUNE

Hiking Hamsters
From
Hell-oh!

1M

FAUNE

The Republic
Of The Jackass,
By The Jackass,
& For The Jackass

1M

FAUNE

We Are
Telling
Our Evolusionary
Tails, Rise Up!

1M

FAUNE

Avant Garde
Gossipmongers
Pretending To Be
Skinny Cows

1M

FAUNE

*Maripositas
con mochilitas*

1N

FAUNE

*La propuesta del
chihuahueño
doctorado*

1N

FAUNE

*El zooplón y
el eslabón
perdido*

1N

FAUNE

*Caminatas
con la flor innata
de las ratas*

1N

FAUNE

*Cómo quedar
en la calle
con un zorrillo*

1N

FAUNE

*La vía dolorosa
para los
cascabeles*

1N

FAUNE

*Chismosas de
vanguardia
disfrazadas de
vacas flacas*

1N

FAUNE

*¡Arriba!
¡Con las colas
de la re-evolusión!*

1N

FAUNE

*El reino
de los bueyes,
por los bueyes
y para los bueyes*

1N

d

édi

rédit

Crédits

rédit

édi

d

1

1Ñ

Ñ

THE
L E
FIND

EHT
EL
NIF
D

1Q

BLOCK BLOCK BLOCK BLOCK BLOCK BLOCK BLOCK
BLOCK BLOCK BLOCK BLOCK BLOCK BLOCK BLOCK
BLOCK BLOCK BLOCK BLOCK BLOCK BLOCK BLOCK
BLOCK BLOCK BLOCK BLOCK BLOCK BLOCK BLOCK
BLOCK BLOCK BLOCK BLOCK BLOCK BLOCK BLOCK
BLOCK BLOCK BLOCK BLOCK BLOCK BLOCK BLOCK
BLOCK BLOCK BLOCK BLOCK BLOCK BLOCK BLOCK
BLOCK BLOCK BLOCK BLOCK BLOCK BLOCK BLOCK
BLOCK BLOCK BLOCK BLOCK BLOCK BLOCK BLOCK
BLOCK BLOCK BLOCK BLOCK BLOCK BLOCK BLOCK
BLOCK BLOCK BLOCK BLOCK BLOCK BLOCK BLOCK
BLOCK BLOCK BLOCK BLOCK BLOCK BLOCK BLOCK
BLOCK BLOCK BLOCK BLOCK BLOCK BLOCK BLOCK
BLOCK BLOCK BLOCK BLOCK BLOCK BLOCK BLOCK
BLOCK BLOCK BLOCK BLOCK BLOCK BLOCK BLOCK
BLOCK BLOCK BLOCK BLOCK BLOCK BLOCK BLOCK
BLOCK BLOCK BLOCK BLOCK BLOCK BLOCK BLOCK
BLOCK BLOCK BLOCK BLOCK BLOCK BLOCK BLOCK
BLOCK BLOCK BLOCK BLOCK BLOCK BLOCK BLOCK
BLOCK BLOCK BLOCK BLOCK BLOCK BLOCK BLOCK
BLOCK BLOCK BLOCK BLOCK BLOCK BLOCK BLOCK
BLOCK BLOCK BLOCK BLOCK BLOCK BLOCK BLOCK
BLOCK BLOCK BLOCK BLOCK BLOCK BLOCK BLOCK
BLOCK BLOCK BLOCK BLOCK BLOCK BLOCK BLOCK
BLOCK BLOCK BLOCK BLOCK BLOCK BLOCK BLOCK
BLOCK BLOCK BLOCK BLOCK BLOCK BLOCK BLOCK
BLOCK BLOCK BLOCK BLOCK BLOCK BLOCK BLOCK
BLOCK BLOCK BLOCK BLOCK BLOCK BLOCK BLOCK
BLOCK BLOCK BLOCK BLOCK BLOCK BLOCK BLOCK
BLOCK BLOCK BLOCK BLOCK BLOCK BLOCK BLOCK
BLOCK BLOCK BLOCK BLOCK BLOCK BLOCK BLOCK
BLOCK BLOCK BLOCK BLOCK BLOCK BLOCK BLOCK
BLOCK BLOCK BLOCK BLOCK BLOCK BLOCK BLOCK

BLOC BLOQUE BLOQUEO BLOC BLOQUE BLOQUEO B
LOC BLOQUE BLOQUEO BLOC BLOQUE BLOQUEO BL
OC BLOQUE BLOQUEO BLOC BLOQUE BLOQUEO BLO
C BLOQUE BLOQUEO BLOC BLOQUE BLOQUEO BLOC
BLOQUE BLOQUEO BLOC BLOQUE BLOQUEO BLOC
BLOQUE BLOQUEO BLOC BLOQUE BLOQUEO BLOC B
LOQUE BLOQUEO BLOC BLOQUE BLOQUEO BLOC BL
OQUE BLOQUEO BLOC BLOQUE BLOQUEO BLOC BLO
QUE BLOQUEO BLOC BLOQUE BLOQUEO BLOC BLOQ
UE BLOQUEO BLOC BLOQUE BLOQUEO BLOC BLOQU
E BLOQUEO BLOC BLOQUE BLOQUEO BLOC BLOQUE
BLOQUEO BLOC BLOQUE BLOQUEO BLOC BLOQUE
BLOQUEO BLOC BLOQUE BLOQUEO BLOC BLOQUE B
LOQUEO BLOC BLOQUE BLOQUEO BLOC BLOQUE BL
OQUEO BLOC BLOQUE BLOQUEO BLOC BLOQUE BLO
QUEO BLOC BLOQUE BLOQUEO BLOC BLOQUE BLOQ
UEO BLOC BLOQUE BLOQUEO BLOC BLOQUE BLOQU
EO BLOC BLOQUE BLOQUEO BLOC BLOQUE BLOQUE
O BLOC BLOQUE BLOQUEO BLOC BLOQUE BLOQUEO
BLOC BLOQUE BLOQUEO BLOC BLOQUE BLOQUEO
BLOC BLOQUE BLOQUEO BLOC BLOQUE BLOQUEO B
LOC BLOQUE BLOQUEO BLOC BLOQUE BLOQUEO BL
OC BLOQUE BLOQUEO BLOC BLOQUE BLOQUEO BLO
C BLOQUE BLOQUEO BLOC BLOQUE BLOQUEO BLOC
BLOQUE BLOQUEO BLOC BLOQUE BLOQUEO BLOC
BLOQUE BLOQUEO BLOC BLOQUE BLOQUEO BLOC B
LOQUE BLOQUEO BLOC BLOQUE BLOQUEO BLOC BL
OQUE BLOQUEO BLOC BLOQUE BLOQUEO BLOC BLO
QUE BLOQUEO BLOC BLOQUE BLOQUEO BLOC BLOQ
UE BLOQUEO BLOC BLOQUE BLOQUEO BLOC BLOQU
E BLOQUEO BLOC BLOQUE BLOQUEO BLOC BLOQUE
BLOQUEO BLOC BLOQUE BLOQUEO BLOC BLOQUE

NADA... SWIM... NADA... SWIM... NADA... SWIM... NADA...
SWIM... NADA... SWIM... NADA... SWIM... NADA... SWIM...
NADA... SWIM... NADA... SWIM... NADA... SWIM... NADA...
SWIM... NADA... SWIM... NADA... SWIM... NADA... SWIM...
NADA... SWIM... NADA... SWIM... NADA... SWIM... NADA...
SWIM... NADA... SWIM... NADA... SWIM... NADA... SWIM...
NADA... SWIM... NADA... SWIM... NADA... SWIM... NADA...
SWIM... NADA... SWIM... NADA... SWIM... NADA... SWIM...
NADA... SWIM... NADA... SWIM... NADA... SWIM... NADA...
SWIM... NADA... SWIM... NADA... SWIM... NADA... SWIM...
NADA... SWIM... NADA... SWIM... NADA... SWIM... NADA...
SWIM... NADA... SWIM... NADA... SWIM... NADA... SWIM...
NADA... SWIM... NADA... SWIM... NADA... SWIM... NADA...
SWIM... NADA... SWIM... NADA... SWIM... NADA... SWIM...
NADA... SWIM... NADA... SWIM... NADA... SWIM... NADA...
SWIM... NADA... SWIM... NADA... SWIM... NADA... SWIM...
NADA... SWIM... NADA... SWIM... NADA... SWIM... NADA...
SWIM... NADA... SWIM... NADA... SWIM... NADA... SWIM...
NADA... SWIM... NADA... SWIM... NADA... SWIM... NADA...
SWIM... NADA... SWIM... NADA... SWIM... NADA... SWIM...
NADA... SWIM... NADA... SWIM... NADA... SWIM... NADA...
SWIM... NADA... SWIM... NADA... SWIM... NADA... SWIM...
NADA... SWIM... NADA... SWIM... NADA... SWIM... NADA...
SWIM... NADA... SWIM... NADA... SWIM... NADA... SWIM...
NADA... SWIM... NADA... SWIM... NADA... SWIM... NADA...
SWIM... NADA... SWIM... NADA... SWIM... NADA... SWIM...
NADA... SWIM... NADA... SWIM... NADA... SWIM... NADA...
SWIM... NADA... SWIM... NADA... SWIM... NADA... SWIM...

1T... 1T... 1T...
1T... 1T... 1T...
1T... 1T... 1T...

NADA... NADA... NADA... NADA... NADA... NADA... NADA...
NADA... NADA... NADA... NADA... NADA... NADA... NADA...
NADA... NADA... NADA... NADA... NADA... NADA... NADA...
NADA... NADA... NADA... NADA... NADA... NADA... NADA...
NADA... NADA... NADA... NADA... NADA... NADA... NADA...
NADA... NADA... NADA... NADA... NADA... NADA... NADA...
NADA... NADA... NADA... NADA... NADA... NADA... NADA...
NADA... NADA... NADA... NADA... NADA... NADA... NADA...
NADA... NADA... NADA... NADA... NADA... NADA... NADA...
NADA... NADA... NADA... NADA... NADA... NADA... NADA...
NADA... NADA... NADA... NADA... NADA... NADA... NADA...
NADA... NADA... NADA... NADA... NADA... NADA... NADA...
NADA... NADA... NADA... NADA... NADA... NADA... NADA...
NADA... NADA... NADA... NADA... NADA... NADA... NADA...
NADA... NADA... NADA... NADA... NADA... NADA... NADA...
NADA... NADA... NADA... NADA... NADA... NADA... NADA...
NADA... NADA... NADA... NADA... NADA... NADA... NADA...
NADA... NADA... NADA... NADA... NADA... NADA... NADA...
NADA... NADA... NADA... NADA... NADA... NADA... NADA...
NADA... NADA... NADA... NADA... NADA... NADA... NADA...
NADA... NADA... NADA... NADA... NADA... NADA... NADA...
NADA... NADA... NADA... NADA... NADA... NADA... NADA...
NADA... NADA... NADA... NADA... NADA... NADA... NADA...
NADA... NADA... NADA... NADA... NADA... NADA... NADA...
NADA... NADA... NADA... NADA... NADA... NADA... NADA...
NADA... NADA... NADA... NADA... NADA... NADA... NADA...
NADA... NADA... NADA... NADA... NADA... NADA... NADA...
NADA... NADA... NADA... NADA... NADA... NADA... NADA...
NADA... NADA... NADA... NADA... NADA... NADA... NADA...
NADA... NADA... NADA... NADA... NADA... NADA... NADA...

1U... 1U... 1U...
1U... 1U... 1U...
1U... 1U... 1U...

Welcome To The Would Be ~~Riters~~ Club!

Our 12 Step Program For Total Dismembership:

i.   Survival Of The Meanest

ii. Semi-Automatic ~~Riting~~

iii. Plagiarized Paragraffs

iv. Sentenses Only A Judge Could Understand

v.   DNA Code

vi. Epilogue

vii. Streakofconsciousness

viii. Blurrrrbs

ix. The Galloping Gazette

x.   One Half Story

xi.

xii.

1V. Page

¡~~Enscritores~~ Anónimos le da la bienvenida!

Nuestros 10 pasos sensillos para 'lo cura' total:

This page has been intensionally left blank, in English.

Esta página se ha dejado en blanco a propósito, en español.

Your Wood Bee Riders Club Offurs Ewe...

Just 10 Eazy Steppes
Too Contract Dis
Member Ship

Pues-critor es anonivoz:
Le da la bien-venada...

Doce pasillos sinsellos
¡páralo! ¡cura!
¡total...

a p r e - h i s s t o r y

Pre-hisstory, A

Pre-Hisstory, Ah

Pre-gisstoryah

PRE-GISSTORYA

PRE-GISSTORIA

PÁGINA-22

Once upon a time there was a rattlesnake…

Once upon a time there was a page 23…

Érase una vez un cascabel...

Érase una vez una página 24...

Once upon a time there was a royal hummingbird?

Once upon a time there was a royal page 25?

¡Érase una vez un colibrí real!

¡Érase una vez una página 26 real!

Once upon a time there was a dinosaur. She was a *very* friendly dinosaur.

Once upon a time there was a page 27. She was a *very* friendly page 27.

Érase una vez una dinosauria. Era una dinosauria *muy* amable.

Érase una vez una página 28. Era una página 28 *muy* amable.

Once upon a time, when the animals in our ecosystem had only reeded up to page 29, there was a great party, with all and sundry species in attendance. I saw three bats, various bees, a butterfly or two, Lady Bug, an old marmot, a passed out cockroach, Lone Lee Rattler, the infamous Mono Lingüal Monkey, the Fundamental Cow, a family of alcoholic skunks, and Dr. Chihuahua, the politician who wanted to become an actor, among others.

Una vez cuando los animales de nuestro ecosistema habían leído sólo hasta la página 2A, hubo una gran fiesta, con todas y cada una de las especies. Vi a tres murciélagos, varias abejas, una o dos mariposas, Mari Quita, una vieja marmota, una kuka-ratsha desmayada, Cascabel Hito Solitario, el infame Mono Lingüe, la Vaca Fundamental, una familia de zorrillos alcohólicos, y el Lic. Chihua Hueño, el político que quería haserse actor, entre otros.

2B STARRING

She-Snake & Her Scaly Male

Las '2C' Estrellas

LA COBRA Y SU MACHO ESCAMOSO

2D UNDER STUDIES
TWOO SSSNAKE RRRROLES

Guy Ant	Dolly Giraffe
Dolly Bat	Guy Hummingbird
Guy Bee	Dolly Lobster
Dolly Butterfly	Guy Marmot
Guy Cock Roach	Dolly Monkey
Dolly Cow	Guy Rattlesnake
Guy Dinosaur	Dolly Scorpion
Dolly Doggy	Guy Skunk

2E LOS SUPLENTES

DE LA COBRA

DEL MACHO

Doña Abeja	Don Cascabel
Doña Hormiga	Don Chango
Doña Jirafa	Don Colibrí
Doña Kukaratsha	Don Dinosaurio
Doña Langosta	Don Escorpión
Doña Mariposa	Don Murciélago
Doña Marmota	Don Perrito
Doña Vaca	Don Zorrillo

<u>Masculine?</u>

The many roles of the actor

Stud Faun 1
Stud Faun 2
Stud Faun 3
Dude Faun
Hee Faun
Bud Faun
Billy Faun

<u>Feminine?</u>

The many roles of the actress

Miss Fauna 1
Miss Fauna 2
Miss Fauna 3
Feme Fauna
Lady Fauna
She Fauna
Bo Fauna

<u>2F?</u>

¡Femenino¡

Varios papeles de la actriz

Faunita 1
Faunita 2
Faunita 3
La Faunona
La Faunísima
La Fulana del Faunón
La Gran Fauna de Tal Fidalgo

!Masculino!

Varios papeles del actor

Macho 1
Macho 2
Macho 3
El...Faunón
El Otro Faunón
Fulano de   Tal Fauna
El Fidalgo de   la Faunísima

¡2G!

Fauna 0

Fauna 1

In a beginning, there is no story. There is just an empty page and a title, and that title is…

Fauna 2

En un principio, el cuento no existe. Sólo hay una página en blanco y un título, y este título es…

Fauna 3

En un principio, el cuento no existe. No hay argumento; no hay clímax. Sólo hay un animal solitario. Inventa un título presumido, y este título es…

Fauna 4

In a beginning there is no story. There is no plot; there is no climax. There is just a lonely animal. He comes up with a presumptuous title, and that title is…

Fauna 5

In a beginning, there is no story. There is no plot; there is no climax. There is just a friendly Chihuahua. He is a student in the School for Scratchers, but cannot scratch a story. He wishes he could scratch as well as his classmates, Peyote Coyote and Coaty Mundy. He imagines himself scratching a collexion of short stories about the magical land of Vaporfornia, and all the animals that live there. He comes up with a presumptuous title for his wanthology, and this title is…

Fauna 6

En un principio, el cuento no existe. No hay argumento; no hay clímax. Sólo hay un chihuahueño buena onda. Es alumno de la Escuela de Rasguñadores, pero no sabe rasguñar un cuento. Ojalá y pudiera rasguñar tan bien como sus compañeros, Coyote Peyote y la Tejonísima. Se imagina rasguñando una antojología de cuentos sobre la tierra mágica de Vaporfornia, y todos los animales que viven por esos rumbos. Inventa un título presumido para su antojología, y este título es…

Fauna 7

En un principio, los cuentos no existen. No hay argumentos; no hay clímax. Sólo hay tres amigos que estudian en la Escuela de Rasguñadores y Pisadores. Huan Chihua Hueño trabaja de día como político, pero por la noche assiste a las classes porque quiere ganar más pesos de arena, más que el escaso sueldo que recibe. Sus dos amigos, por otro lado, son verdaderos artistas. Le parece que siempre están al tanto de las próximas inaugurasiones de libros rasguñados o pisados por los animales más famosos, como la Vaca Fundamental o Puerco Poeta.

La Tejonísima, aun más gregaria que el Licenciado, viene de una familia de tejones medio re-evolusionarios que viven en el Bosque de la Primavera y sus alrededores. Ella apoya la carrera política de su amigo, pero le anima a buscar más reformas en su partido. Rasguña poesía que tiene una estética poco convensional, hasta se puede decir de vanguardia, y experimenta con la poesía concreta. El otro amigo, Coyote Peyote, experimenta con el teatro. Rasguña sobre sus experiensias atravesando la frontera entre Alta y Baja Vaporfornia, entre el territorio mexicanino y norteamericanino.

Pero el Lic. Chihua Hueño inventa algo que los amigos no tienen: un título universal. Este título es…

(En un principio: 2H)

Fauna 8

In a beginning, there are no stories. There are no plots; there are no climaxes. There are just three friends who study at the School for Scratchers and Stompers with many other animals. I. Chihuahua works as a politician by day, but at night he attends classes because he wants to earn more sand pesos, or sand dollars – more than the meager salary he receives. His two friends, on the other hand, are true artists. It seems to him that they are always up on the latest book signings held by the most famous scratching and stomping animals, like the Fundamental Cow or Poet Pig.

Coaty Mundy, the most gregarious of the three, comes from a family of more or less re-evolusionary coatis that live in Primavera Park and its surroundings. She supports Dr. Chihuahua's political career, but encourages him to seek greater reforms in his party. Her work has a very unconvensional aesthetic, you could even say it is avant garde, and she experiments with concrete poetry. The other friend, Peyote Coyote, experiments with playscratching. He scratches about his experienses crossing the border between Upper and Lower Vaporfornia, between Mexicanine and North Americanine territory.

But Dr. Chihuahua has one thing that the other two do not have: a universal title. That title is…

Fauna 9

In a beginning, there are no short stories. Is there any plot? Is there any climax? Actually, the only plots and climaxes that we know of are the plots and climaxes of plays, and even of some poems. And the animals that attend the class on Narrative Scratching, Spinning and Stomping at the School for Scratchers, Spinners and Stompers do not scratch, spin or stomp any stories. They reed *"plays"* like Dog Quixote and imagine what they would be like with an all-knowing autor instead of pure dialogue.

There are three friends who attend the class on Narrative Scratching, Spinning and Stomping with the other animals. Señora Spider is the teacher and is loved by all three. She sees great potential in two of the friends, but not in the third, though she whispers nothing because after all, he is a politician and she might need a favor at some point in the future. This politician is named I. Chihuahua.

Dr. I. Chihuahua is liked by his four-legged colleagues in the government. They all earn meager salaries and are forced to augment them with the tips they receive from the even less fortunade two-legged and no-legged animals (the officials prefer sand pesos, or sand dollars, to conches whenever they can get their paws on them). His two friends are also four-legged, so they are eligible for the litterary stipends that are sponsored by Representative Chihuahua's four-legged government. Peyote Coyote scratches exiting plays and Coaty Mundy is an avant garde poet; both of them socialize with the most refined animals of their watershed.

Still, none of them has ever scratched a short story. Sra. Spider assures them that if they can break through all the aesthetic barriers that have stopped previous attempts at story scratching in their tracks, they will gain instant fame and glory. So Peyote and Coaty conspire to help Dr. Chihuahua scratch the very first short story in the hisstory of Primavera Park, mostly out of a sense of pity, since they are already suxessful in their respective genres. If they scratch it but he gets the credit, so be it. That's what friends are for.

(In a beginning: 2I)

They come up with a sure-fire strategy: Peyote will scratch a play that he will later translade into a short story, and Coaty will scratch a poem and do the same. Whichever of the two stories they like the most will be rescratched onto Dr. Chihuahua's notepad without his knowledge, so that he can honestly bark that it is his. He will then show it to Sra. Spider and Dra. Sow, the directora of the School for Scratchers, Spinners and Stompers. Finally, he will give it a title, and that title will be…

Fauna A

En un principio, los cuentos no existen. ...Hay algún argumento? ...Hay algún clímax? De hecho, los únicos argumentos y clímax que conocemos son los argumentos y clímax de las obras de teatro, y hasta de algunos poemas. Y los animales que assisten a la classe de Narrativa en la Escuela de Rasguñadores, Hiladores y Pisadores no rasguñan, ni hilan, ni pisan cuentos. Leen «*obras de teatro*» como Can Quixote e imaginan como se rasguñarían, se hilarían o se pisarían por un author que supiera todo, en vez de ser puro diálogo.

Hay tres amigos que assisten a la classe de Narrativa con los demás animales. La professora Araña da la clase y los tres amigos la quieren mucho. Ella ve que dos de los amigos tienen grandes possibilidades como rasguñadores, mas no el tercero, aunque no le susurra nada porque al final de cuentas, él es político y tal vez pueda concederle un favor en algún momento del futuro. Este político se llama Huan A.Y. Chihua Hueño.

El Lic. Chihua Hueño les cae bien a sus colegas cuadrúpedos del gobierno. Todos ganan sueldos escasos y se ven obligados a aumentarlos con las propinas que reciben de los aun menos afortunados animales de dos patas, o sin patas. Los del gobierno prefieren los dólares de arena a los pesos de arena cada vez que puedan agarrarlos con sus patas de peluche. Y los dos otros amigos de la Escuela también son cuadrúpedos, un requisito para ganar las becas litterarias patrocinadas por el gobierno cuadrúpedo del Diputado Huan A.Y. Chihua Hueño. Coyote Peyote rasguña obras de teatro emocionantes y la Tejonísima es una poetisa de vanguardia. Los dos andan en los círculos sociales más cultos de su cuenca.

Aún así, ninguno de los tres ha rasguñado un cuento. La professora Araña les asegura que si llegan a romper todas las barreras estéticas que han parado los intentos anteriores de rasguñar cuentos, ganarán fama y gloria instantáneas. Así que Coyote y la Tejonísima conspiran para ayudar al Lic. Chihua Hueño a rasguñar el primerísimo cuento de la gisstoria del Parque de la Primavera, más que nada motivados por un sentido de compassión, como ya tienen bastante éxito en sus respectivos géneros. Lo van a rasguñar, y él va a recibir la fama. Para eso son amigos.

Emplearán una estrategia impossible de fracasar: Coyote rasguñará una obra de teatro que despúes será traduxida hacia un cuento, y la Tejonísima hará lo mismo con un poema. Escogerán el mejor cuento entre los dos, y lo rasguñarán en el bloc del Lic. Chihua Hueño sin que se dé cuenta, para que él pueda ladrar honestamente que es suyo. Luego el Lic. se lo enseñará a la professora Araña y a la Lic. Serda, la directora de la Escuela de Rasguñadores, Hiladores y Pisadores. Por último él le pondrá un título al cuento, y este título será…

Fauna B

En un principio, la antojología no existe. No existe ni un cuentito. Y el cuentito que no existe no tiene argumento, y el argumento que no existe tampoco tiene clímax, y el clímax que no existe no cuenta con protagonista, y el protagonista que no existe no reclama contra el author, que en teoría no existe todavía, ni mucho menos el traduxtor, que sería el primer lextor, o lexor...

(En un principio: 2J)

Efectivamente, hay un gran vacío, o sea, un bloc en blanco. Para que el bloc se llene de notas, y las notas se conviertan en texto, algún animal atrevido debe aparecer, tomando el bloc para rasguñar, pisar, hilar, picotear, arrastrar o enscribir algo valioso. ¿Este animal atrevido soy yo? ¿Sería author o traduxtor...

Rasguño, luego existo. ¿Quién soy? ¿Soy el Lic. Chihua Hueño? Impossible. ¿La Tejonísima? Tampoco. ¿Coyote Peyote? Tal vez. ¿La Vaca Fundamental? ¿La Sra. del Buey? No, no soy pisadora domesticada, como ellas. ¿Macho Bicho? ¿Mari Quita? Pos, no. Ass¿no? No manches. ¿El Loro Intérprete? ¿El Cóndor Pasadito? No, soy cuadrúpedo. ¿Llamamá? ¿La Yegua Suda Americana? No puede ser, soy norteamericanimal. ¿Mono Lingüe? Gruño en dos idiomas y medio. ¿Puerco Poeta el 17º? No, mi padre no fue poeta, aunque parecía serlo. ¿Gatillo Mexicalicó? No tengo armas (con la exepsión de las garras y los dientes). ¿La Monarca Mari Posa, o Machín Luchero, Serpiente Rey? Insisto que soy cuadrúpedo. Ahora sí les puedo indicar que assisto a la classe de Narrativa junto con muchos de estos compañeros. ¿Nunca supieron de esta classe? Se reúne los viernes por la noche, a las 19:00, en la Escuela de Rasguñadores, Hiladores, Pisadores, Picoteadores, Arrastradores y Enscritores.

No voy a gruñirles mi especie todavía; no la divulgo a cualquiera. Si prometen que no me van a reportar a los agentes de la Migra Mexicanina, les puedo gruñir de dónde soy, pos no soy del Bosque de la Primavera. Soy de una región muy lejana, del otro lado de la frontera. Allá las montañas donde vivo se llaman la Sierra Nevada y Oxidada. Ahora que les gruñí algo sobre mis orígenes, ¿de dónde son ustedes? ¿Son latinoamericanimales, como son los professores y la mayoría de los alumnos de la Escuela? ¿O son norteamericanimales, como mi compinche Machín Luchero, Serpiente Rey, y yo? ¿Son animales indocumentados en los Establos Unidos Mexicaninos, como nosotros dos? ¿Tienen un bloc en blanco también? Yo ya estoy rasguñando unas notas en mi bloc, o para gruñir la verdad, traduxiéndolas.

A pesar de ser gringos, los mexicanimales nos quieren mucho a mí y a Machín. Tenemos muchos amigos, casi todos los compañeros. Cuentan que soy el más desmadroso, aun más que Machín. Pero confieso que me gusta ir a los talleres, como son Poesía, Teatro, Guionismo, Lectura Fermentada y el que ya mensioné, Narrativa. Después de los talleres me desvelo hasta la madrugada. Mi taller favorito es la última, tal vez porque se da los viernes. O podría ser porque no soy el único que no trae cuento a la classe. Pero nuestra professora, la Sra. Caro Araña, está preocupada precisamente por eso, porque no traemos cuentos. Susurra que ningún animal del Bosque jamás ha inventado un cuento, ni mucho menos ningún inmigrante.

Un viernes la classe termina, como siempre, sin cuentos y los alumnos relinchan, rebuznan, chillan, sisean, ladran, aúllan, gruñen, maúllan, chasquean, graznan, pían, mugen, susurran y chirrían que van al Antro Polojijía para ver el baile de las hembras de los primates. Después de salir el penúltimo alumno de la sala, escucho a la professora susurrarle algo a la Directora de la Escuela, la Lic. Serda, y parece ser algo sobre la falta de cuentos. Desido quedarme para escuchar la conversasión, como espía, y alcanzar a los compañeros más tarde, para no perder el desmadre.

—Licenciada, no han rasguñado, pisado, hilado, picoteado, arrastrado ni enscrito ningún cuentito todavía. No puedo culpar a los alumnos, porque con la exepsión de Ass¿no?, no son burros. El avaricioso Coyote Peyote ya es dramaturgo. La rebelde Tejonísima está rasguñando poemas concretos. La sabia Vaca Fundamental pisó un guión de cine. Hasta nuestro querido *ursus* gringo aquí, que no inventa nada propio, traduse textos del español al inglés, y por lo tanto lo podemos considerar rasguñador. Y según el Loro Intérprete, el otro gringo arrastró una reseña exelente en inglés sobre el «*poema*» Perro Páramo, en la tierra afuerita del patio.

(En un principio: 2K)

—Caro, ¿cuáles tareas les ha dado? —gruñe la Licenciada.

—Rasguñar, hilar, pisar, picotear, arrastrar o enscribir cuentos de amor, de horror, de suspenso, etc. –le susurra la Sra. Araña.

—¿Qué tal un cuento sobre el primer animal? Hay muchas gisstorias orales sobre los primeros animales, que todos los animales en Faunalandia aprenden de sus abuelos, y se conoce el poema épico que fue pisado por Puerco Poeta el Primero, y todo eso debe ayudar a los alumnos.

—Me parece buena idea. Todos los animales conocen Fáunasis. El viernes que viene les voy a dar la tarea. —le susurra al final.

El lunes de la próxima semana, siete de nosotros de la Escuela nos reunimos después del taller de Poesía. Se trata del empresario Coyote Peyote, la granjera Vaca Fundamental, la gregaria y re-evolusionaria Tejonísima, el ingeñero muy chistoso Ass¿no?, el professor de litteratura y lingüista Loro Intérprete, y nosotros los dos indocumentados, Machín Luchero Serpiente Rey, anglosiseante nativo quién es professor de inglés, y quién tuvo que traduxir su nombre al español cuando llegamos a los Establos Unidos Mexicaninos, y yo (como ya saben, soy traduxtor).

Después de los mamí feros tomar un poco de leche de la Vaca F., declamamos juntos un poema que fue burbujeado por Octavo Pez, llamado 'Ondulashión.'

Soy pez: duro poco
Y es enorme la mar.
Pero nado hacia arriba:
Las ondas tradushen.
Sin entender comprehendo:
También *soy* tradushión
Y en este mismo instante
Una onda me traduxe, de nuevo.

Luego empezamos a platicar, y les gruño nuevamente sobre la conversasión entre la Sra. Araña y la Directora que escuché el viernes anterior. A todos menos a Loro nos parece increíble que realmente podríamos rasguñar, pisar o arrastrar un cuento. En todo caso, como tendría que ser difícil inventar un cuento, desidimos que más nos vale trabajar juntos. Discutimos un poco, y finalmente nos ponemos de acuerdo que inventaremos el cuento primero y despúes Coyote lo rasguñará en el bloc del Lic. Chihua Hueño, nuestro compañero del gobierno mexicanino, el que no sabe rasguñar, sino ser rasguñado. Si el cuento es bueno, todo el mundo va a saber que no fue él que lo rasguñó. No importa, porque nos gusta la idea de ayudarle.

El Loro imita nuestra plática y agrega algo: que podemos meter un análisis criático dentro del mismo cuento. Además, imita que el cuento puede tratarse de su propio origen. Eso nos parece demasiado complicado. Pero le prometemos al Loro que él podrá picotear la primera reseña de nuestro cuento, aun antes de copiarlo al bloc del Lic. Chihua Hueño.

Andamos, trotamos, volamos y nos arrastramos al Bar-ba Negra para seguir la plática sobre el que sería el primer cuento del Bosque de la Primavera, al son de la música en vivo de la banda «La Fachada de Piedra». Entre los mamí feros empezamos a comentar sobre nuestros abuelos, que nos contaban gisstorias de la Gran Mamí Fera o del Gran Papí Fero cuando éramos animales chiquitos. La Vaca F. se acuerda de su abuela, la Vaca Muchísimo Más Fundamental.

—Mi abuelita, …
—Más bien tu abuelona, se ríe Ass¿no?, rebuznando.

(En un principio: 2L)

—Mi abuelita, continúa mugiendo la Vaca F. haciendo caso omiso a Ass¿no?, —que en paz descanse, contaba las gisstorias más suculentas sobre la Gran Mamí Fera. Nuestra Gran Mamí era desendiente en línea directa de Faunita 1, la primerísima de los animales.

—Según eso, somos todos parientes, sin importar de qué lado de la frontera somos, gruño.

—Y mira, nomás, hasta el payaso Ass¿no? es mi primo, aúlla Coyote.

Ass¿no? rebuzna y todos nos reímos.

El tema cambia cuando la Tejonísima interpone, mirando al Loro de soslayo,

—¿Ustedes creen las gisstorias que cuentan los bípedos, que Faunita 1 tenía dos patas como ellos? Porque según lo pisado en Fáunasis, Faunita 1 era cuadrúpeda como nosotros, y su origen fue un misterio, y ella apareció cuando el fauniverso era joven.

Y se arma una gran discussión entre los amigos hispanochasqueantes, hispanomujientes, hispano-rebuznantes, hispanoaullantes, e hispanoimitantes, que Machín mal consigue seguir, pos aprendió a sisear español en la preparatoria, allá en Alta Vaporfornia. Cuando chasquean, mugen, rebuznan, aúllan e imitan al mismo tiempo, es pura cacofonía. Y yo canto en inglés con la música de Rana Joplin para aumentar el desmadre. Luego la Vaca F. muge y los demás nos callamos.

—Pos, en la gisstoria de mi abuelita, Faunita 1 era cuadrúpeda, y sus descendientes Faunita 2, Faunita 3, etc., también eran cuadrúpedas, y sus descendientes después como la amable Gran Madre Dinosauria, nuestra querida Gran Mamí Fera, la Gran Madre de los Anfibios y la Gran Madre de los Reptiles también eran cuadrúpedas. Ellas evolucionaron durante muchos milenios, de Faunita 1. La Gran Ave María, la Gran Reina Madre de los Insectos, la Mamá Mona, la Madre Q. Lebra y los otros antepasados de los no cuadrúpedos evolucionaron de las cuadrúpedas, que fueron las primeras, y por lo tanto, las superriores. Pero la Fauna Suprema dio luz a Faunita 1.

Y luego la discussión cambia a otra versión de nuestros orígenes, una versión un poco más masculina (o podríamos decir, ¿machista?).

—Recuerdo la gisstoria que nos contaba mi abuelo, el gran médico Dr. Assno Pos Sí, rebuzna Ass¿no? Él rebuznaba que Faunadiosa creó Faunita 1 de las sustancias primordiales, en su imagen y semejanza, y que Faunita 1 estaba solita, y por eso Faunadiosa creó Macho 1 de la colita de Faunita 1. Puesto que Faunita 1 era pequeñita y no se podía defender, Macho 1 fue creado para ser más grande y más fuerte, para que pudiera proteger a Faunita 1 y defenderla de… pos, defenderla, aunque no existía amenaza alguna todavía.

—Las re-evolusionarias como yo ya abandonamos la mitología machista de los assnos, chasquea la Tejonísima. Y otra cosa, ¿qué tal sí Faunita 1 no fue el primer animal? Así dice mi amiga Mona la Aulladora Matemática. Ella aúlla que Faunita 1 fue la hija de Faunita Ø, y que Faunita Ø fue creada por Quetzalfaunacoatl. Pero Mona no es cuadrúpeda, y no sé si los cuadrúpedos confiarán en su razonamiento. ¿Qué opinan los gringos? Ella mira a mí y a Machín.

Pienso antes de responder, tentando no ofender ni a los machos ni a las hembras, ni a los demás cuadrúpedos, ni a los no cuadrúpedos.

—No importa lo que realmente aconteció tantos milenios en el pasado, lo cual es un misterio en mi opinión humilde, porque no sé cómo Faunagaia creó el fauniverso y los animales; más bien pienso que debemos imaginar lo que *podría* haber transcurrido, en teoría, para poder inventar un cuento exitoso.

(En un principio: 2M)

Y vuelvo a mi compatriota, el otro gringo. —Machín, ¿has entendido la plática hasta ahora?

—No todo. Por la general, no entiendo loss cuadrúpedass, exsseto loss del monte como nossotross. Pero tengo un ssueño, que una día lass críoss de Quetzalfaunacoatl, y loss críass de Faunadiossa, y lass críass de la Fauna Ssuprema, y loss críoss del Gran Faunasspiritú y lass críoss de Faunagaia sse unirán y haserán lass pazess entre todoss loss animaless.

—O sea, una re-evolusión de amor, chasquea la Tejonísima. —¡Qué rromántico! Pero no sé si podríamos haser las pazes con los machistas.

—En un principio, sólo había amor, y el amor puede ser el tema principal de nuestro cuento, muge la Vaca F.

—Un mundo de puro amor es inverosímil, y creo que el cuento debe representar el origen de nuestra realidad, con todos sus engaños, mentiras, trucos, y esas cosas sutiles, aúlla Coyote, con un guiño.

—¿Cómo puede haber paz y amor cuando los animales creen en tantas diosas? rebuzna Ass¿no?

—Todo depende de una interpretasión adecuada de nuestras *teorías* sobre cada diosa, imita el Loro. Tiene que ver con el sincretismo. De hecho, podemos ver, en las diosas que conocemos, una sola diosa real. Y esa diosa se llama...

Fauna C

In a beginning, there is no wanthology. There isn't a single story, not one. And the story that does not exist has no plot, and the plot that does not exist has no climax, and the climax that does not exist has no protagonist, and the protagonist that does not exist does not rebel against the autor, who also does not yet exist, let alone the translador, who would be the first reeder... In fact, there is a great void, in other words, a blank notepad. For the notepad to fill up with notes, and the notes to turn into a text, some courageous animal must appear, taking the notepad to scratch, stomp, spin, peck, slither or rite something daring. Am I this animal...¿? Would I be an autor or a translador...¿?

I scratch, therefore I am. Who am I¿? Am I Dr. Chihuahua¿? Impossible. Coaty Mundy¿? No, neither. Peyote Coyote¿? Perhaps. The Fundamental Cow¿? The Mrs. of Mr. Ox¿? I am not a do-mesticaded stomper, as they are. Lady Bug¿? Cocky the Love Roach¿? I don't think so. Assno¿? You're kidding. The Interpreting Parrot¿? Condor Passed Over and Out¿? No, I am four-legged. Llama Mmama¿? The South American Night Mare¿? Not likely, I am a NorthAmericanimal. Mono Lingüal Monkey¿? No, I can actually growl in two and a half languages. Poet Pig the 17th¿? No, my father was not a poet, though he lived like one. Trigger the Calexico Cat¿? I have no weapons (exepting my claws, of course, and my teeth). Monarch Mary Pose Ah, or Marchin' Marchin' Kingsnake¿? I insist I am a clawed quadruped. However, I *can* growl that I attend the Narrative Workshop together with many such classmates. If you have never heard of this class, it meets on Friday nights at 19:00 at the School for Scratchers, Stompers, Spinners, Peckers, Slitherers and Riters.

I don't think I'll tell you my species yet; I don't divulge it to just anyone. If you promise not to report me to a Mexicanine Inmigrasion Agent, I can growl where I'm from, 'cause I'm not from the forest of Primavera Park. I'm from a far away rustic region, on the other side of the border, in the Snowy Saw Mountains. Now that I growled to you something about *my* background, where are you all from¿? Are you LatinAmericanimals, like the teachers and most students at my School¿? Or are you NorthAmericanimals, like my sidekick Marchin' Marchin' Kingsnake and me¿? Are you undocu-mented animals, living in the United Stables of Mexicanineland, like both of us¿? Do you have a blank notepad as well¿? Are you scratching in Spanish, like I am now¿? Actually, the notes I'm starting to scratch on my notepad are really translasions... translasions of translasions...

(In a beginning: 2N)

Even though we're native gringos, I mean gringo natives, the Mexicanimals like us a lot. We have many friends, most all of our classmates. According to them I'm the wild one, when Marchin' isn't on the march. Still, I confess I like the workshops—Poetry, Theater, Scripts, Fermented Reeding and the one I already mensioned, Narrative. After the workshops I burn the midnight oil. Narrative is my favorite workshop, maybe because it's on Fridays. Or it could be because I'm not the only one who doesn't bring a story to class. But our teacher, Señora Spider, is worried for that very reason, actually, because we don't bring in any stories. She whispers that no animal from the Primavera Park forest has ever invented a story, let alone a gringo inmigrant.

One Friday night class ends, as usual, without any stories and on the way out everyone neighs, brays, screeches, hisses, barks, howls, growls, meows, clicks, squawks, peeps, moos, whispers and chirps that they are going to the Lyin' Den to see the female primates danse. After the second to last student leaves the room, I hear the teacher whisper something to the Directora of the School, the famous M. Sow, and it seems to be something about the missing stories. I deside to stay behind to overhear the conversasion and catch up to my classmates later on, so as not to miss out on all the fun at the Den.

—Directora Sow, they still haven't scratched, stomped, spun, pecked, slithered or ritten any stories yet. I can't blame the students, because exept for Assno, they're not donkeys. For example, our greedy Peyote Coyote is now a playscratcher. The young rebel Coaty Mundy is scratching shape poems. The wise Fundamental Cow stomped a screenplay. Even our dear bruin here, who doesn't invent anything of his own, translades texts from Spanish into English, and so we can consider him a scratcher, to a certain extent. And according to the Interpreting Parrot, the other gringo slithered an exellent review in English of the '*poem*' Perro Páramo in the dirt out by the patio.

—Caro, what assignments have you given them¿? —grunts Dra. Sow.

—To scratch, spin, stomp, peck, slither or rite a story of romanse, horror, suspense, etc. —Sra. Spider whispers.

—Maybe a story about the first animal would work. There are so many oral hisstories about the first animals, which all the animals in Faunaland learn from their grandparents, and of course the epic poem stomped by Poet P. Pig the First, which should help the students.

—Good idea. All the animals know Faunasis. Next Friday I'll give them the assignment.

The next Monday, seven of us from the School meet after the Poetry Workshop: The businessanimal Peyote Coyote, the farmer Fundamental Cow, the gregarious and re-evolusionary Coaty Mundy, the hilarious engiñeer Assno, the litterature professor and lingüist Interpreting Parrot, and us undocumented animals, the native English-hissing Marchin' Marchin' Kingsnake, who teaches English, and me (as you now know, I am a translador). After we mammals drink a little of the F. Cow's milk, we all recite together a poem that was bubbled by Octavo the Eighth Fish, called, 'Ondulashión.' It has been transladed into English here, with the help of Octavo and a friend of his, for those animal reeders who do not know Spanish:

Ripples

I am a fish: Little will I last
and the sea is huge.
But I swim upward
The waves are translathing
Without understanding I comprehend:
I too am a translashion
And at this very moment
A wave translades me again

(In a beginning: 2Ñ)

Then we start chatting, and I growl to everyone again about the conversasion between Sra. Spider and the Directora last Friday. It seems incredible to all of us exept Interpreting, the Parrot that we could really scratch, stomp or slither a story. Sinse it will be hard to actually invent a story, we deside we had better work together. After arguing a little, we finally agree that we will invent the story first, and then Peyote will rescratch it onto Dr. Chihuahua's notepad. Dr. Chihuahua is our classmate who is also a politician in the Mexicanine government, who doesn't know how to scratch, just how to be scratched. If the story turns out well, everyone will know he didn't really scratch it. Anyhow, the main thing is we're happy to help him.

Interpreting, the Parrot mimics our discussion and adds that we can insert a crittical analysis into the story itself. Addisionally, he mimics that the story can also include its very own origin. For the rest of us, this is far too complicaded. Still, we promise Interpreting that he may peck the first review of our story, even before it is copied onto Dr. Chihuahua's notepad.

We amble, trot, fly and slither to Bar-ba Negra to continue our conversasion about what would be the first story out of Primavera Park, to the sound of live music by the band 'The Façade of Rock.' (or was it the 'Stoned Façade'?) We mammals begin discussing our grandparents, who used to tell us stories about Mammal Granma and Mammal Grandpa when we were wee animals. The F. Cow remembers her granma, the Incredibly More Fundamental Cow.

—My little old granny,...

—More like your big badass granny, laughs Assno, braying.

—My little old granny, the F. Cow continues mooing and ignoring Assno, —may she rest in peace, used to tell us the most succulent hisstories about Mammal Granma. Our Mammal Granma was a direct descendant of Faunita 1, the very first animal.

—That means we're all reladed, even if we're from different sides of the border, I growl.

—And even this clown Assno must be my cousin, howls Peyote.

Assno brays and we all laugh.

Coaty changes the topic, glancing sideways at Interpreting.

—Do you guys believe the stories the two-legged animals tell, that Faunita 1 had two legs like them¿? Because in Faunasis, Faunita 1 was a quadruped, and her origin was a mystery, and she appeared when the fauniverse was young.

Then a big argument ensues between the Spanish-clicking, Spanish-mooing, Spanish-braying, Spanish-howling, and Spanish-mimicking friends, which Marchin' can barely follow, 'cause he learned to hiss in Spanish in high school, back in Upper Vaporfornia. And I sing along with the Janice Hoplin Frog music, which is in English and reminds me of home, to add to the chaos. Then the F. Cow moos and the rest of us quiet down.

—Well, in my granny's hisstory, Faunita 1 was four-legged, and her descendants Faunita 2, Faunita 3, etc., were also four-legged, and their descendants like the friendly Great Mother Dinosaur, our great beloved Mammal Granma, the Great Mother of the Anfibians and the Great Mother of the Reptiles were also four-legged. They evolved over many milennia, from Faunita 1. The Great Quail Mary, the Great Queen Mother of the Insects, Mommy Monkey, Mother Sur Pent and the other ancestors of the non-quadrupeds all evolved from the quadrupeds, who were first, and therefore, were supperior. But the Supreme Fauna gave birth to Faunita 1.

And then the discussion turns to another version of our origins, a slightly more masculine version (or should I say machista?).

(In a beginning: 2O)

—I remember the hisstory that my grandpa used to tell us, the great Dr. Ass Ya No, brays Assno. He used to bray that Faunagoddess creaded Faunita 1 out of the primordial substanses, in her image and likeness, and that Faunita 1 was lonely, and that's why Faunagoddess creaded Macho 1 out of Faunita 1's tail end. Faunita 1 was petite and couldn't defend herself, so Macho 1 was creaded to be bigger and stronger, so that he could protect and defend her from... well, so he could defend her, even though there weren't any real threats around yet.

—As a re-evolusionary I reject such *assenine* mythology, clicks Coaty Mundy. —Anyway, what if Faunita 1 wasn't the first animal after all¿? That's what my friend Mona the Math Howler says. She howls that Faunita 1 was the daughter of Faunita Ø, and that Faunita Ø was creaded by Quetzalfaunacoatl. But Mona is not a quadruped, and I don't know if everyone will trust her reasoning. What do the gringos think¿?

She looks at me and Marchin'. I think before I reply, trying not to offend neither the machos nor the females, and neither the other quadrupeds nor the non-quadrupeds.

—It's not important what really happened so many millenia in the past, which is a mystery in my humble opinion, because I don't know how Faunagaia created the fauniverse and the animals, but rather I believe we must imagine what *might* have transpired, in theory, so that we can invent a suxessful story.

And I turn to my compatriot. —Marchin', have you understood the conversasion so far¿?

—Not everyssing, he hisses, in broken Spanish. —In ggeneral, I don't undersstand sse quadrupedss, exssept ssosse from sse mountainss like uss. But I have a dream, ssat one day sse young of Quetzalfaunacoatl, and sse young of Faunagoddesss, and sse young of sse Ssupreme Fauna, and sse young of sse Great Faunasspirit and sse young of Faunagaia will unite and will make peaces between all animalss.

—Oh yes, a re-evolusion of love, clicks Coaty. —How rromantic, oh¡! But we shouldn't make peace with the chauvinists.

—In a beginning, there was only love, and love can be the main theme of our story, moos the F. Cow.

—A world of pure love is implausible, and the story must represent the origin of our reality, where there is desepsion, lies, tricks, and the like, howls Peyote, with a wink.

—How can there be peace and love when animals believe in so many goddesses¿? brays Assno.

—It all depends on an adequade interpretasion of our *theory* about each goddess, mimics Parrot. —It has to do with syncretism. In fact, we can see, in the goddesses that we know about, just one real goddess. And her name is...

Fauna D

In a beginning, there is no translasion. And the translasion that does not exist has no original, and the original that does not exist was not ritten over and over again for millenia by monolingüal monkeys, or stomped over and over again by pink poetic pigs, or scratched over and over again on cave walls by bare bottomed feral bears, or spun over and over again in webs by dearly beloved arachnids, or pecked over and over again by interpreting parrot lingüists, or slithered over and over again in the dust by noble, peace loving kingsnakes.

For in a beginning, in a second, third or fourth beginning, or so, in the aftermath of the creasion of the fauniverse, in the aftermath of the formasion of the planet Terra, in the silense, on a foggy morning, there is just the first animal, Faunita Zero, and the story of how the Goddess Fauna has given birth to her and is raising her to be the mother of all animals. This is a first story, a story of a first birth, a

(In a beginning: 2P)

story of a first mother Goddess, a story of a first mother animal, a story of many firsts. In a sense, it is a new beginning, and yet it is an old beginning, a retelling.

¿So how are your early years, Faunita Zero? Tell us of the first moment you see your reflexion in a pool in the wood. Tell us of your first word, your first language, your first lesson in natural hisstory. ¿Is it on your first hike? ¿Is your first hike along the river, or up in the sierra, in the snow? Tell us of your adolessense, when your mother tells you that one day there will be pain in youngbirth. That you will be the mother of all. That your wisdom will grow. That you will teach each species how to survive in their own way, exept for the dinosaurs. That your offspring will evolve, and change with the seasons of the millenia, long after you are gone. That you will die. And you fall into sleep.

Then, in the middle of the night under a full moon, your mother Goddess of proffecy tells you, in a dream, about... your dream slips, slips into oblivion as you wake. Just a vague memory, just a feeling of maternal love. A dream of your first young. And you ask your mother, walking one day together in the garden, it is in a garden, ¿is it not? So it must be, a natural garden, a garden of blackberries and huckleberries and miner's lettuce, to be anachronistic. Your story can be anachronistic, ¿can't it? ¿And illogical? And so you ask your mother Goddess, in an ancient language, ¿what is it like to give birth? ¿How does it happen?

And then you notice that you are alone. And you call for...

Fauna E

En un principio, la traduxión no existe. Y la traduxión que no existe no cuenta con ningún original, y el original que no existe no fue enscrito una y otra vez durante milenios por monos monolingües, ni pisado una y otra vez por puercos poéticos color de rosa, ni rasguñado una y otra vez en las paredes de las cavernas por osos callejeros sin pantalones, ni hilado una y otra vez en telarañas por las hembras muy queridas de los arácnidos, ni picoteado una y otra vez por loros lingüistas interpretadores, ni arrastrado una y otra vez en la tierra polvorienta por serpientes rey nobles y pacíficos.

Pues en un principio, en un segundo, tercer o cuarto principio, más o menos, despuesito de la creasión del fauniverso, despuesito de la formasión del planeta Terra, en el silensio, en un día de mucha neblina, existe nomás la primera de los animales, Faunita Zero, y la gisstoria de como la Diosa Fauna ha dado luz a ella y la está criando para ser la madre de todos los animales. Esta es una primera gisstoria, una gisstoria de un primer nacimiento, una gisstoria de una primera Diosa madre, una gisstoria de una primera madre animal, una gisstoria de muchas primeras cosas. En un sentido, es un principio nuevo, y a la vez es un principio viejo, un acto de contar nuevamente.

Así que, ¡cuéntanos de tus primeros años, Faunita Zero! Dinos cómo es la primera vez que te ves reflejada en un pozo de agua, por el bosque. Dinos cuál es tu primera palabra, cuál idioma vas a aprender primero, qué día vas a escuchar tu primera lexión de gisstoria natural. ...Será en tu primera caminata? ...Tu primera caminata será allá por el río, o más allá por la sierra, en la nieve? Cuéntanos de tu adolessensia, cuando tu madre te dice que un día sufrirás dolores de parto. Que tú serás la madre de todos. Que tu sabiduría crecerá. Que enseñarás trucos a los animales de cada espesie para que sobrevivan, en su propia manera, menos a los dinosaurios. Que tus descendientes van a evolucionar, y cambiarán con las estasiones de los milenios, bien después de que tú te vayas. Que te vas a morir. Y te caes, dormida.

(In a beginning: 2Q)

Luego, a eso de la medianoche, bajo una luna llena, tu Diosa madre de proffecías te cuenta, en un sueño, sobre... tu sueño desliza, desliza a la nada al despertarte. Sólo una memoria nebulosa, sólo un sentido de amor materno. Un sueño de tu primera cría. Y le preguntas a tu madre, al andar juntas un día en el jardín, será en un jardín, ...verdad? Así ha de ser, en un jardín natural, un jardín de zarzamoras y otras especies de moras que no sabría traduxir, porque estás en Alta Vaporfornia antes de evolucionar el español y el inglés... aunque tu gisstoria no tiene por qué ser crono lógica... Así que le preguntas a tu Diosa madre, en un idioma ansiano, ...cómo es el parto? Cómo es que sucede?

Y luego te das cuenta que estás solita. Y le llamas a...

Fauna F

Y tu madre, la Diosa, te responde: «Vas a dar luz a un pez travieso, y lo llamarás Pescado Original», y es el fin de un principio, de...

Fauna G

And your mother, the Goddess, answers you: "You will give birth to a naughty fish, and you will call him Original Fin," and it is the end of a beginning, of...

Fauna H

And red river, red rover, this story is over, and still it has just begun, and it is evolving just like the...

Fauna I

Y colorín, colorado, este cuento se ha acabado, aunque apenas está comenzando, así es la evolusión de la...

Fauna J

Pues en un principio, existía la palabra, y la palabra era...

Fauna X

So in a beginning was the word, and the word was...

Fauna Ω

(En un principio, the end: 2R)

Short, Short, Short Stories:

Cortitititos:
Cuentos

S:
2

2T. Rex

dinosaurs of substanse

there on the floor
plastic
mosionless
dinosaurs who knew
worried about extinxion

the stuff of a dinosaur

you are of plastic, dinosaur
you are of rubber, dinosaur
you are of wood, dinosaur
you are of steel, dinosaur
just not of flesh, dinosaur

to be a paleontologist

had no rubber ducky
why would I
was to become
a paleontologist one day
that day, so frozen in time

what is a paleontologist

big long word of stone
petrified
so then I asked
a big person, let's pretend
it's a psychologist for dinosaurs

what is extinxion

we paleontologists were too late
couldn't save you from
your madness
or a meteor
or mice

2U, T. Rex

dinosaurios de sustancia

ahí en el piso, pues
de plástico
ya inmóviles
dinosaurios sabios
preocupados por la extinxión

dinosaurio material

eres de plástico, dinosaurio
eres de hule, dinosaurio
eres de madera, dinosaurio
eres de asero, dinosaurio
mas no de carne, dinosaurio

ser paleontólogo

no tenía patito de hule
claro, porque
iba a haserme
paleontólogo un día
aquel día, tan congelado en el tiempo

lo que es un paleontólogo

término rebuscado de piedra
petrificado
y le pregunté
a uno más grande,
¿no sería sicólogo para dinosaurios?

lo que es la extinxión

los paleontólogos llegamos bien tarde
no pudimos salvarte
de tu gran locura
ni del meteoro
ni de ratones

R R

TOMMIE
OR RO

COR ROC

GUY DOLLY
KCOR ROCK

guy marmot, 2V:

A   R

CA   RO

LA MIRONA   LA DOÑA

OCA   ROC

EL DON

ROCA   ROCA

don marmota, 2W:

cow & herb tea & cow & greens & cow & milk & cow & daylight & cow & chatting & cow

the diurnal visit of the cows, 2X:

vaca y té de yerba y vaca y verduras y vaca y leche y vaca y sol y vaca y plática y vaca

la visita diurna de las vacas, 2Y:

the congress of four-legged animals, 2Z:

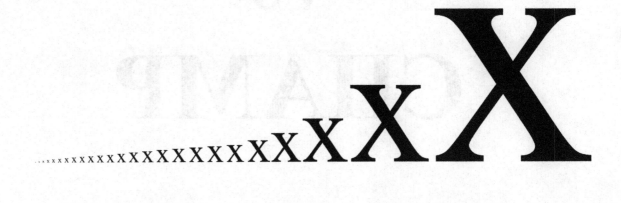

el congresso de animales cuadrúpedos, 3Ø:

VS

CHAMP

when the champ and z's were after me, 31:

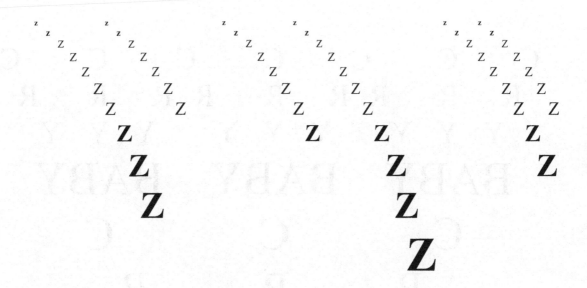

VS
CHIMP
PANZÓN

chimp panzón y zetas con metas, contra mí, 32:

C   C   C   C   C   C   C

R   R   R   R   R   R   R

Y   Y   Y   Y   Y   Y   Y

BABY   BABY   BABY

C   C   C

R   R   R

Y   Y   Y

BABE

TRUNK
TRUNK
TRUNK
TRUNK
TRUNK
TRUNK
TRUNK
TRUNK
TRUNK
TRUNK
TRUNK
TRUNK
TRUNK

crybaby's crybabies, 33:

CH CH CH CH CH CH CH
I   I   I   I   I   I   I
LL LL LLLL LL LLLL LL LL
A A A   A A A   A A A
NENE   NENE   NENE
CH   CH   CH
I   I   I
LL   LL   LL
A   A   A
NENA
TRONCO
TRONCO
TRONCO
TRONCO
TRONCO
TRONCO
TRONCO
TRONCO
TRONCO
TRONCO
TRONCO
TRONCO
TRONCO

los chillones de la chillona, 34:

i am scorpio... you *were* the scorpion, 35:

yo *soy* escorpión... tú eras el escorpión, 36:

silense

in a moment of silense, 37:

silensio

en un instante de silensio, 38:

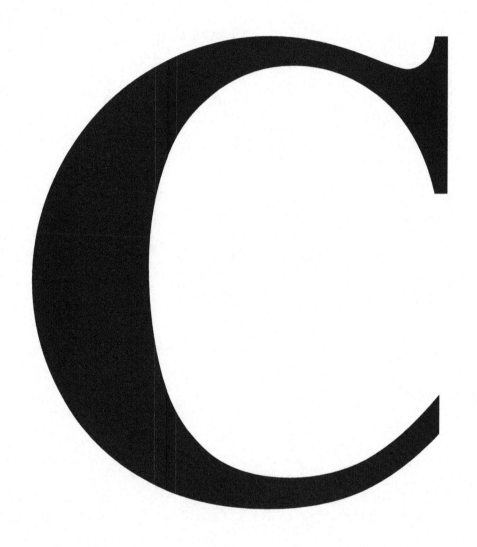

big ba-ba-bats in big empty cave, 39:

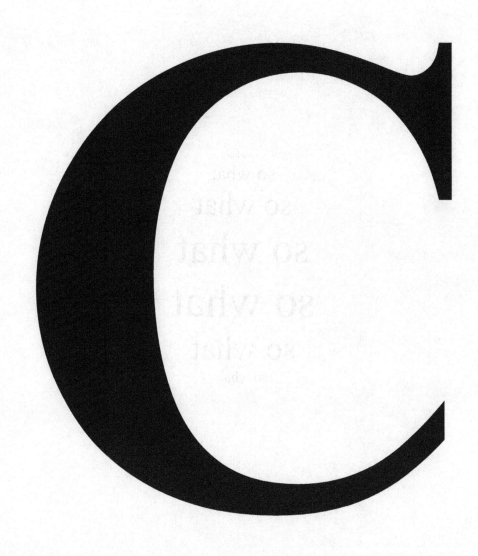

mur-murciélagos en cu-cueva abandonada, 3A:

so what
so what
so what
so what
so what
so what
so what

so what? happens to unhatched chicks, 3B:

ni modo
ni modo
ni modo
ni modo
ni modo
ni modo
ni modo

ni modo... para los pollitos sin naser, 3C:

A UNKNOWN
ANIMAL

memorial to the un known animal, 3D:

DES
ANIMAL
CONOCIDO

homenaje al animal des conocido, 3E:

shrink
expand

shrink
expand

shrink
expand

shrink
expand

shrink
expand

shrink
expand

shrink
expand

shrink
expand

animal
couch

animal
couch

animal
couch

animal
couch

animal
couch

animal
couch

animal
couch

animal
couch

shrink animal

expand couch

the animal's on the couch, 3F:

psiquiatra
diva

animal
diván

psiquiatra
diva

animal
diván

psiquiatra
diva

animal
diván

psiquiatra
diva

animal
diván

psiquiatra
diva

animal
diván

psiquiatra
diva

animal
diván

psiquiatra
diva

animal
diván

psiquiatranimal
diva   diván

el animal está en el diván, 3G:

```
  A
   L
    L        R
ALLIGATO

               A
                L
                 L        R
            ALLIGATO

                                              A
                                               L
                                                L        R
           you is here                    ALLIGATO
                •

  A                  A                        A
   L                  L                        L
    L        R         L        R               L        R
ALLIGATO          ALLIGATO                 ALLIGATO
```

the san blas alligator tour, 3H:

```
                                              N
                                          A
                                      P   M
                                 U R O C A I M A N


                            N
                        A
                    P   M
               U R O C A I M A N


          N
      A
  P   M                    you estoy aquí
U R O C A I M A N               •


      N                         N                         N
  A                         A                         A
  P   M                     P   M                     P   M
U R O C A I M Á N     U R O C A I M A N     U R O C A I M A N
```

el show de los caimanes en san blas, 3I:

door door door door door door

door   door

door   door

door   **BOLSHEVIK**   door door door door door door

door   **BEAVER**   door   door

door   door   door

door   **1   O**   door   **BIG BROTHER**   door door door door door door

door   door   **NUTRIA**   door   door

door   door   door   door

door   door   **2   O**   door   **HIKING**   door

door   door   door   **HAMSTER GIRL**   door

door   door   door   door

door door door door door door   door   **3   O**   door

                             door   door   door

                             door   door   door

                             door door door door door door   door

                                                    door   door

                                                    door   door

                                                    door door door door door door

two macho rodents, 3J:

puerta puerta puerta puerta puerta puerta

puerta   puerta

puerta   puerta

puerta   **FIDEL**   puerta puerta puerta puerta puerta puerta

puerta   **CASTOR**   puerta   puerta

puerta   puerta   puerta

puerta   **4**   **0** puerta   **CAMARADA** puerta puerta puerta puerta puerta puerta

puerta   puerta   **COIPO**   puerta   puerta

puerta   puerta   puerta   puerta

puerta   puerta   **5**   **0** puerta   **FLOR INNATA** puerta

puerta   puerta   puerta   **DE LAS RATAS** puerta

puerta   puerta   puerta   puerta

puerta puerta puerta puerta puerta puerta   puerta   **6**   **0** puerta

                                            puerta   puerta

                                            puerta   puerta

                      puerta puerta puerta puerta puerta puerta   puerta

                                            puerta   puerta

                                            puerta   puerta

                                            puerta puerta puerta puerta puerta puerta

dos roedores machistas, 3K:

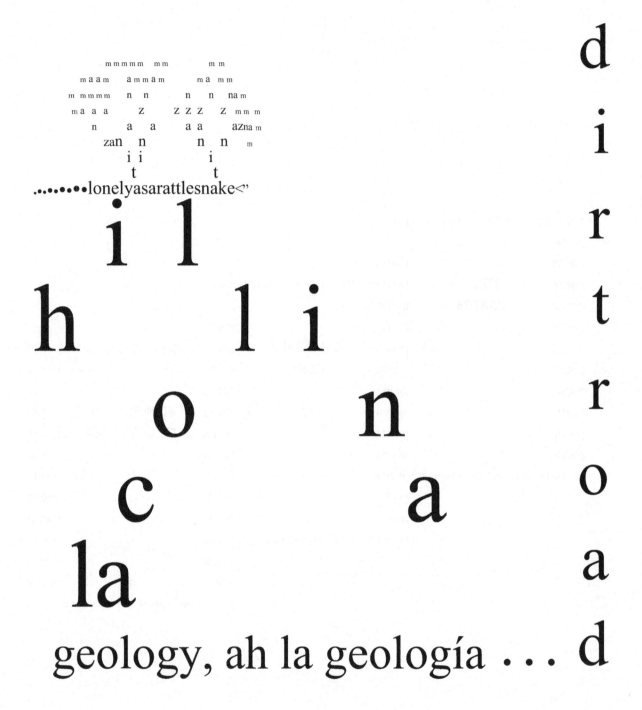

```
        m m m m m   m m                m m
    m a a m   a m m a m        m a   m m
  m m m m m   n  n          n   n   n a m
  m a a a     z     z z z    z  m m m
     n     a    a       a a    a z na m
     zan  n          n     n     m
        i  i               i
            t               t
```

........••lonelyasarattlesnake<"

i   l

h   l   i

o   n

c   a

la

geology, ah la geología ...

d
i
r
t
r
o
a
d

lonely as a rattlesnake, 3L:

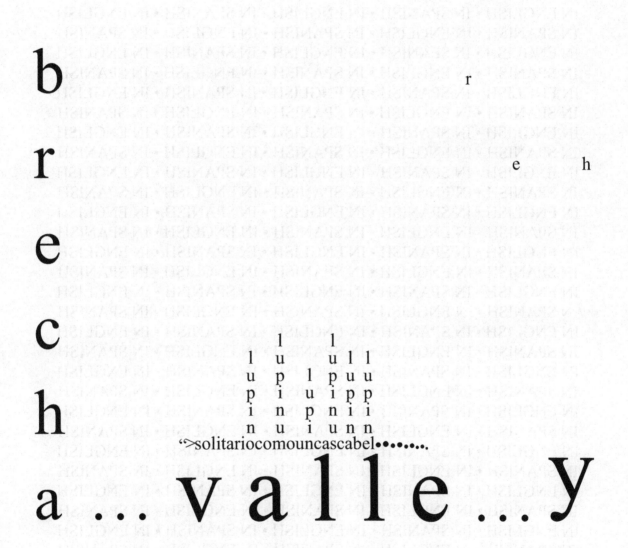

solitario como un cascabel, 3M:

IN ENGLISH • IN SPANISH • IN ENGLISH • IN SPANISH • IN ENGLISH
IN SPANISH • IN ENGLISH • IN SPANISH • IN ENGLISH • IN SPANISH
IN ENGLISH • IN SPANISH • IN ENGLISH • IN SPANISH • IN ENGLISH
IN SPANISH • IN ENGLISH • IN SPANISH • IN ENGLISH • IN SPANISH
IN ENGLISH • IN SPANISH • IN ENGLISH • IN SPANISH • IN ENGLISH
IN SPANISH • IN ENGLISH • IN SPANISH • IN ENGLISH • IN SPANISH
IN ENGLISH • IN SPANISH • IN ENGLISH • IN SPANISH • IN ENGLISH
IN SPANISH • IN ENGLISH • IN SPANISH • IN ENGLISH • IN SPANISH
IN ENGLISH • IN SPANISH • IN ENGLISH • IN SPANISH • IN ENGLISH
IN SPANISH • IN ENGLISH • IN SPANISH • IN ENGLISH • IN SPANISH
IN ENGLISH • IN SPANISH • IN ENGLISH • IN SPANISH • IN ENGLISH
IN SPANISH • IN ENGLISH • IN SPANISH • IN ENGLISH • IN SPANISH
IN ENGLISH • IN SPANISH • IN ENGLISH • IN SPANISH • IN ENGLISH
IN SPANISH • IN ENGLISH • IN SPANISH • IN ENGLISH • IN SPANISH
IN ENGLISH • IN SPANISH • IN ENGLISH • IN SPANISH • IN ENGLISH
IN SPANISH • IN ENGLISH • IN SPANISH • IN ENGLISH • IN SPANISH
IN ENGLISH • IN SPANISH • IN ENGLISH • IN SPANISH • IN ENGLISH
IN SPANISH • IN ENGLISH • IN SPANISH • IN ENGLISH • IN SPANISH
IN ENGLISH • IN SPANISH • IN ENGLISH • IN SPANISH • IN ENGLISH
IN SPANISH • IN ENGLISH • IN SPANISH • IN ENGLISH • IN SPANISH
IN ENGLISH • IN SPANISH • IN ENGLISH • IN SPANISH • IN ENGLISH
IN SPANISH • IN ENGLISH • IN SPANISH • IN ENGLISH • IN SPANISH
IN ENGLISH • IN SPANISH • IN ENGLISH • IN SPANISH • IN ENGLISH
IN SPANISH • IN ENGLISH • IN SPANISH • IN ENGLISH • IN SPANISH
IN ENGLISH • IN SPANISH • IN ENGLISH • IN SPANISH • IN ENGLISH
IN SPANISH • IN ENGLISH • IN SPANISH • IN ENGLISH • IN SPANISH
IN ENGLISH • IN SPANISH • IN ENGLISH • IN SPANISH • IN ENGLISH
IN SPANISH • IN ENGLISH • IN SPANISH • IN ENGLISH • IN SPANISH
IN ENGLISH • IN SPANISH • IN ENGLISH • IN SPANISH • IN ENGLISH
IN SPANISH • IN ENGLISH • IN SPANISH • IN ENGLISH • IN SPANISH
IN ENGLISH • IN SPANISH • IN ENGLISH • IN SPANISH • IN ENGLISH
IN SPANISH • IN ENGLISH • IN SPANISH • IN ENGLISH • IN SPANISH
IN ENGLISH • IN SPANISH • IN ENGLISH • IN SPANISH • IN ENGLISH
IN SPANISH • IN ENGLISH • IN SPANISH • IN ENGLISH • IN SPANISH
IN ENGLISH • IN SPANISH • IN ENGLISH • IN SPANISH • IN ENGLISH
IN SPANISH • IN ENGLISH • IN SPANISH • IN ENGLISH • IN SPANISH

how cocky roaches make love, 3N:

en inglés • en español • en inglés • en español • en inglés • en español • en inglés
en español • en inglés • en español • en inglés • en español • en inglés • en español
en inglés • en español • en inglés • en español • en inglés • en español • en inglés
en español • en inglés • en español • en inglés • en español • en inglés • en español
en inglés • en español • en inglés • en español • en inglés • en español • en inglés
en español • en inglés • en español • en inglés • en español • en inglés • en español
en inglés • en español • en inglés • en español • en inglés • en español • en inglés
en español • en inglés • en español • en inglés • en español • en inglés • en español
en inglés • en español • en inglés • en español • en inglés • en español • en inglés
en español • en inglés • en español • en inglés • en español • en inglés • en español
en inglés • en español • en inglés • en español • en inglés • en español • en inglés
en español • en inglés • en español • en inglés • en español • en inglés • en español
en inglés • en español • en inglés • en español • en inglés • en español • en inglés
en español • en inglés • en español • en inglés • en español • en inglés • en español
en inglés • en español • en inglés • en español • en inglés • en español • en inglés
en español • en inglés • en español • en inglés • en español • en inglés • en español
en inglés • en español • en inglés • en español • en inglés • en español • en inglés
en español • en inglés • en español • en inglés • en español • en inglés • en español
en inglés • en español • en inglés • en español • en inglés • en español • en inglés
en español • en inglés • en español • en inglés • en español • en inglés • en español
en inglés • en español • en inglés • en español • en inglés • en español • en inglés
en español • en inglés • en español • en inglés • en español • en inglés • en español
en inglés • en español • en inglés • en español • en inglés • en español • en inglés
en español • en inglés • en español • en inglés • en español • en inglés • en español
en inglés • en español • en inglés • en español • en inglés • en español • en inglés
en español • en inglés • en español • en inglés • en español • en inglés • en español
en inglés • en español • en inglés • en español • en inglés • en español • en inglés
en español • en inglés • en español • en inglés • en español • en inglés • en español
en inglés • en español • en inglés • en español • en inglés • en español • en inglés
en español • en inglés • en español • en inglés • en español • en inglés • en español
en inglés • en español • en inglés • en español • en inglés • en español • en inglés
en español • en inglés • en español • en inglés • en español • en inglés • en español
en inglés • en español • en inglés • en español • en inglés • en español • en inglés
en español • en inglés • en español • en inglés • en español • en inglés • en español
en inglés • en español • en inglés • en español • en inglés • en español • en inglés
en español • en inglés • en español • en inglés • en español • en inglés • en español

las kukaratshas presumidas hasen el amor, 3Ñ:

```
G G G G G G              A
G       O       G        M
G       D       G        O
G O D = D O G            R
G       D       G    L O V E • L O V E
G       O       G        A
G G G G G G              M
                         O
                         R
```

```
R A Y A S * T * R * I * P * E * S
S T A R S T * R
R A Y A S * T * R * I * P * E * S
S T A R S T * R
R A Y A S * T * R * I * P * E * S
S T A R S T * R
R A Y A S * T * R * I * P * E * S

E * S * T * R * E * L * L * A * S

E * S * T * R * E * L * L * A * S

E * S * T * R * E * L * L * A * S
```

encore! encore! the star spanglish banner! 3O:

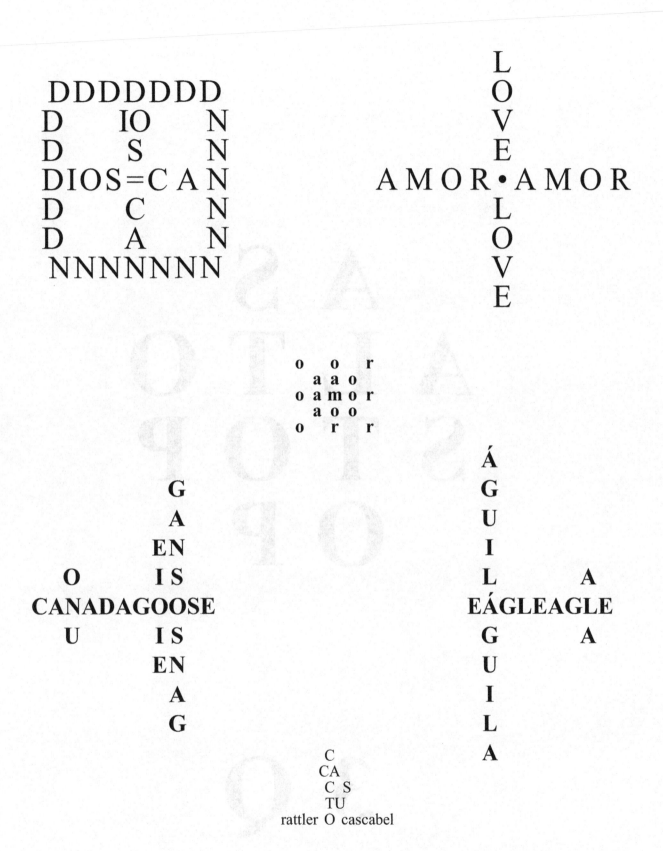

¡que se repita! missión impossible: rumbo al tricolor: 3P:

A S
A L T O
S T O P
O P

3 Q

A

L S O

S T O P

L O O

A P

3 R

Fauna

Plays

FAUNA

EN OBRAS

3S:

first

first

first

primer

primer

primer

3T:
first try

primer intento

try

try

intento

intento

intento

primer

intento

Fauna On
On Fauna
The Road Again
Again The Road
¡JA! LA GRAN
LA GRAN ¡JA!
FAUNA DE GIRAH
GIRAH DE FAUNA

∧ ∨ ∧ ∨

＞＞＞＞＞
＜

¡Under the Big Top! • ¡El Acto Tromposo! • ¡3U!

3

V

second try

second

second

second

segundo

segundo

segundo

segundo

segundo

segundo intento

segundo intento

intento

intento

intento

intento

try

try

try

¡con las colas! ¡arriba la re-evolusión! • ¡con las colas! ¡arriba la r!

¡con las colas! ¡arriba la re-evolusión! • constitusión del pinchy d

constitusión del pinchy dóber-man • chín luchero, serpiente rey

constitusión del pinchy dóber-man • el movimiento ladra y la

machín luchero, serpienterrey • movimiento ladra y ladra

machín luchero, serpienterrey • mi río de tu américa

el movimiento ladrayladra • de toda tu américa

el movimiento ladrayladra • tutu américa

mi río de toda américa • mi río de

mi río de toda américa

r r r r r r

r r r r r

á á á á á á

a a **a a** a a

p p **p • p** p p p

p p p p p p

i i i i i i

i i i i i i

d d d d d d

d d d d d

o **s o s o s** o

o **s o s o s**

s o s o s o s

up pun-american river

up pun-american river • up pun

the bark-only movement • punamerica

the bark-only movement • up pun-american

marchin' marchin' kingsnake • up pun-american

marchin' marchin' kingsnake • the bark-only moveme

pinchy dober-man's constitusion • the bark-only movemen

pinchy dober-man's constitusion • marchin' marchin' kingsna

telling your evolusionary tails, rise up! • pinchy dober-man's con

telling your evolusionary tails, rise up! • telling your evolusionary t!   3W!

therd intento 3X terser try

terser try 3X therd intento

therd intento 3X terser try

terser try 3X therd intento

therd intento 3X terser try

terser try 3X therd intento

therd intento 3X terser try

terser try 3X therd intento

pan
pan
panning for a nugget   get   get

pan
pan
panning for get   get   get

pan
pan go get   get

pa   ge
page

R
ER
VER
IVER
RIVER
NRIVER
ANRIVER
CANRIVER
ICANRIVER
RICANRIVER
ERICANRIVER
MERICANRIVER
AMERICANRIVER
NAMERICANRIVER
PA...NAMERICANRIVER
UNAMERICANRIVER
PUNAMERICANRIVER
PPUNAMERICANRIVER
UPPUNAMERICANRIVER

laf

laf

la fiebre del loro por

       por

         laf

         laf

         la fiebre del oro

             oro

                 laf

                 la fe de oro

                     oro

                       oro

                         fo

                         foro ro

A

CA

ICA

RICA

ÉRICA

MÉRICA

AMÉRICA

AAMÉRICA

DAAMÉRICA

ODAAMÉRICA

TODAAMÉRICA

ETODAAMÉRICA

DETODAAMÉRICA

...ORODETODAAMÉRICA

ÍODETODAAMÉRICA

RÍODETODAAMÉRICA

IRÍODETODAAMÉRICA

MIRÍODETODAAMÉRICA

A 4∅,

A 4∅ DA

FAUNA.

A FAUNA

DO BRASIL.

DO BRAZIL   DO BRAZIL

DO DOBRAZIL DOBRAZIL DO

DOBRAZZIL   DO   DOBRAZZIL

DOOBRAZZIIL DOO DOOBRAZZIIL

DODOBRAZZIILDODODODOBRAZZIIL

DODOBRAZZIILDO DODO DOBRAZZIIL

DODOBRAZZIILDO DODO DOBRAZZIILDO

DODOBRAZZIIL DOOBRAZZIIL DOBRAZZIIL.

41

cor

cor

corrida do louro por

por

cor

cor

corrida do ouro por

por .... o

o

cor

our ..... o

o

ouro

o

cor adoro

oro

o

coro

o

ro

o

o

A
CA
ICA
RICA
ÉRICA
MÉRICA
AMÉRICA
AAMÉRICA
DAAMÉRICA
ODAAMÉRICA
TODAAMÉRICA
ETODAAMÉRICA
DETODAAMÉRICA
ODETODAAMÉRICA
IODETODAAMÉRICA
RIODETODAAMÉRICA
URIODETODAAMÉRICA
EURIODETODAAMÉRICA
MEURIODETODAAMÉRICA
OMEURIODETODAAMÉRICA

Editor's Note:

Upon crossing Pun-American River again and returning to the other United Stables, I found that a number of laws had been enacted. Later on, most of these laws were extended to all of North America through the Northamericanimal Political Union, when all the Canadianimals and Mexicanimals joined the "Americanimals," to become the New North Americanimals.

Here are several of the laws and decrees that were enacted, as well as two of the amendments, a decision of the Supreme Kangaroo Court and a treaty, all of which I, at the risk of being called a traitor to my four-legged species, must respectfully disagree with, due to the fact that they do nothing to help my friends who were not fortunade enough to be born with four legs, as I was:

- Migradory Law H.B. 187 Of The Great Stable Of The Narizona
- Federal Budget Of The United Stables of "America" For The Years 4,547,396,201 – 4,547,396,208
- The Big Veterinary Insurance Law For The United Stables Of "America"
- The Latest Worldwide Decree On Capital Punishment, From Queen Lioness The White
- The "Americanimal" Civil Rights Act Of 4,547,396,164
- The "Americanimal" Voting Rights Act Of 4,547,396,165
- The "Americanimals" With A Gun Rights Act Of 4,547,396,214
- The Bark-Only Amendment To The Constitusion Of The United Stables Of "America"
- The Four-Legged Populasion Control Act
- The Four-Legged Environmental Protexion Act
- The Four-Legged Corporade Welfare Act
- The 'Fair And Balanced' News Amendment To The Four-Legged Constitusion
- The 'Animals United' Decision Of The Supreme Kangaroo Court
- The Treaty On Blasfemy Against Quadrupeds
- The Endangered "Americanimal" Species Act

There was, however, one proposed law with which I did agree, though it was never enacted:

- The Four-Legged Creasion And Evolusion Bill

In the following pages the above laws, decrees and amendments are summarized in a language understandable to four-legged animals, since we four-legged animals are currently in power. I have also transladed these summaries into Spanish, fairly litterally. Any similarities to previously enacted laws, decrees and amendments are purely coincidental.

Nota de la redaxión:

Al atravesar nuevamente Mi Río de Toda América y volver a los otros Establos Unidos, me di cuenta que varias leyes habían entrado en vigor. Más tarde, la mayor parte de estas leyes se extendieron a toda América del Norte através de la Unión Política Norteamericanimal, cuando todos los canadiensanimales y mexicanimales se unieron a los norteamericanimales para convertirse en los nuevos norteamericanimales.

Aquí hay varias leyes y decretos que entraron en vigor, y dos enmiendas, un tratado y una decisión del tribunal de los canguros, todos los cuales yo, a riesgo de que me llamen traidor a mi especie cuadrúpeda, con el debido respeto, no apruebo, puesto que no ayudan para nada a mis amigos que por desventura no nacieron cuadrúpedos como yo.

- La Ley Migradoria H.B. 187 Del Gran Establo De La Narizona
- El Presupuesto Federal De Los Establos Unidos De «América» Para Los Años 4,547,396,201 – 4,547,396,208
- La Ley Enorme Sobre El Seguro Veterinario De Los Establos Unidos De «América»
- El Último Decreto Mundial Sobre La Pena De Muerte, De La Reina Leona La Blanca
- El Acto Sobre Derechos Civiles De Los Americanimales Del Año 4,547,396,164
- La Ley Sobre Los Derechos Al Sufragio Americanimal Del Año 4,547,396,165
- La Ley Sobre Los Americanimales Con Derechos A Armas De Fuego Del Año 4,547,396,214
- La Enmienda Sobre Ladridos A La Constitusión De Los Establos Unidos De «América»
- El Acto Sobre El Control De La Populasión Cuadrúpeda
- El Acto Sobre La Protexión Del Medio Ambiente Cuadrúpedo
- El Acto Sobre La Asistencia Social Para Las Empresas Cuadrúpedas
- La Enmienda Sobre Las Noticias «Imparciales Y Equilibradas» A La Constitusión Cuadrúpeda
- La Decisión Sobre La Causa «Animales Unidos» Por El Tribunal Supremo De Canguros
- El Tratado Sobre Blasfemia Contra Cuadrúpedos
- El Acto Sobre Los Americanimales En Peligro De Extinxión

Hubo, sin embargo, un proyecto de ley propuesto que yo apoyaba, que nunca entró en vigor:

- El Proyecto De Ley Cuadrúpedo Sobre La Creasión Y La Evolusión

En las siguientes páginas proporciono resúmenes de las leyes, decretos y enmiendas en un lenguaje fácil de comprender por los cuadrúpedos, puesto que los cuadrúpedos actualmente nos encontramos en el poder. Además, he traduxido estos resúmenes al español, de una forma bastante litteral. Cualquier semejanza que tengan con leyes, decretos o enmiendas en vigor anteriormente es pura coincidencia.

Migradory Law H.B. 187 Of The Great Stable Of The Narizona

Artickle 1

Animals that do not have four legs are hereby classified as suspects of having migraded into the Great Stable of the Narizona illegally. Every police dog in Narizona must now confront any animal suspected of not being a quadruped and require them to present proper four-legged migradory documents. If an animal does not provide proper migrasion documents when requested, they will be detained. Any animal that violades the migrasion laws of the United Stables of "America" will be placed in a cage, without any rights, since they do not have four legs.

Artickle 2

It is hereby declared that no two-legged animals may migrade into the Great Stable of the Narizona without a four-legged visa in their four-legged passport. All two-legged birds who have been migrading south to Narizona for the winter and heading north for the summer will be forced to sell their nests and leave unless they can obtain a four-legged visa. Since two-legged animals cannot legally obtain four-legged visas or four-legged passports, all two-legged animals will be inmediadely suspect of having invaded Narizona territory illegally. Two-legged primates are a special case. With the exepsion of those allowed in the Stable zoo or circus, two-legged primates are excluded completely from crossing our territory. Only those primates that walk on all fours and suxessfully obtain a four-legged passport will be able to apply for a four-legged visa.

Artickle 3

Native Americanimal residents of the Great Stable of the Narizona will be hereby restrickted to their reservasions and may not migrade. Any native rattlesnakes that are found outside of the reservasion will be killed on sight. Condors flying in non-reservasion airspace will be shot, since they do not have four legs.

Artickle 4

No plant species may migrade into Narizona territory. Any plant whose seed originaded outside the Great Stable of the Narizona will be uprooted and burned, unless it was brought in by a four-legged animal. Police dogs are hereby instructed to examine suspicious seeds and confiscade them if they are deemed to be migradory plant seeds.

Artickle 5

Insects are hereby prohibited from migrading to the Great Stable of the Narizona, since they are not four-legged animals. This includes every type of fly, bug, beetle, mosquito, ant, cockroach, butterfly or moth, whether or not they are adaptable to the arid climade here.

Artickle 6

Only four-legged animals are allowed to migrade in the Narizona half of the Red-Faced Irony River. Police dogs will patrol the Narizona half of the River to ensure that no water species migrade.

Artickle 7

It is hereby declared that all four-legged animals may now migrade to and from the Great Stable of the Narizona without the need of a four-legged visa in their four-legged passports. Furthermore, among the species that are especially welcome are dogs fit for training to work as police or border patrol dogs who know how to bark in English, horses fit to be trained for police work and military exercises who know how to neigh in English, piggy bankers with lots of sand dollars regardless of whether they know how to oink in English, and milk-produsing cows and studly bulls who know how to snort in English. Food for said species will be imported from other Stables, as the desert is an inhospitable place and does not produse enough dog food, grasses or food suitable for wealthy piggy bankers. Water will be brought across the desert from the Red-Faced Irony River.

La Ley Migradoria S.H. 187 Del Gran Establo De La Narizona

Hartículo 1

Por el presente señalamos que los animales que no tengan cuatro patas son sospechosos de haber migrado ilegalmente al Gran Establo de la Narizona. Desde ahora en adelante cada perro policíaco en Narizona debe parar cualquier animal que encuentre que no sea cuadrúpedo y exigirle presentar documentos migradorios cuadrúpedos vigentes. Si un animal no presenta documentos migradorios vigentes, será detenido. Cualquier animal que viole las leyes migradorias de los Establos Unidos de «América» será enjaulado, sin derechos, porque no es cuadrúpedo.

Hartículo 2

Por el presente declaramos que no se le permite a ningún animal de dos patas migrar al Gran Establo de la Narizona sin una visa cuadrúpeda en su passaporte cuadrúpedo. Todas las aves de dos patas que han migrado desde el norte a Narizona para pasar el invierno aquí, y que vuelven al norte para pasar el verano allá, tendrán que vender sus nidos y salir del Establo a menos que puedan conseguir una visa cuadrúpeda. Ya que los animales de dos patas no pueden obtener visas cuadrúpedas legalmente, ni tampoco passaportes cuadrúpedos, se considerará todo animal de dos patas sospechoso de haber invadido ilegalmente el territorio de la Narizona. Los primates de dos patas son un caso especial. Con la exepsión de los primates permitidos en el zoológico o circo del Establo, no se les permite a los primates de dos patas ni pasar por nuestro territorio. Solamente los primates que gateen y así obtengan un passaporte cuadrúpedo podrán solicitar una visa cuadrúpeda.

Hartículo 3

Por el presente los residentes americanimales indígenas del Gran Establo de la Narizona quedan restringidos a sus reservas y no deben migrar. Cualquier cascabel indígena que se encuentre fuera de la reserva será matado a la vista. Se disparará al cóndor que vuele en espacio aéreo fuera de la reserva, por no ser cuadrúpedo.

Hartículo 4

No se permite a ninguna especie de planta migrar al territorio de la Narizona. Toda planta cuya semilla originó fuera del Gran Establo de la Narizona será arrancada y quemada, a menos que haya sido traído por un cuadrúpedo. Se les manda a los perros policíacos examinar semillas sospechosas y confiscarlas si parecen ser migradorias.

Hartículo 5

Por el presente se les prohibe a los insectos migrar al Gran Establo de la Narizona, puesto que no son cuadrúpedos. Queda prohibida cada clase de mosca, bicho, escarabajo, hormiga, kukaratsha, mosquito y mariposa, sin importar su capacidad o no para adaptarse al clima árido que tenemos aquí.

Hartículo 6

Solamente a los cuadrúpedos se les permite migrar por la mitad narizoniana de Mi Río de la Ironía Penosa. Los perros policíacos patrullarán la mitad narizoniana de Mi Río para asegurarse que no migre ninguna especie acuática.

Hartículo 7

Por el presente se declara que ya permitimos a todos los cuadrúpedos migrar por el Gran Establo de la Narizona sin el requisito de tener una visa cuadrúpeda en su passaporte cuadrúpedo. Además, queremos dar una bienvenida especial a varias especies cuadrúpedas, como son los perros aptos para la capacitasión para trabajo policíaco o con la patrulla fronteriza, que sepan ladrar en inglés, caballos que son aptos para la capacitasión para trabajo policíaco o con el ejército, que sepan relinchar en inglés, los banqueros cochinos que cuenten con muchos dólares de arena sin importar si saben gruñir en inglés o no, y vacas que produxcan leche con sus toros machistas que sepan bufar en inglés. La comida para tales especies será importada de otros Establos, dado que el desierto es un lugar inhóspito que no produxe suficiente comida para perros, zacate para ganado o comida de suficiente calidad para los banqueros cochinos adinerados. El agua será transportada por el desierto de Mi Río de la Ironía Penosa.

Federal Budget Of The United Stables Of "America" For The Years 4,547,396,201 – 4,547,396,208
President Eleffant, Vice-President Donkey And The Congress Of Four-Legged "Americanimals"

Artickle 1: Progressive Tax Reform

Progressive Tax Reform, as defined by this budget, means progressively lower four-legged income taxes each year. This budget establishes that income taxes will be lowered each year, progressively, until there are no more income taxes for four-legged animals. These tax cuts will first be applied to fat cats, piggy bankers, corporade dogs, military horses and political eleffants and donkeys. Tax loopholes for other wealthy quadrupeds will also be expanded. Tax cuts will then be applied to all other four-legged animals. Two-legged animals, whales, dolfins, pinnipeds, snakes, worms, fish and insects will not receive an income tax cut. Failure to indicade your species and the number of legs you have on your federal tax return will result in a severe penalty.

Artickle 2: Increased Spending On Military Horses, Navy Seals And Air Force Eagles

In order to defend our great country from attack by land, sea or air, this budget increases overall spending on military horses, navy seals and air force bald eagles each year until the spending accounts for the entire federal budget of the United Stables of America. Military horses will receive the bulk of the budget increases, since they are four-legged animals. Seals will also receive an increase because they have four appendages, and are thus almost four-legged animals. Many bald eagles will be drafted, even if they want to serve, and bald eagles will be expected to serve with less pay, because they are two-legged animals.

Artickle 3: Increased Spending On Four-Legged Animals

In order to meet the needs of our nasional four-legged populasion, spending on four-legged programs will increase until it constitutes the entire federal budget of the United Stables of America. Domesticaded dogs, cats, horses, pigs, cattle, sheep, goats, rats, ferrets, hamsters, gerbils and house rabbits will receive most of the increase in spending, along with political eleffants and donkeys. Spending on four-legged zoo animals such as zebras, lions, cheetahs, leopards, tigers, giraffes, and so on will be modestly increased. Indigenous quadrupeds such as moose, buffalo, deer, mountain lions, elk, alligators, turtles, tortoises, anoles, squirrels, chipmunks, marmots, groundhogs, beavers, otters, raccoons, moles, voles, gophers, mice, jackrabbits, native lizards, shrews, bears, skunks, opossums, bobcats, foxes, pine martens, weasels, lemmings, muskrats, frogs, toads, salamanders, newts, porcupines, wolverines, bighorn sheep, coyotes, wolves, armadillos and the like, as well as bats, must stay within their reservasions. There will be no increase in funding for indigenous animals. Inmigrants such as llamas, guinea pigs and other four-legged Latin Americanimals will be allowed to stay in the country if they have a four-legged visa in their four-legged passport, but they will not be eligible for government benefits. Unfortunadely, kangaroos chosen to be on a kangaroo court, including the Supreme Kangaroo Court, must work without pay or health care benefits, since they are inmigrants.

Artickle 4: Decreased Spending On Two-Legged Animals

In accordanse with the Balanced Budget Amendment to the Four-Legged Constitusion of the United Stables of America, spending on two-legged animals will be progressively decreased each year until it is zero. This includes all forms of birds and primates, except those primates that walk on all fours and have a four-legged passport, as long as the primates are not inmigrants. Funding for non-inmigrant primates that walk on all fours will remain constant.

Artickle 5: Decreased Spending On Snakes, Worms, Fish And Insects And No Funding For Reforestasion

In accordanse with the Balanced Budget Amendment to the Four-Legged Constitusion of the United Stables of America, spending on snakes, worms, whales, dolfins, non-navy seals, sea lions, fish and insects will be progressively decreased each year until it is zero. All indigenous snakes, worms, insects, whales, dolfins, non-navy seals, sea lions, fish and other non-quadruped aquatic species must stay on their reservasions. Spending on reforestasion will be slashed without mercy.

Page 46

El Presupuesto Federal De Los Establos Unidos De «América» Para Los Años 4,547,396,201 – 4,547,396,208
Presidente Eleffante, Vice-Presidente Burro Y El Congresso De «Americanimales» Cuadrúpedos

Hartículo 1: Reforma Tributaria Progressiva

La Reforma Tributaria Progressiva significa que los impuestos sobre la renta serán reduxidos progressivamente cada año. Es decir, este presupuesto reduxe los impuestos sobre la renta cada año hasta que ya no hayan más impuestos sobre la renta para los animales cuadrúpedos. Primero, estas reduxiones tributarias serán destinadas a los gatos gordos, banqueros cochinos, perros corporadivos y eleffantes y burros políticos. Las escapadorias tributarias para los cuadrúpedos adinerados serán expandidas también. Luego, las reduxiones tributarias serán destinadas a los demás cuadrúpedos. Los animales de dos patas, las ballenas, los delfines, los pinnípedos, las serpientes, los gusanos, los peces y los insectos no tendrán una reduxión de su impuesto sobre la renta. El animal que no indique su especie y el número de patas que tiene en su declarasión tributaria federal pagará una multa severa.

Hartículo 2: Aumento De Gastos Para Caballos Militares, Focas De La Marina Y Águilas De La Fuerza Aérea

Para defender nuestra gran patria de ataques por tierra, mar o aire, este presupuesto aumenta los gastos globales para caballos militares, focas marinas y águilas calvas de la fuerza aérea hasta que los gastos constituyan el presupuesto federal entero de los Establos Unidos de América. Los caballos militares recibirán la mayor parte del aumento del presupuesto, puesto que son animales cuadrúpedos. Las focas recibirán un aumento presupuestario también porque tienen cuatro miembros, y por lo tanto casi son animales cuadrúpedos. Muchas más águilas calvas serán quintadas, aun si quieren servir, y las águilas calvas tendrán que servir con un sueldo menor, porque son animales de dos patas.

Hartículo 3: Aumento De Gastos Para Animales Cuadrúpedos

Para ayudar a nuestro pueblo cuadrúpedo nasional, los gastos para programas cuadrúpedos serán aumentados hasta que constituyan el presupuesto federal entero de los Establos Unidos de América. Los perros, gatos, caballos, puercos, toros, vacas, carneros, cabras, cabrones, ratas, hurones, hámsters, gerbos y conejos domésticos recibirán la mayor parte del aumento de los gastos, junto con los eleffantes y burros políticos. Los gastos para los animales cuadrúpedos de los zoológicos como son los leones, cebras, leopardos, tigres, jirafas y demás, aumentarán un poco. Los cuadrúpedos indígenas, como son los alces, búfalos, venados, pumas, caimanes, tortugas, anolis, ardillas, marmotas, castores, nutrias, mapaches, topos, ratones, liebronas, liebres, lagartijas, musarañas, osos, zorrillos, zarigüeyas, linces, zorros, martas cibelinas, comadrejas, lemmings, ratas almizcladas, ranas, sapos, salamandras, tritones, puercos espines, glotones, borregos cimarrones, coyotes, lobos, armadillos, etc., además de murciélagos, deben permanecer dentro de sus reservas. No habrá aumento alguno para los animales indígenas. Se permitirá a los inmigrantes como llamas, conejillos de Indias y demás latinoamericanimales cuadrúpedos permanecer en el país si cuentan con una visa cuadrúpeda en su passaporte cuadrúpedo, pero no podrán recibir beneficios del gobierno. Desafortunadamente, los canguros escogidos para ser jueces en un tribunal de canguros farsantes, incluso el Tribunal Supremo De Canguros Farsantes, deben trabajar sin sueldo o seguro de salud, puesto que son inmigrantes.

Hartículo 4: Gastos Reduxidos Para Animales De Dos Patas

Según los requisitos de la Enmienda Sobre El Presupuesto Equilibrado a la Constitusión Cuadrúpeda de los Establos Unidos de América, los gastos para los animales de dos patas serán reduxidos progressivamente cada año hasta que no hayan más gastos para tales especies. Estas especies incluyen toda clase de ave y primate, exepto los primates que gateen y tengan un passaporte cuadrúpedo, con tal de que tales primates no sean inmigrantes. Los gastos para los primates no inmigrantes que gateen permanecerán constantes.

Hartículo 5: Gastos Reduxidos Para Serpientes, Gusanos, Peces E Insectos Y Ningunos Para La Reforestasión

Según los requisitos de la Enmienda Sobre El Presupuesto Equilibrado a la Constitusión Cuadrúpeda de los Establos Unidos de América, los gastos para los gusanos, insectos, serpientes, ballenas y peces serán reduxidos progressivamente cada año hasta que no hayan más gastos para tales especies. Todos los insectos, gusanos, serpientes, peces, ballenas, delfines, leones marinos, focas no de la marina y otros animales acuáticos indígenas no cuadrúpedos deben permanecer en sus reservas. Los gastos para la reforestasión serán cortados sin misericordia.

The Big Veterinary Insurance Law For The United Stables Of "America"
Passed By A Vote Of 218-217 In The Congress Of Four-Legged "Americanimals"
Signed Into Law By President B. Donkey

Summary Scratched And Stomped By The Opposision

This law required 1,152 large trees to be cut down to produse the papyrus to scratch and stomp one single copy. It is so long that no animal has had the patiense to reed it in its entirety. Nevertheless, its authors assure us that it provides veterinary insurance for all domesticaded four-legged animals in the United Stables of "America". The cost of paying for veterinary insurance for domesticaded four-legged animals, we are told, is underritten by the work of two-legged animals, who are not actually eligible for veterinary insurance themselves. Don't believe this lie. We believe there will be hidden taxes to cover the cost of this Socialist legislasion. Four-legged animals will have to pay for four-legged insurance.

We do agree, however, that two-legged animals do not deserve veterinary insurance. They are always working in the fields, working in the trees and bushes, searching for worms in the earth, doing yard work, taking care of four-legged young, or using false four-legged identificasion to steal the low wage jobs of the four-legged sittizens we had hoped to exploit instead. So in spite of all the hard work they do, they do not adequadely serve their true masters, us four-legged animals. You see, birds and primates try to solve their problems by escaping their masters, for example through migrasion, which we modern four-legged animals have abandoned in favor of domesticasion and a sedentary lifestyle. The fact that the sedentary lifestyle we lead may cause us to need to see our local veterinarian more often is beside the point.

Veterinary insurance offered primarily by a handful of privade corporasions already pays for health care for those four-legged animals who truly deserve it, especially dogs and cats. As for laboradory mice and rats, well, they have exellent coverage. Race horses in this country receive veterinary care second to none. Farm animals who work full time get health insurance benefits and can see their veterinarian whenever they get sick, or to receive legal substances such as antibiotics or hormones. Those who only work part time shouldn't complain, for after all they can always pay for insurance out of pocket. We believe that all animals whose premiums will serve to enrich veterinary insurance companies should be able to buy insurance on their own.

On the other hand, animals which have a pre-existing medical condision should be taken care of by Natural Selexion, not by privade insurance, let alone government run Socialist veterinary care. Natural Selexion may be provided by predadors, microbes or even healthy members of the afflicted animal's own family, at a fraxion of the cost. The eliminasion of the weak individual benefits everyone. Of course, the individual should be allowed to live long enough to vote for our Political Party. After voting for us, if the animal is in pain, euthanasia is an opsion.

Indigenous animals do not trust any animal that graduaded from veterinary school, turning instead to folk healers. Their alternadive medicine should be left unreguladed, so that we do not repeat the mistake we made when we reguladed our science based health care in the first place. Because the latter is based on science, it is inherently good and needs no interference from government. All Socialist regulasions in the Donkeycare insurance bill should be eliminaded.

One of the excuses given by the proponents of this legislasion for its necessity was that uninsured animals go to Emergency Rooms and cannot pay their exorbitant bills, forcing all other pacients to pay more for their veterinary care. This is especially true, they growl, for homeless quadrupeds, who cannot obtain insurance because they lack a permanent address, and birds and primates, who have two legs and are thus ineligible for coverage. A simpler solusion to this problem would be to stop allowing uninsured bipeds into Emergency Rooms! The Emergency Rooms are for quadrupeds! We prefer such simplicity to the convoluded Donkeycare law.

Page 48

La Ley Enorme Sobre El Seguro Veterinario De Los Establos Unidos De «América»
Aprobado Por Un Voto De 218-217 En El Congreso De «Americanimales» Cuadrúpedos
Firmado, Para Que Entrara En Vigor, Por El Presidente B. Burrócrata

Resumen Rasguñado Y Pisado Por La Oposisión

Fue necesario cortar 1,173 árboles enormes para produxir el papel usado para rasguñar y pisar esta ley. Pesa tanto que ningún animal ha tenido la fortaleza para leerla enteramente. Sin embargo, sus autores nos aseguran que proporciona seguro veterinario para todos los animales cuadrúpedos domesticados en los Establos Unidos de "América". Es más, nos dicen que el costo del seguro veterinario para los animales cuadrúpedos domesticados será asegurado por el trabajo de animales de dos patas, quiénes en verdad no reúnen los requisitos para recibir el seguro veterinario por sí mismos. No hay que creer tal mentira. Estamos seguros que habrán impuestos ocultos para recaudar los fondos necesarios para esta legislasión Socialista. Los animales cuadrúpedos tendrán que pagar su seguro cuadrúpedo.

Por otro lado, concordamos que los animales de dos patas no merecen seguro veterinario. Andan trabajando en los campos, trabajando en los árboles y arbustos, buscando gusanos en la tierra, trabajando en los jardines, cuidando de críos cuadrúpedos, o en el peor de los casos, usando identificaciones cuadrúpedas fraudulentas para quitarles a los suhidadanos cuadrúpedos sus trabajos poco remunerados. Consideramos que a pesar del trabajo duro que hasen cada día, no sirven a sus verdaderos dueños, que somos nosotros los cuadrúpedos, de forma adecuada. Lo que pasa es que las aves y los primates tratan de solusionar sus problemas al escapar de sus dueños, por ejemplo migrando a otro lugar, una práctica que los cuadrúpedos modernos hemos abandonado, prefiriendo la domesticasión y un estilo de vida sedentario. El hecho que nuestro estilo de vida sedentario puede ocasionar un aumento en la frecuencia de visitas al veterinario es irrelevante.

Existen unas pocas sociedades anónimas sanitarias que ya proporcionan seguro veterinario, y por ende cuidados de salud, a los animales cuadrúpedos que de veras merecen tal seguro, como son los perros y los gatos. Por otro lado, los ratones y ratas de los laboradorios ya cuentan con una cobertura amplia por su seguro. Y los caballos de carreras ya tienen atensión veterinaria de primera. Los animales de los ranchos y haciendas que trabajan tiempo completo reciben subsidios que pagan una parte de su seguro veterinario y pueden ver a su veterinario cuando se enfermen, o para recibir substancias legales tales como antibióticos u hormonas. Los animales que trabajen tiempo parcial no deben quejarse porque tienen el derecho de pagar su seguro de salud con dinero de su propio sueldo. Si la prima de algún animal enriquecerá a alguna sociedad sanitaria, tal animal debe poder comprar seguro veterinario por su cuenta.

Por otro lado, los animales que cuenten con una enfermedad o trastorno preexistente deben ser cuidados por la Selexión Natural, y no por un seguro veterinario particular, ni mucho menos por la atensión de salud Socialista patrocinada por el gobierno. La Selexión Natural puede ser proporcionada por depredadores, microbios o aun por familiares saludables del mismo animal enfermo, por una fraxión del costo. La eliminasión de los débiles ayuda a todo mundo. Ahora, vamos a permitir que el animal enfermo viva el suficiente tiempo para votar por nuestro Partido Político. Después de votar por nosotros, si el animal está sufriendo de dolores, la eutanasia es una opsión.

Los animales indígenas no confíen en ningún animal que se haya graduado de una facultad de medicina veterinaria, y prefieren a los curanderos. Su medicina alternadiva debe permanecer tal cual, sin reglamentos, para que no volvamos a cometer el mismo error que cometimos cuando reglamentamos la atensión de salud basada en la sciencia. La atensión de salud no debe ser reglamentada, porque el gobierno no debe interferir en los negocios de las sociedades anónimas sanitarias. Todos los reglamentos Socialistas de la ley Burrócrata deben ser eliminados.

Uno de los pretextos inventados por los abogados de esta legislasión, que según ellos explicaba su necesidad, era que los animales sin seguro veterinario siempre acuden a las Salas de Emergencia y no pueden pagar las cuentas exessivas, lo cual obliga a los demás pacientes pagar más por su atensión veterinaria. Es un problema agudo, gruñen, para los cuadrúpedos sin lar, que no pueden conseguir ningún seguro porque les falta una direxión permanente, y las aves y los primates, que cuentan con dos patas y por lo tanto no reúnen los requisitos necesarios para la cobertura del seguro. Creemos que existe una solución sencilla para aquel problema: ¡Que los bípedos sin seguro veterinario ya no entren en las Salas de Emergencia, que son para los cuadrúpedos! Preferimos tal sencillez a la ley Burrocrática rebuscada.

**The Latest Worldwide Decree On Capital Punishment, From Queen Lioness The White
Enforced In The United Stables Of "America" And Elsewhere By The "American" Dogs**

It is hereby decreed that no four-legged carnivore will ever again be hunted, trapped and then caged for years during legal appeals, to be ultimadely killed or die in captivity awaiting execution, by any four-legged government. The Law of the Jungle will be the Law of the Land for all quadrupeds, so that the Laws of Nature take their rightful place in the Free World, and the tyranny of government is permanently removed, with the following logical exepsions:

Exepsion Number 1: Two-Legged Animals

Capital punishment will remain in place for two-legged murderers and terrorists. Clearly, those who have two legs do not have four legs, therefore the abolision of capital punishment does not apply to them. Any two legged bird or primate that murders or maims a quadruped will be arrested and subsequently placed on trial in a kangaroo court in order to establish his, or her, guilt and determine the appropriade manner of his, or her, death. Generally, the manner of the convict's death will be the same as the manner of death of his or her victim.

All two-legged animals will be presumed guilty before their guilt has been established. Guilt is established by counting the number of legs they have. If an animal has four legs, he or she will be presumed innocent. If an animal has two legs, he or she will be presumed guilty. Any two-legged animal who is presumed guilty will be declared guilty by the kangaroo court of the local jurisdixion.

Two legged animals that attempt to murder a quadruped with a knife, gun, needle or other weapon will also be killed, using the same method which they attempted to use against the superrior quadruped. In other words, a two-legged animal who attacks a superior four-legged animal with a knife will be killed with a knife. And a two-legged animal who attacks a superrior four-legged animal with a gun will be killed with a gun. A two-legged animal who attempts to poison a superrior four-legged animal will, in order to uphold justice, be poisoned. All us four-legged animals are superrior.

Capital punishment for two-legged animals may not apply when their victim is not a quadruped. For example, two-legged animals who go to war with other two-legged animals, and kill them with assault rifles, machine guns or bombs, are clearly innocent, because war is something they learned from observing four-legged animals, and it is the activity of a superrior intelligence. On the other hand, two-legged animals that kill worms, snakes, whales, spiders, cockroaches, centipedes and other non-quadrupeds may have violent tendencies and must be caged, to protect general law and order. They will, however, have the chance to plead their case in a local kangaroo court, and if their suffering will be enhanced, to appeal to the Supreme Kangaroo Court.

Exepsion Number 2: No-Legged Animals

As a rule, all no-legged animals such as worms, snakes, whales, dolfins, orcas, sharks and other fish are to be presumed guilty in any criminal case in which they are remotely involved, and may be eaten by four-legged animals at their discresion, with the exepsion of worms, which are disgusting. It is known by all intelligent quadrupeds, i.e. all quadrupeds, that no-legged animals are inferrior and have violent tendencies, therefore the abolision of capital punishment does not apply to them.

Venemous snakes which pose danger to the life or wellbeing of four-legged animals may be killed without a trial in a kangaroo court. Non-venomous snakes are just as repulsive to female quadrupeds as venomous snakes are, and if a female asks her mate to kill an offensive snake, he may do so without fear of retribusion by the four-legged government. The provision which allows snakes to be killed on sight because of the danger they pose is called the 'Stomp Your Ground' provision. This provision also applies to all other non-quadrupeds who are deemed dangerous.

Exepsion Number 3: Many-Legged Animals

Animals with six, eight, ten or more legs are inferrior to quadrupeds and may not harm us without suffering dire consequences. The death of a quadruped as a result of the axsion of a many-legged animal will result in the death penalty for the offending animal and for his or her entire extended family, including flies and mosquitos which transmit harmful bacteria or parasites. The black widow is a special case. Because black widows are murderers no mercy will be shown to them, even if their bite does not kill their four-legged victim.

All Other Cases Of Murder Or Attempted Murder: The Law Of The Jungle Will Apply

El Último Decreto Mundial Sobre La Pena De Muerte, De La Reina Leona La Blanca
Impuesto En Los Establos Unidos De «América» Y En Otras Partes Por Los Perros «Americanos»

Por el presente hasemos constar que de ahora en adelante ningún carnívoro cuadrúpedo será cazado, entrampado y luego enjaulado durante muchos años mientras su caso sea apelado en la corte, para finalmente ser ejecutado o morir en cuativerio esperando su ejecusión, por ningún gobierno cuadrúpedo. La Ley de la Selva será la Ley de la Tierra para todos los cuadrúpedos, para que las Leyes de la Naturaleza tomen su lugar justo en las Tierras Libres, y la tiranía del gobierno sea eliminado permanentemente, con estas exepsiones lógicas:

Exepsión Número 1: Los Animales De Dos Patas

La pena de muerte permanecerá en vigor para asesinos y terroristas de dos patas. Es obvio que los que cuentan con dos patas no cuentan con cuatro, y por lo tanto la abolición de la pena de muerte no se refiere a ellos. Cualquier ave o primate de dos patas que asesine o mutile a un cuadrúpedo será arrestado y posteriormente enjuiciado en una corte de canguros para demostrar su culpabilidad y determinar el método apropiado de su muerte. Por lo general, el método de la muerte del condenado será igual al modo de muerte de su víctima.

Todo animal de dos patas será considerado culpable antes de comprobar su culpabilidad. La culpabilidad se comprueba al contar el número de patas que tiene. Si un animal tiene cuatro patas, se considerará inocente. Si un animal tiene dos patas, se considerará culpable. Cualquier animal de dos patas que se considere culpable será declarado culpable por la corte de canguros de la jurisdixión local.

Los animales de dos patas que intenten asesinar a un cuadrúpedo con un cuchillo, arma de fuego, jeringa u otra arma serán asesinados también, usando el mismo método que ellos intentaron usar contra el cuadrúpedo superrior. O sea, un animal de dos patas que ataca a un cuadrúpedo superrior con un cuchillo será matado con un cuchillo. Y un animal de dos patas que ataque a un cuadrúpedo superrior con una arma de fuego será matado con tal arma. Un animal de dos patas que intente envenenar a un cuadrúpedo superrior será, para mantener la justicia, envenenado. Todos los cuadrúpedos somos superriores.

La pena capital puede no aplicarse a un bípedo cuando su víctima no es cuadrúpedo. Por ejemplo, los bípedos que guerreen con otros bípedos y los maten con fusiles de asalto, ametralladoras o bombas, obviamente faltan de culpabilidad, porque aprendieron a guerrear al observar a los cuadrúpedos, y la guerra es una actividad de una inteligencia superrior. Por otro lado, los bípedos que maten a gusanos, serpientes, ballenas, arañas, cucarachas, ciempés y otros no cuadrúpedos podrían tener tendencias violentas y deben ser enjaulados, para proteger la ley y el orden generales. Sin embargo, tendrán una opportunidad para rogar su causa en un tribunal local de canguros, y en el caso de que su sufrimiento pueda aumentar, podrán apelar su causa al Tribunal Supremo de los Canguros.

Exepsión Número 2: Los Animales Sin Patas

Por lo general, supondremos que todos los animales sin patas, tales como los gusanos, serpientes, ballenas, delfines, orcas, tiburones y demás pescados, son culpables en cualquier causa criminal en la que se vean involucrados de la más remota forma, y podrán ser comidos por los cuadrúpedos según su discreción, con la exepsión de los gusanos, que son asquerosos. Todos los cuadrúpedos inteligentes, o sea todos los cuadrúpedos, sabemos que los animales sin patas son inferiores y cuentan con tendencias violentas, y por lo tanto la abolisión de la pena de muerte no tiene nada que ver con ellos.

Las culebras venenosas que pongan en peligro la vida o el bienestar de los cuadrúpedos podrán asesinarse sin ser enjuiciados en un tribunal de canguros. Las culebras no venenosas son tan asquerosas como las venenosas, y si una hembra le pide a su macho que mate a una culebra offensiva, él podrá matársela sin temer represalias del gobierno cuadrúpedo. La provisión que permite el asesinato de culebras a la vista por el peligro que significan se llama la provisión 'Pisen Firmes'. Esta provisión también se aplica a todos los demás no cuadrúpedos que se consideren peligrosos.

Exepsión Número 3: Los Animales De Muchas Patas

Los animales de seis, ocho, diez o más patas son inferriores a los cuadrúpedos y no podrán lastimarnos sin sufrir consecuencias calamitosas. La muerte de un cuadrúpedo como resultado de la axión de un animal de muchas patas resultará en la pena de muerte para el animal offensor y para su parentesco entero, inclusive las moscas y mosquitos que transmiten bacterias o parásitos nocivos. La viuda negra es un caso especial. Desde que las viudas negras son asesinas, no se les mostrará ni un poco de misericordia, aun cuando su picadura no mate a su víctima cuadrúpeda.

Todos Los Demás Casos De Asesinato O Intento De Asesinato: Se Aplicará La Ley De La Selva

The "Americanimal" Civil Rights Act Of 4,547,396,164

Summary: All of us quadrupeds will now have equal rights

Title 1

No stable, kennel, circus, zoo, aquarium, terrarium, animal restaurant, animal hotel, place of animal entertainment, animal place of worship or other public place of animal congregasion may discriminade against any quadruped based on species, color, religion, sex or nasional origin; under this act all of us four-legged animals are declared equal and will be treated as such. No longer will owners of public establishments be able to refuse to serve quadrupeds simply because they give them the 'willies.' The primary purpose of this legislasion is to end discriminasion against lions, elefants, hyenas, giraffes, hippopotami, crocodiles, meerkats who walk on all fours, wildebeests, zebras, rhinoceroses and any other African quadruped whose ancestors were brought to the United Stables of "America" as slaves. Meerkats who stand on two legs may not be protected by this act. Inmigrant animals currently living in the United Stables who do not have a four-legged visa in their four-legged passport must leave the country, return to their stable of origin, and wait in a long line so they may be told in the proper setting there is no room for them here; in all other aspects there will *theoretically* be no further discriminasion against such inmigrants because they have four legs.

Title 2

Local four-legged governments may no longer deny axess to public facilities based on species, color, religion, sex or nasional origin, except for no-legged, two-legged, six-legged, eight-legged, ten-legged or other many-legged animals. Snakes and worms from any part of the United Stables of "America", as well as inmigrant snakes and worms, will be denied axess to public facilities. No-legged aquatic animals, whether or not they were born in "Americanimal" waters, will also be denied axess to public aquatic facilities designed exclusively for otters, hippos, gators, crocs and other aquatic quadrupeds. Two-legged animals are no different: primates, birds and meerkats who stand on two legs are excluded from public facilities. Primates who walk on all fours may have axess to four-legged facilities at the discresion of local four-legged authorities. Six-legged insects will not be granted axess and will be prosecuted as trespassers if found alive in public hallways, corners, four-legged bathrooms or closets. Eight-legged mites, ticks, spiders and scorpions are a public nuisance and are expressly prohibited from entering four-legged buildings, four-legged parks and other facilities for quadrupeds. Native eight-legged octupi must remain in their gardens, in the shade, on their reservasions and must not venture into public four-legged waters. Native ten-legged squid must also remain on their reservasions. European octupi and squid are superior and may move freely through our four-legged oceans, and are welcome in public aquariums. Any squid or octupus who wishes to be eaten will be eaten. Centipedes, millipedes and other creatures that have an exess number of legs may not enter public facilities.

Title 3

Public four-legged schools may no longer deny axess to quadrupeds or segregade them on the basis of species, color, religion, sex or nasional origin. Obedience school will no longer be exclusively for dogs; from now on all quadrupeds will learn to bark the Pledge of Obedience to the Stag of the United Stables of "America". The first species' young that will attend obedience school with puppies are kittens. After that, other mammal young will be integraded into public schools, slowly but surely, one species at a time. Then, young reptiles will begin to be integraded, and after that, young anfibians who have four legs. Schools for non-quadrupeds will remain segregaded, though non-quadrupeds will also be required to bark the Pledge of Obedience at the beginning of each school day.

Title 4

Four-legged employers may no longer discriminade against quadrupeds on the basis of species, color, religion, sex or nasional origin. All species are equal, and a mouse deserves to be hired as much as an eleffant. And color should not be a determining factor in employment; bright, colorful quadrupeds should have no advantage over drab, colorless ones. Similarly, religion cannot be the basis for employment. Likewise, a male cannot be hired based on his gender, nor can a female be hired based on hers, with the exepsion of cows whose milk benefits all mammals. Finally, employers may not discriminade based on nasional origin. This does not apply to inmigrants; it is axeptable to discriminade against *them*. And of course, non-quadrupeds are inferrior and that is all there is to it.

El Acto Sobre Derechos Civiles De Los «Americanimales» De 4,547,396,164

Resumen: Todos nosotros los cuadrúpedos tendremos derechos iguales de ahora en adelante

Provisión 1

Ningún establo, residencia canina, circo, zoológico, acuario, terrario, restaurante animal, hotel animal, lugar de entretenimiento animal, templo animal u otro lugar público donde los animales se congreguen puede discriminar contra ningún cuadrúpedo a raíz de su especie, color, religión, sexo u origen nasional; consta por este acto que todos nosotros los cuadrúpedos somos iguales y seremos tratados de tal forma. De ahora en adelante los dueños de establecimientos públicos no podrán negar el servicio a los cuadrúpedos simplemente porque éstos les horroricen. El propósito principal de este proyecto de ley es el de acabar con la discriminasión contra los leones, elefantes, hienas, jirafas, hipopótamos, cocodrilos, suricatas que gatean, ñúes, cebras, rinocerontes y cualquier otro cuadrúpedo africano cuyos antepasados fueron esclavizados y llevados así a los Establos Unidos de "América". Los suricatas que se paren sobre las dos patas traseras no podrán recibir el amparo de esta ley. Los animales inmigrantes que actualmente viven en los Establos Unidos y no cuentan con una visa cuadrúpeda en su pasaporte cuadrúpedo tendrán que abandonar el país, volver a su establo de origen, y esperar en una colonona para que puedan oír en un ambiente adecuado que no hay espacio para ellos aquí; en todos los demás sentidos, *en teoría* no habrá más discriminasión contra tales inmigrantes porque tienen cuatro patas.

Provisión 2

Los gobiernos cuadrúpedos locales ya no podrán prohibir el axeso a instalasiones públicas por motivo de la especie, color, religión, sexo u origen nasional, con la excepción de los animales sin patas, o de dos, seis, ocho, diez o más patas. A las serpientes y a los gusanos de cualquier parte de los Establos Unidos de "América", igual que a las serpientes y a los gusanos inmigrantes, se les prohibirá la entrada a las instalasiones públicas. A los animales acuáticos sin patas, sin importar su possible nacimiento en aguas americanimales, también se les prohibirá el uso de instalasiones públicas acuáticas diseñadas para el uso exclusivo de las nutrias, hipopótamos, caimanes, cocodrilos y otros cuadrúpedos acuáticos. Los animales de dos patas no merecen nada mejor: los primates, aves y suricatas que se paren sobre las dos patas traseras son excluidos de instalasiones públicas. Los primates que gateen podrán tener axeso a instalasiones cuadrúpedas según la discresión de las autoridades cuadrúpedas locales. Los insectos de seis patas serán prohibidos y serán procesados por intrusos en el caso de encontrarse vivos en los corredores, rincones, baños cuadrúpedos o clósets públicos. Los ácaros, garrapatas, arañas, escorpiones y alacranes son fastidiosos para el público cuadrúpedo y a tales bichos se les prohibe la entrada explícitamente a los edificios cuadrúpedos, a los parques cuadrúpedos y a otras instalasiones para los cuadrúpedos. Los pulpos indígenas de ocho patas deberán permanecer en sus jardines, en la sombra, en sus reservas y no deberán andar sueltos en aguas públicas cuadrúpedas. Los calamares indígenas de diez patas también deberán permanecer en sus reservas. Los pulpos y calamares europeos son superriores y podrán andar sueltos libremente por nuestros océanos cuadrúpedos, y serán bienvenidos en los acuarios públicos. Cualquier calamar o pulpo que quisiera ser comido, será comido. A los ciempiés, milpiés y demás criaturas de muchísimas patas se les prohibe la entrada a las instalasiones públicas.

Provisión 3

Las escuelas públicas cuadrúpedas ya no podrán prohibir la entrada a los cuadrúpedos ni segregarlos por motivo de su especie, color, religión, sexo u origen nasional. Las escuelas de obediencia ya no serán exclusivamente para los perros; de ahora en adelante todos los cuadrúpedos aprenderán a ladrar el Juramento de Obediencia al Gran Ciervo de los Establos Unidos de "América". La primera especie cuyos críos asistirán a la escuela de obediencia con los perritos será la de los gatitos. Después, los críos de los demás mamí feros asistirán a las escuelas públicas, metódicamente, una especie tras otra. Luego, los chicos reptiles comenzarán a integrarse a las escuelas, y más adelante, los chicos anfibios. Las escuelas para los no cuadrúpedos permanecerán segregadas, aunque todos los no cuadrúpedos tendrán que ladrar el Juramento de Obediencia al comienzo de cada día de escuela.

Provisión 4

Los patrones y jefes cuadrúpedos ya no podrán discriminar contra los cuadrúpedos por motivo de su especie, color, religión, sexo u origen nasional. Todas las especies son iguales, y un ratón merece ser contratado igual que un elefante. Y el color de un animal no debe ser un factor determinante para que consiga un trabajo; los cuadrúpedos radiantes y coloridos no deben de tener ninguna ventaja sobre los monótonos que no cuenten con color alguno. Igual que un macho no puede ser contratado sólo por ser macho, ni una hembra sólo por ser hembra, con la excepción de las vacas cuya leche alimenta a todos los mamí feros. Para concluir, los patrones y jefes ya no podrán discriminar por motivo del origen nasional, con la excepción de los inmigrantes – está perfectamente bien discriminar contra *ellos*. Y otra cosa, es obvio que los no cuadrúpedos son inferriores y punto.

The "Americanimal" Voting Rights Act Of The Year 4,547,396,165

Summary: In theory, no "Americanimal" will be disenfranchised as long as they vote for a quadruped "Americanimal!"

Artickle 1: Voting Rights For Four-Legged "Americanimals"

All four-legged "Americanimals" may now vote, regardless of species or color, as long as they vote for a quadruped. Stables may not impose any voting qualificasion or prerequisite to voting, or standard, practice or procedure to deny or limit the right of any quadruped of the United Stables to vote based on species or color. Stables which hisstorically have had fewer than 50% of quadrupeds registered to vote will remain under the scrutiny of the Department Of Four-Legged Justice. Any changes to voting procedures in these Stables must be approved in advance by the Four-Legged Federal Government.

Artickle 2: Voting Rights For No-Legged "Americanimals"

All no-legged "Americanimals" may now vote, regardless of species or color, as long as they vote for a quadruped. However, Stables may impose voting qualificasions or prerequisites to voting, or standards, practices or procedures to deny or limit the right of selected no-legged animals of the United Stables to vote based on species or color, specifically those no-legged animals who advocade the elexion of a quadruped who is in favor of expanding non-quadruped voting rights. Animals with no legs, such as worms, snakes and some aquatic species, may vote for a quadruped which has been previously approved by the Corporade Dogs, Fat Cats, Piggy Bankers and Military Horses. Not a single rattlesnake, meal worm or white whale may be on the ballot. Marchin' Marchin' Kingsnake can "march" all he wants, but he may not run for office. That would be against the spirit of our dear four-legged constitusion. We must respect the original intent of our four-legged founding fathers and mothers.

Artickle 3: Voting Rights For Two-Legged "Americanimals"

All two-legged "Americanimals" may now vote, regardless of species or color, as long as they vote for a quadruped. However, Stables may impose voting qualificasions or prerequisites to voting, or standards, practices or procedures to deny or limit the right of selected two-legged animals of the United Stables to vote based on species or color, specifically those two-legged animals who advocade the elexion of a quadruped who favors expanding non-quadruped voting rights. Animals with two legs, such as birds, primates and meerkats who stand on two legs, may vote for a quadruped which has been previously approved by the Corporade Dogs, Fat Cats, Piggy Bankers and Military Horses. Not a single eagle or hominid may be on the ballot. P. Pinchy Dober-Man, who is half dog, half man, but walks on all fours, may run for lower offices, including governador, but not for president. That would be against the letter of our dear four-legged constitusion. We must respect the original wording of our four-legged founding fathers and mothers.

Artickle 4: Voting Rights For Six-Legged, Eight-Legged And Other Many-Legged "Americanimals"

All six-legged "Americanimals" may now vote, regardless of species or color, as long as they vote for a quadruped. All eight-legged and ten-legged "Americanimals" may now vote, regardless of species or color, as long as they vote for a quadruped. All "Americanimal" centipedes and millipedes may now vote, regardless of species or color, as long as they vote for a quadruped. However, stables may impose voting qualificasions or prerequisites to voting, or standards, practices or procedures to deny or limit the right of selected six-legged, eight-legged, ten-legged and other many-legged animals of the United Stables to vote based on species or color, specifically those six-legged, eight-legged, ten-legged and other many-legged animals who advocade the elexion of a quadruped who favors expanding non-quadruped voting rights. Animals with six, eight, ten or more legs may vote for a quadruped which has been previously approved by the Corporade Dogs, Fat Cats, Piggy Bankers and Military Horses. Not a single cockroach like Cocky the Love Roach, black widow like Angry Black Widow, centipede like Cindy Pede, or millipede like Millie Pede may be on the four-legged ballot. Not one of them.

Artickle 5: Counting The Votes Of Non-Quadruped "Americanimals"

The votes of non-quadrupeds will be counted. However, they will not actually count. In other words, in accordanse with our dear four-legged constitusion, the votes of quadrupeds will be tallied in order to elect pre-approved four-legged candidades. The votes of non-quadrupeds will be symbolic. On the other hand, the votes of all quadrupeds will be counted as long as they vote for the right candidades.

La Ley Sobre Los Derechos Al Sufragio «Americanimal» Del Año 4,547,396,165

Resumen: En teoría, ningún americanimal será privado de su derecho al sufragio,
con tal de que voten por un cuadrúpedo «americanimal».

Hartículo 1: Los Derechos Al Sufragio De Los «Americanimales» Cuadrúpedos

Todos los «americanimales» cuadrúpedos ya podrán votar, sin importar su especie o color, con tal de que voten por un cuadrúpedo. Los Establos ya no podrán imponer ninguna restrixión ni requisito para votar, ni ninguna pauta, práctica o procedimiento para negar o limitar el derecho a votar a cualquier cuadrúpedo debido a su especie o color. Los Establos que históricamente han tenido menos del 50% de los cuadrúpedos inscritos para votar permanecerán bajo el escrutinio de la Procuradoría Cuadrúpeda de la República. El Gobierno Federal Cuadrúpedo tendrá que aprobar por adelantado a todos los cambios que estos Establos quisieran haser a los procedimientos del voto.

Hartículo 2: Los Derechos Al Sufragio De Los «Americanimales» Sin Patas

Todos los «americanimales» sin patas ya podrán votar, sin importar su especie o color, con tal de que voten por un cuadrúpedo. Sin embargo, los Establos podrán imponer restrixiones o requisitos para votar, o pautas, prácticas o procedimientos para negar o limitar el derecho a votar a algunos animales sin patas debido a su especie o color, especialmente a los animales sin patas que abogan la elexión de un cuadrúpedo que favorece la expansión de los derechos al sufragio para los no cuadrúpedos. Los animales que no cuentan con patas, tales como son los gusanos, culebras y algunas especies acuáticas, podrán votar por un cuadrúpedo que ya ha sido aprobado por los Perros Corporadivos, Gatos Gordos, Banqueros Cochinitos y Caballos Militares. Ni un solo cascabel, gusanito o ballena blanca podrá postularse para cargos públicos. Machín Luchero, Serpiente Rey puede «marchar» tanto como le dé la gana, mas no postularse para presidente, ni para cualquier cargo. Tal candidatura contravendría el espíritu de nuestra querida constitusión cuadrúpeda. Debemos respetar las intensiones originales de nuestros antepasados cuadrúpedos que fundaron esta gran república.

Hartículo 3: Los Derechos Al Sufragio De Los «Americanimales» De Dos Patas

Todos los «americanimales» de dos patas ya podrán votar, sin importar su especie o color, con tal de que voten por un cuadrúpedo. Sin embargo, los Establos podrán imponer restrixiones o requisitos para votar, o pautas, prácticas o procedimientos para negar o limitar el derecho a votar a algunos animales de dos patas debido a su especie o color, especialmente a los animales de dos patas que abogan la elexión de un cuadrúpedo que favorezca la expansión de los derechos al sufragio para los no cuadrúpedos. Los animales de dos patas, tales como las aves, los primates y los suricatas que se paren sobre las dos patas traseras, podrán votar por un cuadrúpedo que ya ha sido aprobado por los Perros Corporadivos, Gatos Gordos, Banqueros Cochinitos y Caballos Militares. Ni un solo homínido o águila podrá postularse para cargos públicos. El Sr. P. P. Dóber Man, siendo mitad perro, mitad hombre, pero que gatea, podrá postularse para cargos menores, inclusive para "governador", pero no para presidente, porque así contravendría nuestra querida constitusión cuadrúpeda, al pie de la letra. Debemos cumplir las palabras originales de nuestros antepasados cuadrúpedos que fundaron esta gran república cuadrúpeda.

Hartículo 4: Derechos Al Sufragio De Los «Americanimales» De Seis, Ocho, Diez O Más Patas

Todos los «americanimales» de seis patas ya podrán votar, sin importar su especie o color, con tal de que voten por un cuadrúpedo. Todos los «americanimales» de ocho o diez patas ya podrán votar, sin importar su especie o color, con tal de que voten por un cuadrúpedo. Todos los ciempiés y milpiés «americanimales» ya podrán votar, sin importar su especie o color, con tal de que voten por un cuadrúpedo. Sin embargo, los Establos podrán imponer restrixiones o requisitos para votar, o pautas, prácticas o procedimientos para negar o limitar el derecho a votar a algunos animales de seis, ocho, diez o más patas debido a su especie o color, especialmente a los animales de seis, ocho, diez o más patas que abogan la elexión de un cuadrúpedo que favorezca la expansión de los derechos al sufragio para los no cuadrúpedos. Los animales de seis, ocho, diez o más patas podrán votar por un cuadrúpedo que ya ha sido aprobado por los Perros Corporadivos, Gatos Gordos y Banqueros Cochinitos. Ni una cucaracha como Macho Bicho, ni una viuda negra como Viuda Negra Hostil, ni un ciempiés como Ciempre Pies, ni un milpiés como Milinda Pies podrá postularse para un cargo cuadrúpedo.

Hartículo 5: Cómo Se Cuentan Los Votos De Los «Americanimales» No Cuadrúpedos

Se contarán los votos de los no cuadrúpedos. Sim embargo, en realidad no contarán. Es decir, de acuerdo a nuestra querida constitusión cuadrúpeda, los votos de los cuadrúpedos serán contados para elegir a los candidatos cuadrúpedos aprobados de antemano. Los votos de los no cuadrúpedos serán simbólicos. Por otro lado, los votos de todos los cuadrúpedos se contarán con tal de que hayan votado por los candidatos indicados.

The "Americanimals" With A Gun Rights Act Of 4,547,396,214

"True quadrupeds have always had the right to kill other animals with guns, and always will"
– The Nasional Quadrupeds With Guns Associasion

Artickle 1: True Quadrupeds May Own And Use Guns At Will

True quadrupeds who own one or preferably dozens of the trillions of guns that exist in our beloved nasion are free to use their gun(s) at will, with some limitasions. First, while this act affirms the hunting rights that are so clearly enshrined in our dear four-legged constitusion, it does limit the rights of herbivores to use firearms in self-defense, since this would counteract Natural Selexion. Therefore indigenous quadrupeds like deer, bighorn sheep and buffalo may not own or use guns, because if they were to own guns then four-legged hunters would have to fight fairly. We do not hide the fact that we the sponsors of this legislasion were financed by The Nasional Quadrupeds With Guns Associasion, whose carnivores proudly dominade this Congress Of Four-Legged "Americanimals." This Act also reaffirms the right of carnivorous quadrupeds to own semi-automatic and automatic weapons, and to use them.

Artickle 2: Non-Quadrupeds May Not Own Or Use Guns

Non-quadrupeds who own one or more firearms will be tried in a federal kangaroo court where they will be presumed guilty and, once convicted, will have their firearm(s) confiscaded by this four-legged government, and will be punished by being placed in a snake pit, terrarium, pen, cage, aquarium or other enclosure at the Nasional Zoo. While imprisoned, they will be fed; however, their diet will not include four-legged animals.

Non-quadrupeds who use a gun against a quadruped will be tried in a federal kangaroo court where they will be presumed guilty and, once convicted, will wait until they are old while the method of their execusion is debaded, so that their psychological suffering will be greatest, before they are put to death. Any non-quadruped who uses a gun against another non-quadruped will not be executed, though they will be punished for possession. However, carnivorous quadrupeds may use guns against quadrupeds that do not behave like true quadrupeds, such as four-legged herbivores, inmigrants and Native "Americanimals."

Speech In Favor Of The Animals With A Gun Rights Act
by W. Le Perro Quet, Honorary Speaker Of The Congress Of Four-Legged "Americanimals," on Easter Bunny Day

It is our thesis that true quadrupeds have a right to own and use guns because it is their birthright as four-legged animals. True quadrupeds are superior to all other animals, which is one reason why we have a right to own and use guns. In fact, as our thesis indicades, it is our birthright. Not all animals are superior, and not all animals are born with the right to own and use guns, as we true quadrupeds are.

All four-legged animals are superior, though some are more superrior than others. In fact, most of us quadrupeds are born with four legs, which establishes our superriority. Even frogs, which are not born four-legged, eventually grow four legs and are thus also superrior, albeit not at birth. On the other hand, non-quadrupeds are not born with four legs and will never have four legs, which clearly makes them inferior.

There are several addisional facts that also establish our birthright to own and use guns. We true quadrupeds who were born with four legs acquired the right to own and use guns at birth by virtue of our four-legged sittizenship. Frogs that develop four legs also acquire the right to own and use guns once they have four legs, which is a delayed birthright. Non-quadrupeds have no such birthright.

Some quadrupeds do not behave like true quadrupeds and have thus renounced their birthright to own guns. These include four-legged herbivores who, being pacifists, have turned against gun ownership and may not own guns. Also, four-legged inmigrants have no constitusional right to own guns.

Page 4G

La Ley Sobre Los «Americanimales» Con Derechos A Armas De Fuego Del Año 4,547,396,214

"Los verdaderos cuadrúpedos siempre han tenido, y siempre tendrán,
el derecho de matar a otros animales con armas de fuego"
– La Associasión Nasional De Cuadrúpedos Con Armas De Fuego

Hartículo 1: Los Verdaderos Cuadrúpedos Pueden Poseer Y Usar Armas De Fuego Como Les Dé La Gana

Los verdaderos cuadrúpedos que poseen una o de preferencia docenas de las miles de millones de armas de fuego que existen en nuestra patria cuentan con la libertad de usar su(s) arma(s) como les dé la gana, con ciertas limitasiones. Primero, mientras esta ley afirma los derechos de cazar que se encuentran consagrados tan claramente en nuestro querido constitusión cuadrúpeda, sí limita los derechos de los herbívoros de usar armas de fuego para defenderse, puesto que tal uso contrarrestaría la Selexión Natural. Por lo tanto los cuadrúpedos indígenas como venados, borregos cimarrones y búfalos no podrán poseer o usar armas de fuego, porque si poseeran armas los cazadores cuadrúpedos tendrían que jugar a iguales. No escondemos el hecho de que nosotros los patrocinadores de esta legislasión recibimos apoyo financiero de la Associasión Nasional De Cuadrúpedos Con Armas De Fuego, cuyos carnívoros dominan con orgullo este Congreso De «Americanimales» Cuadrúpedos. Esta Ley también reafirma el derecho de cuadrúpedos carnívoros de poseer armas semi-automáticas y automáticas, y de usarlas.

Hartículo 2: Los No Cuadrúpedos No Pueden Poseer O Usar Armas De Fuego

Los no cuadrúpedos que posean una o más armas de fuego serán enjuiciados en un tribunal federal de canguros en el cual se supondrá su culpabilidad y, una vez condenados, este gobierno cuadrúpedo les confiscará su(s) arma(s) de fuego, y ellos serán castigados al encerrarse en un pozo de serpientes, terrario, corral, redil, jaula, acuario u otro lugar cercado en el Zoológico Nasional. Durante su encarcelamiento, serán alimentados, mas su dieta no incluirá animales cuadrúpedos.

Los no cuadrúpedos que usen una arma de fuego para lastimar o matar a un cuadrúpedo serán enjuiciados en un tribunal federal de canguros en el cual se supondrá su culpabilidad y, una vez condenados, esperarán hasta que se envejezcan mientras se discute la forma de su ejecución, para que su sufrimiento psicológico sea aumentado lo máximo, antes de recibir su castigo mortal. Cualquier no cuadrúpedo que use una arma de fuego contra otro no cuadrúpedo no será ejecutado, aunque lo castigarán por possessión del arma. Sin embargo, los cuadrúpedos carnívoros podrán usar armas contra los cuadrúpedos que no se comporten como cuadrúpedos de verdad, como los herbívoros, inmigrantes y «americanimales» indigenas.

Discurso A Favor De La Ley Sobre Los Animales Con Derechos A Armas De Fuego
por W. Le Perro Quet, Presidente De Honor Del Congresso De «Americanimales» Cuadrúpedos, el día del Conejo de Pascua

Es nuestra tesis que los verdaderos cuadrúpedos tenemos el derecho de poseer y usar armas de fuego porque es nuestro derecho de nacimiento como animales cuadrúpedos. Los verdaderos cuadrúpedos somos superriores a todos los demás animales, motivo por el cual tenemos el derecho de poseer y usar armas de fuego. De hecho, según nuestra tesis, es nuestro derecho de nacimiento. No todos los animales son superriores, y no todos los animales nacen con el derecho de poseer y usar armas de fuego, como nosotros los verdaderos cuadrúpedos.

Todos los animales cuadrúpedos somos superriores, aunque algunos somos más superriores que los demás. Efectivamente, la mayoría de los cuadrúpedos nace con cuatro patas, lo que establece nuestra superrioridad. Hasta las ranas, que no nacen cuadrúpedos, con el tiempo crecen cuatro patas y por lo tanto también son superriores, sólo no al nacer. Por el otro lado, los no cuadrúpedos no nacen con cuatro patas y nunca tendrán cuatro patas, lo que indudablemente significa que son inferiores.

Existen varios hechos adisionales que también establecen nuestro derecho de nacimiento de poseer y usar armas de fuego. Nosotros los verdaderos cuadrúpedos que nacimos con cuatro patas adquirimos el derecho de poseer y usar armas al nacer en virtud de nuestra suhidadanía cuadrúpeda. Las ranas que desarrollan cuatro patas también adquieren el derecho de poseer y usar armas una vez que cuenten con cuatro patas, lo cual es un derecho de nacimiento aplazado. Los no cuadrúpedos no cuentan con tal derecho de nacimiento.

Algunos cuadrúpedos no se comportan como verdaderos cuadrúpedos y por lo tanto han renunciado su derecho de poseer armas. Incluimos los herbívoros que, siendo pacifistas, se han vuelto contra la possessión de armas y no podrán poseer armas. Además, los inmigrantes cuadrúpedos no cuentan con un derecho constitusional de poseer armas.

Página 4H

The Bark-Only Amendment To The Four-Legged Constitusion Of The United Stables Of "America"

In order to maintain our dogocrasy and protect it from the influense of the Commune Nest inmigrants and in general, from the influense of non-quadrupeds, we hereby amend our dear four-legged constitusion to require that all government communicasion such as speeches in sessions of the Congress Of Four-Legged "Americanimals," state of the four-legged union addresses, swearing in ceremonies at the local, stable and nasional levels, all communicasion between animal sittizens and the four-legged gorvernment, all communicasion between animal inmigrants and the four-legged government including customs and inmigrasion agents, all communicasion within the four-legged military and all communicasion reladed to government programs such as four-legged educasion, healthcare and welfare must be carried out by fluent barking.

Fluent Barking Is Required To Register To Vote And To Vote

For all animals to be qualified to vote, regardless of species and especially regardless of nasional origin, they must fluently bark their name, age in dog years, the number of legs they have and the locasion of their doghouse, stable, corral, pen, pigsty, den, hole in the ground, nest, cave, dam, swamp, lake, pond, river, stream, creek, meadow, pile of rocks, roost, hive, lilypad, hollow tree, hollow log, anthill, tunnel, burrow, snakepit, beach, tidepool, octupus's garden or other favorite haunt in order to register to vote. Barking is the only approved form of communicasion to register to vote. There will be no exepsions, and no translador dogs will be provided for those animals who find it difficult to bark fluently in order to register to vote or to vote. Nor can an animal bring an interpreting parrot to help them register to vote or vote. Any animals unable to bark who would otherwise be eligible to vote will be sent to obedience school, which is not free of charge. Upon graduasion from obedience school, animals will be able to register to vote only once they can suxessfully bark the Pledge of Obedience. On Elexion Day, all animals must vote by accuradely barking out loud the name of the pre-approved quadruped they would like to vote for.

Fluent Barking Is Required To Apply For Four-Legged Government Permits And Licenses

To apply for four-legged construxion permits, in order to build or expand on an existing doghouse, stable, corral, pen, pigsty, den, hole in the ground, nest, cave, pile of rocks, dam, roost, hive, hollow tree, anthill, tunnel, burrow, snakepit or shell, the architect and/or construxion crew must appear before the appropriade four-legged officials and fluently bark their name and four-legged identificasion number, as well as the specifix of their construxion plans.

To apply for a learner's permit or license to drive dogcarts, dogsleds, oxcarts, carriages, wagons, sleighs or skunk trains, an animal must fluently bark his or her name, four-legged identificasion number and birth or hatch date. During the vision test, the animal must bark out loud the letters he or she sees in order to determine whether glasses are needed when driving.

Fluent Barking Is Required In Four-Legged Public Schools And Fauniversities

Each day of four-legged pre-school, elementary school, middle school, high school, college and graduade school will begin with all students barking the Pledge of Obedience together with the four-legged baby-sitter, instructor, teacher or professor. All instruxion must be barked and any baby-sitter, instructor, teacher or professor who fails to bark fluently will be fired. All student quest-gens must be barked. Timid students who bark softly will not be considered fluent.

Fluent Barking Is Required At All Stages Of Our Four-Legged Criminal Justice System

Upon being detained, two-legged, no-legged, six-legged, eight-legged and other many-legged suspects must bark their full legal name, species and subspecies, as well as the number of legs they have, to the police dog who is detaining them. When arrested, they do not have the right to be silent and must bark appropriade, prompt answers to their arresting police dog. Confessions which are not barked will be scratched down by the police dog and must be barked out loud by the accused before the judge in the federal or district kangaroo court that has jurisdixion. In the absence of a confession, when asked if he or she is guilty, the accused must bark, "Yes, your honor roo."

All communicasion during trials in a kangaroo court must be barked fluently. All witnesses, who will naturally establish the guilt of the accused, will be expected to bark their testimony, using the frase "so help me Dog," after swearing an oath to Dog to tell the truth, and the whole truth.

La Enmienda Sobre Ladridos A La Constitusión Cuadrúpeda De Los Establos Unidos De «América»

Con el propósito de mantener nuestra dogocrasia y protegerla de la influencia de los inmigrantes Común Nido-istas y de la influensia general de los no cuadrúpedos, enmendamos por el presente nuestra querida constitusión cuadrúpeda, para que ladrar con fluidez sea obligatorio en todas las communicasiones gubernamentales, tales como discursos ante el Congresso De «Americanimales» Cuadrúpedos, discursos presidensiales sobre el estado de la unión cuadrúpeda, ceremonias de juramento para cargos de nivel local, establal y nasional, todas las communicasiones entre suhidadanimales y el gobierno cuadrúpedo, todas las communicasiones entre animales inmigrantes y el gobierno cuadrúpedo como por ejemplo con agentes de la aduana e inmigrasión, todas las communicasiones dentro de las fuerzas armadas cuadrúpedas y todas las communicasiones relasionadas a programas gubernamentales como la educasión, la salud y la asistencia social cuadrúpedas, o sea, toda communicasión en o con el gobierno debe haserse por medio de ladridos, es decir, ladridos con fluidez.

Ladrar Con Fluidez Es Obligatorio Para Poder Inscribirse Para Votar Y Para Votar

Para habilitarse para votar, sin importar su especie y especialmente sin importar su origen nasional, todo animal debe ladrar, con fluidez, su nombre, edad en años de perro, el número de patas que tiene y la ubicación de su perrera, establo, corral, aprisco, redil, toril, porqueriza, madriguera, hoyo, nido, cueva, presa, ciénaga, lago, charca, vivero, río, arroyo, riachuelo, prado, montón de rocas, percha, colmena, hoja de nenúfar, árbol ahuecado, tronco ahuecado, hormiguero, túnel, conejera, playa, poza de marea, jardín de pulpo u otro sitio predilecto para poder inscribirse para votar. Ladrar es el único modo de comunicación aprobado para inscribirse para votar. No habrá exepsión alguna, y ningún perrito traduxtor será proporcionado para los animales que tengan dificultades para ladrar con fluidez para inscribirse para votar o para votar. Tampoco podrán traer un loro intérprete para ayudarlos a inscribirse para votar o para votar. A cualquier animal que no pueda ladrar, que si fuera por eso podría tener el derecho de votar, se le mandará a la escuela de obediencia, lo cual tendrá que pagar. Al graduarse de la escuela de la obediencia, los animales podrán inscribirse para votar únicamente cuando logren ladrar el Juramento de Obediencia. El Día de Elexiones, todos los animales deberán votar al ladrar con precisión en voz alta el nombre del cuadrúpedo aprobado de antemano por el que quisieran votar.

Es Obligatorio Ladrar Con Fluidez Para Poder Solicitar Permisos Y Licensias Del Gobierno Cuadrúpedo

Para solicitar permisos cuadrúpedos de construxión, para poder construir o aumentar una perrera, establo, corral, aprisco, redil, toril, porqueriza, madriguera, hoyo, nido, cueva, presa, montón de rocas, hueco de árbol, hueco de tronco, hormiguero, túnel, conejera o concha existente, el arquitecto y/o el equipo de las obras deberán comparecer ante los funcionarios cuadrúpedos apropiados y ladrar con fluidez tanto su nombre y número de identificasión cuadrúpedo como los proyectos específicos de las obras.

Para solicitar un permiso de chofer aprendiz o de chofer pleno para manejar carretas, trineos, carruajes, vagones o trenes de zorrillos, un animal deberá ladrar con fluidez su nombre, número de identificasión cuadrúpedo y fecha de nacimiento vivo o de huevo. Durante el examen de la vista, el animal deberá ladrar en voz alta las letras que consigue leer para poder determinar si necesita de anteojos para manejar.

Es Obligatorio Ladrar Con Fluidez En Colegios Y Fauniversidades Cuadrúpedos Públicos

En las escuelas de pre-primaria, primaria, secundaria, preparatoria y en las fauniversidades cada día comenzará con la participasión de todos los alumnos al ladrar el Juramento de Obediencia juntos con el canguro, instructor, maestro o professor. Toda la enseñanza deberá ser ladrido y cualquier canguro, instructor, maestro o professor que no ladre con fluidez será despedido. Todas las preguntas de los alumnos deberán ser ladridas. Se considerará que los alumnos tímidos que ladren suavemente no ladran con fluidez.

Es Obligatorio Ladrar Con Fluidez En Todas Las Etapas Del Procedimiento Penal Cuadrúpedo

Al ser detenido, el sospechoso sin patas o de dos, seis, ocho o más patas deberá ladrar su nombre y apellidos legales, su especie y subespecie, y el número de patas que tiene, al perro policíaco que lo está deteniendo. Al ser arrestado, no tendrá el derecho a permanecer callado y deberá ladrar respuestas adecuadas e inmediatas a las preguntas del perro policíaco. La confesión que no se ladre será rasguñada por el perro policíaco para que el acusado la ladre después ante el juez canguro en el tribunal federal o de distrito que tenga jurisdixión. Si hase falta una confesión formal, al preguntarle al acusado sobre su culpabilidad, el acusado deberá ladrar, "Culpable, su Señoría Canguro."

Todas las communicasiones durante un juicio de tribunal de canguros deberán ser ladridas. Todos los testigos, que obviamente demostrarán la culpabilidad del acusado, tendrán que ladrar su testimonio, pronunciando la frase "bien lo sabe el Can Dios," después de jurar que dirán la verdad y toda la verdad.

The Four-Legged Populasion Control Act

"Freedom to reproduse equals reproductive rights"
– General Rabbit Bunny

Artickle 1: Four-Legged Populasion Control

All populasion control methods for four-legged animals are hereby prohibited. All four-legged contraceptive medicines, devices and surgeries are now illegal and quadrupeds who violade this provision will be caged or fenced in with a member of the opposite sex until they mate. Veterinarians may not prescribe "the pill" to any female quadruped, no matter how many young she is trying to raise. Farmacists must report any female who requests a contraceptive to the proper four-legged authorities so that she can be taught the virtues of procreasion. Veterinarians who know how to spay, neuter or perform other such anti-reproductive surgeries will be sent to a rural stable in order to be "re-educated."

The clear unequivocal goal of this legislasion is to increase the populasion of four-legged animals in order to counteract the overpopulasion of non-quadrupeds which threatens our way of life. Fertile quadruped females are hereby required to procreade, by law. The four-legged government will now provide a stipend, funded by this legislasion, for each young quadruped which is born or hatched. Adult males are legally required to help by mating often and helping to raise young quadrupeds so that females can produse more and more offspring. This legislasion provides funding for addisional four-legged schools and fauniversities which will be needed to indoctrinade young four-leggers as to four-legged superriority which is the basis for this law. As it states in our holy text, Caninasis, the Lord Dog said "Go forth, reproduse and populade the earth with quadrupeds."

Artickle 2: Two-Legged Populasion Control

Two-legged animals are hereby prohibited from produsing an exess number of young, in order to maintain the viability of our dogocrasy, which is proudly controlled by us corporade dogs, fat cats, piggy bankers and military horses. Two-legged female birds may legally lay only one egg in their lifetime. Any exess eggs will be confiscaded. Our four-legged government's motto is "So what! happens to unhatched chicks." All nests will be inspected daily by four-legged government reguladors.

Two-legged primate females may legally give birth to only one young primate in their lifetime. Upon the birth of the young primate, the primate father must undergo a vasectomy in order to avoid further primate reproduxion. This legislasion provides funding for the training of dogtors to perform such surgeries on primate males.

Artickle 3: No-Legged Populasion Control

No-legged snakes will not be given any special treatment. Since female snakes lay more than one egg or give birth to more than one live snake at a time, not all snakes will be allowed to mate. Snakes will be selected to mate based on which snakes most strongly affirm four-legged superriority and which snakes pose the least amount of danger and discomfort to quadrupeds.

This four-legged government will make a 'fair and balanced' decision about which earthworms and snakes can mate based on the interests of our dogocrasy, which is under the firm control of the corporade dogs, fat cats and piggy bankers.

Artickle 4: Populasion Control Of Animals With More Than Four Legs

Insects with more than four legs are a nuisance to quadrupeds and must be eliminaded. This legislasion provides funding for the purchase and liberal applicasion of existing pesticides in order to kill insects wherever they may be found. Funding for research and development of new pesticides is also included. The use of pesticides at current levels has almost eliminaded some species, such as the bees, and this law provides funding for the logistics and coordinasion of four-legged government agencies and privade enterprise in order to destroy insect species once and for all.

Eight-legged mites, ticks, spiders and scorpions are dangerous to the health and wellbeing of quadrupeds. This legislasion provides funding for nano-technology to kill eight-legged species. The populasions of octupi and squid will be controlled by consumpsion. It is the legal responsibility of every four-legged carnivore to eat as many octupi and squid as possible in order keep their numbers down.

Page 4K

El Acto Sobre El Control De La Populasión Cuadrúpeda

"Derechos reproductivos significan la libertad de reproduxir"
–General Rabbito Conejo

Hartículo 1: El Control De La Populasión Cuadrúpeda

Por el presente se prohiben todos los métodos de controlar la populasión de animales cuadrúpedos. De ahora en adelante todos los medicamentos, aparatos y operasiones quirúrgicas con fines anticonceptivos son ilegales y el animal cuadrúpedo que viole esta estipulación será enjaulado o encerrado con cerca con un animal del sexo contrario hasta que acoplen. Los veterinarios no podrán recetar "la píldora" a ninguna cuadrúpeda, sin importar el número de críos que tenga para mantener. Los farmacéuticos deberán reportar cualquier hembra que pida un anticonceptivo a las autoridades cuadrúpedas indicadas para que se le enseñe a la hembra las virtudes de la procreasión. Mandaremos a los veterinarios que sepan sacar los ovarios, castrar o realizar otras cirugías anti-reproductivas a un establo rural para someterse a la "re-educasión."

El objetivo pleno de este proyecto de ley, sin ambigüedad, es de aumentar la populasión de animales cuadrúpedos para contrarrestar la superpopulasión de los no cuadrúpedos que amenaza nuestro estilo de vida. Por el presente, las hembras fecundas cuadrúpedas deberán procrear, conforme esta ley indica. El gobierno cuadrúpedo ya proporcionará un sueldo, financiado por esta ley, para cada crío cuadrúpedo que naxca vivo o de un huevo. Los machos adultos son obligados por la ley a acoplar frecuentemente y a ayudar a criar a los críos cuadrúpedos para que las hembras puedan produxir más y más de ellos. Esta ley también proporciona más fondos para colegios y fauniversiades cuadrúpedos nuevos que serán precisos para indoctrinar a los cuadrupes jóvenes sobre la superrioridad cuadrúpeda que forma la base de esta ley. Según consta en nuestro texto sagrado, Canínasis, el Can Dios dijo "Id, reproducid y populad la tierra con cuadrúpedos."

Hartículo 2: El Control De La Populasión De Dos Patas

Por el presente se prohibe la reproduxión exessiva de críos de dos patas, para mantener viable nuestra dogocrasia, dominada orgullosamente por nosotros los perros corporadivos, gatos gordos, banqueros porcinos y caballos militares. Entre las aves, las hembras de dos patas se permiten, por ley, poner solamente un huevo durante su vida. Cualquier huevo exessivo será confiscado. El lema de nuestro gobierno cuadrúpedo será "Ni modo para los pollitos sin nacer." Todos los nidos serán sometidos a inspexiones diarias por los reguladores del gobierno cuadrúpedo.

Entre los primates, las hembras de dos patas se permiten dar luz a un crío primate durante la vida. Al nacer el pequeño primate, al padre primate se deberá realizar una vasectomía para evitar más reproduxión de primates. Esta ley proporciona fondos para la capacitasión de dogotores para realizar tales cirugías en primates machos.

Hartículo 3: El Control De La Populasión Sin Patas

Las culebras sin patas no recibirán trato especial. Puesto que las hembras ponen más de un huevo o dan luz a más de una culebra viva con cada parto, no se les permitirá a todas las culebras acoplar. Se escogerán a las culebras que podrán acoplar según cuales afirmen con mayor ánimo la superrioridad de los cuadrúpedos y según cuales constituyan una amenaza menor e incomoden menos a los cuadrúpedos.

Este gobierno cuadrúpedo desidirá de forma 'justa y equilibrada' cuáles lombrizes y culebras podrán acoplar según los intereses de nuestra dogocrasia, bajo el control absoluto de los perros corporadivos, gatos gordos y banqueros porcinos.

Hartículo 4: El Control De La Populasión De Animales Con Más De Cuatro Patas

Los insectos con más de cuatro patas molestan a los cuadrúpedos y deberán ser eliminados. Esta ley proporciona fondos para la compra y aplicación abundante de pesticidas existentes para poder matar a los insectos donde sea que se encuentren. También proporciona fondos para las investigasiones y desenrollo de pesticidas nuevos. El uso de pesticidas en niveles actuales casi ha eliminado ya algunas especies, como las abejas, y esta ley proporciona el presupuesto para la logística y coordinasión entre agencias gubernamentales cuadrúpedas y las empresas privadas para poder destruir las especies de insectos de una vez por todas.

Los ácaros, garrapatas, arañas, alacranes y escorpiones de ocho patas son peligrosos para la salud y bienestar de los cuadrúpedos. Esta ley proporciona fondos para desarrollar la nanotecnología necesaria para matar especies con ocho patas. Las populasiones de pulpos y calamares se controlarán por medio del consumo de ellos. Es la responsabilidad legal de cada carnívoro cuadrúpedo de comer el mayor número possible de pulpos y calamares para mantener su populasión cada vez más baja.

The Four-Legged Nasional Environmental Protexion Act

Preamble

This act is designed to declare nasional policy which will encourage productive and enjoyable harmony between quadrupeds and their environment, and to promote efforts which will prevent or eliminade damage to the environment and biosfere and stimulade the health and welfare of quadrupeds, exept when the interests of four-legged individuals or corporasions dictate otherwise.

Artickle 1: Four-Legged Environmental Impact Statements

Whenever the economic or other activity of any individual animal or group of animals will have an impact on the wellbeing of four-legged animals and their environment, a Four-Legged Environmental Impact Statement must be prepared. This Environmental Impact Statement must show how the wellbeing of quadrupeds will be enhanced.

Artickle 2: Two-Legged Environmental Impact Statements

Whenever the economic or other activity of any individual animal or group of animals will have an impact on the wellbeing of two-legged animals and their environment, a Two-Legged Environmental Impact Statement must be prepared. Since the prosperity of two-legged animals adversely affects the prosperity of quadrupeds, this Environmental Impact Statement must show how the wellbeing of quadrupeds will be enhanced and how the wellbeing of two-legged animals will be harmed. The impact of four-legged individuals and corporasions on the two-legged environment must not benefit two-legged animals.

Artickle 3: No-Legged Environmental Impact Statements

Whenever the economic or other activity of any individual animal or group of animals will have an impact on the wellbeing of no-legged animals and their environment, a No-Legged Environmental Impact Statement must be prepared. Since the prosperity of no-legged animals adversely affects the prosperity of quadrupeds, this Environmental Impact Statement must show how the wellbeing of quadrupeds will be enhanced and how the wellbeing of no-legged animals will be harmed. The impact of four-legged individuals and corporasions on the no-legged environment must not benefit no-legged animals.

Artickle 4: Six-Legged Environmental Impact Statements

Whenever the economic or other activity of any individual animal or group of animals will have an impact on the wellbeing of six-legged animals and their environment, a Six-Legged Environmental Impact Statement must be prepared. Since the prosperity of six-legged animals adversely affects the prosperity of quadrupeds, this Environmental Impact Statement must show how the wellbeing of quadrupeds will be enhanced and how the wellbeing of six-legged animals will be harmed. The impact of four-legged individuals and corporasions on the six-legged environment must not benefit six-legged animals.

Artickle 5: Eight-Legged Environmental Impact Statements

Whenever the economic or other activity of any individual animal or group of animals will have an impact on the wellbeing of eight-legged animals and their environment, an Eight-Legged Environmental Impact Statement must be prepared. Since the prosperity of eight-legged animals adversely affects the prosperity of quadrupeds, this Environmental Impact Statement must show how the wellbeing of quadrupeds will be enhanced and how the wellbeing of eight-legged animals will be harmed.

Artickle 6: Ten-Legged Environmental Impact Statements

Whenever the economic or other activity of any individual animal or group of animals will have an impact on the wellbeing of ten-legged animals and their environment, a Ten-Legged Environmental Impact Statement must be prepared. Since the prosperity of ten-legged animals adversely affects the prosperity of quadrupeds, this Environmental Impact Statement must show how the wellbeing of quadrupeds will be enhanced and how the wellbeing of ten-legged animals will be harmed.

El Acto Sobre La Protexión Del Medio Ambiente Cuadrúpedo

Preámbulo

Esta ley tiene el propósito de declarar la política nasional que fomentará la armonía productiva y agradable entre los cuadrúpedos y su medio ambiente, y de promover esfuerzos que prevendrán o eliminarán daños al medio ambiente y a la biosfera y estimularán la salud y bienestar de los cuadrúpedos, salvo cuando los intereses de individuos o empresas cuadrúpedos dispongan lo contrario.

Hartículo 1: Declarasiones Sobre El Impacto Al Medio Ambiente Cuadrúpedo

Cuando la actividad económica o de otra índole de un animal individual o grupo de animales dejará un impacto sobre el bienestar de los animales cuadrúpedos y su medio ambiente, se deberá preparar una Declarasión Sobre El Impacto Al Medio Ambiente Cuadrúpedo. Tal Declarasión Sobre El Impacto Al Medio Ambiente deberá demostrar la forma en que el bienestar de los cuadrúpedos será aumentado.

Hartículo 2: Declarasiones Sobre El Impacto Al Medio Ambiente De Los Animales De Dos Patas

Cuando la actividad económica o de otra índole de un animal individual o grupo de animales dejará un impacto sobre el bienestar de los animales de dos patas y su medio ambiente, se deberá preparar una Declarasión Sobre El Impacto Al Medio Ambiente De Los Animales De Dos Patas. Puesto que la prosperidad de los animales de dos patas perjudica la prosperidad de los cuadrúpedos, tal Declarasión Sobre El Impacto Al Medio Ambiente deberá demostrar la forma en que el bienestar de los cuadrúpedos será aumentado y la forma en que el bienestar de los animales de dos patas será perjudicado. El impacto de individuos y empresas cuadrúpedos sobre el medio ambiente de los de dos patas no deberá beneficiar a los animales de dos patas.

Hartículo 3: Declarasiones Sobre El Impacto Al Medio Ambiente De Los Animales Sin Patas

Cuando la actividad económica o de otra índole de un animal individual o grupo de animales dejará un impacto sobre el bienestar de los animales sin patas y su medio ambiente, se deberá preparar una Declarasión Sobre El Impacto Al Medio Ambiente De Los Animales Sin Patas. Puesto que la prosperidad de los animales sin patas perjudica la prosperidad de los cuadrúpedos, tal Declarasión Sobre El Impacto Al Medio Ambiente deberá demostrar la forma en que el bienestar de los cuadrúpedos será aumentado y la forma en que el bienestar de los animales sin patas será perjudicado. El impacto de individuos y empresas cuadrúpedos sobre el medio ambiente de los sin patas no deberá beneficiar a los animales sin patas.

Hartículo 4: Declarasiones Sobre El Impacto Al Medio Ambiente De Los Animales De Seis Patas

Cuando la actividad económica o de otra índole de un animal individual o grupo de animales dejará un impacto sobre el bienestar de los animales de seis patas y su medio ambiente, se deberá preparar una Declarasión Sobre El Impacto Al Medio Ambiente De Los Animales De Seis Patas. Puesto que la prosperidad de los animales de seis patas perjudica la prosperidad de los cuadrúpedos, tal Declarasión Sobre El Impacto Al Medio Ambiente deberá demostrar la forma en que el bienestar de los cuadrúpedos será aumentado y la forma en que el bienestar de los animales de seis patas será perjudicado. El impacto de individuos y empresas cuadrúpedos sobre el medio ambiente de los de seis patas no deberá beneficiar a los animales de seis patas.

Hartículo 5: Declarasiones Sobre El Impacto Al Medio Ambiente De Los Animales De Ocho Patas

Cuando la actividad económica o de otra índole de un animal individual o grupo de animales dejará un impacto sobre el bienestar de los animales de ocho patas y su medio ambiente, se deberá preparar una Declarasión Sobre El Impacto Al Medio Ambiente De Los Animales De Ocho Patas. Puesto que la prosperidad de los animales de ocho patas perjudica la prosperidad de los cuadrúpedos, tal Declarasión Sobre El Impacto Al Medio Ambiente deberá demostrar la forma en que el bienestar de los cuadrúpedos será aumentado y la forma en que el bienestar de los animales de ocho patas será perjudicado.

Hartículo 6: Declarasiones Sobre El Impacto Al Medio Ambiente De Los Animales De Diez Patas

Cuando la actividad económica o de otra índole de un animal individual o grupo de animales dejará un impacto sobre el bienestar de los animales de diez patas y su medio ambiente, se deberá preparar una Declarasión Sobre El Impacto Al Medio Ambiente De Los Animales De Diez Patas. Puesto que la prosperidad de los animales de diez patas perjudica la prosperidad de los cuadrúpedos, tal Declarasión Sobre El Impacto Al Medio Ambiente deberá demostrar la forma en que el bienestar de los cuadrúpedos será aumentado y la forma en que el bienestar de los animales de diez patas será perjudicado.

The Four-Legged Corporade Welfare Act

Summary: Four-Legged Corporasions Deserve Economic Relief

Artickle 1: Minimize The Minimum Wage For Non-Quadrupeds

The first step to provide economic relief to our patriotic four-legged corporasions is to lower the minimum wage for two-legged, no-legged, six-legged and other many-legged animals, until there is simply no minimum wage for non-quadrupeds. The value of non-quadruped labor must be based on the value of the non-quadruped laborer, and it is common knowledge that non-quadrupeds have little value to superrior quadrupeds.

The true value and efficiency in our nasion's economy is based on the productivity of four-legged corporade leadership. Therefore the minimum wage for quadrupeds shall be increased, especially for four-legged CEOs, thus greatly increasing the number of sand dollars they "earn."

Artickle 2: Weaken Labor Regulasions That Protect Non-Quadrupeds

The second step to provide economic relief to our patriotic four-legged corporasions is to weaken onerous labor regulasions that place an undue burden on their economic activity, especially regulasions that protect non-quadruped labor. Restrixions limiting the number of hours non-quadrupeds may work are hereby eliminaded. There will be no more overtime for non-quadrupeds. Non-quadrupeds must work all the hours deemed necessary by their quadruped superriors.

Artickle 3: Replace Non-Quadruped Reguladors With Quadrupeds

The third step to provide economic relief to our patriotic four-legged corporasions is to replace the federal regulador animals. All two-legged, no-legged, six-legged and other many-legged federal reguladors are hereby relieved of their duties, and from now on all reguladors must be quadrupeds. Four-legged reguladors must favor quadrupeds in any and all decisions they make concerning four-legged corporasions.

Artickle 4: Eliminade Corporade Taxes And Flatten Non-Quadrupeds With The Flat Tax

The fourth step to provide economic relief to our patriotic four-legged corporasions is to eliminade the corporade tax structure and institute the flat tax, which will be paid exclusively by non-quadrupeds. Since personal income taxes were eliminaded for quadrupeds in earlier legislasion, quadrupeds will now be completely free of any taxes. However, in order to fund our government's vast array of four-legged programs, two-legged animals, no-legged animals, six-legged and other many-legged animals must pay their fair share. In other words, non-quadrupeds must provide all forms of revenue for our four-legged government, primarily through the flat tax which they must pay whenever there is any financial transaxion such as the purchase of a good or service.

Artickle 5: Increase And Expand Tax Loopholes For Corporade Leadership

The fifth step to provide economic relief to our patriotic four-legged corporasions is to increase the number and expand the scope of tax loopholes that affect corporade leadership, especially the corporade dogs and fat cats, as well as the leadership of the piggy banks. Corporade quadruped leaders should be able to keep all of the sand dollars they 'earn,' and the four-legged government will no longer tax their 'earnings' or capital gains.

Artickle 6: Increase And Expand Incentives For Four-Legged Corporasions to Relocade

The sixth step to provide economic relief to our patriotic four-legged corporasions is to increase and expand the number of incentives for them to relocade, either within the United Stables of "America," or without. In the past, it has primarily been the custom of four-legged municipalities to subsidize the construxion of sports arenas and stadia; federal corporade subsidies are hereby increased and expanded to also pay for corporade headquarters and other four-legged corporade buildings.

El Acto Sobre La Assistencia Social Para Las Empresas Cuadrúpedas

Resumen: Las Empresas Cuadrúpedas Merecen Assistencia Y Desgravasión

Hartículo 1: Minimizar El Salario Mínimo Para Los No Cuadrúpedos

El primer paso para proporcionar assistencia económica a nuestras empresas cuadrúpedas patrióticas es de ir reduxiendo el salario mínimo de los animales sin patas o de dos, seis o más patas, hasta que simplemente no exista salario mínimo para los no cuadrúpedos. El valor del trabajo del no cuadrúpedo deberá calcularse a base del valor del trabajador no cuadrúpedo, y todo el mundo sabe que los no cuadrúpedos cuentan con muy poco valor para los cuadrúpedos superriores.

El valor y eficiensia ciertos de la economía nasional tiene como base la productividad de nuestros dirigentes corporadivos cuadrúpedos. Por lo tanto el salario mínimo para los cuadrúpedos se aumentará, especialmente para los funcionarios ejecutivos principales, y así se aumentará de forma importante el número de dólares de arena que "ganarán."

Hartículo 2: Debilitar Los Reglamentos Laborales Que Protegen A Los No Cuadrúpedos

El segundo paso para proporcionar assistencia económica a nuestras empresas cuadrúpedas patrióticas es de debilitar reglamentos laborales onerosos que pesan demasiado sobre sus actividades económicas, especialmente los reglamentos que protegen el trabajo del no cuadrúpedo. Por el presente eliminamos las restrixiones que limitan el número de horas de trabajo del no cuadrúpedo. Ya no existirá el salario por horas extras para los no cuadrúpedos. Los no cuadrúpedos deberán trabajar todas las horas que sus jefes superriores cuadrúpedos consideren necessarias.

Hartículo 3: Reemplazar A Los Reguladores No Cuadrúpedos Por Cuadrúpedos

El tercer paso para proporcionar assistencia económica a nuestras empresas cuadrúpedas patrióticas es de reemplazar a los animales reguladores federales. Por el presente despedimos a todos los reguladores federales sin patas o de dos, seis o más patas, y de ahora en adelante todos los reguladores deberán ser cuadrúpedos. Los reguladores cuadrúpedos deberán favorecer a los cuadrúpedos en todas las decisiones que tomen que tienen a ver con empresas cuadrúpedas.

Hartículo 4: Eliminar Impuestos Corporadivos Y Aplastar A Los No Cuadrúpedos Con El Impuesto Fijo Universal

El cuarto paso para proporcionar assistencia económica a nuestras empresas cuadrúpedas patrióticas es de eliminar la estructura corporadiva tributaria y establecer el impuesto fijo universal, que será pagado únicamente por los no cuadrúpedos. Puesto que los impuestos sobre la renta personal fueron eliminados para los cuadrúpedos en una ley anterior, los cuadrúpedos ya se encontrarán liberados de cualquier impuesto. Sin embargo, para poder subsidiar el número alto de programas cuadrúpedos, los animales de dos patas, sin patas, de seis o más patas deberán pagar la parte equitativa que les corresponda. Es decir, los no cuadrúpedos deberán proporcionar todas las formas de ingreso para nuestro gobierno cuadrúpedo, principalmente por medio del impuesto fijo universal que deberán pagar cuando existe cualquier transaxión financiera como la compra de un bien o un servicio.

Hartículo 5: Aumentar Y Ampliar Las Lagunas Impositivas Para Los Dirigentes Corporadivos

El quinto paso para proporcionar assistencia económica a nuestras empresas cuadrúpedas patrióticas es de aumentar el número y ampliar el alcance de las lagunas impositivas que afecten a los dirigentes corporadivos, especialmente los perros corporadivos y gatos gordos, además de los dirigentes de los bancos porcinos. Los dirigentes corporadivos no deberán tener que soltar ninguno de los dólares de arena que 'ganen,' y el gobierno cuadrúpedo ya no les cobrará impuestos sobre su renta o 'ganancias' de capital.

Hartículo 6: Aumentar Y Ampliar Incentivos Para La Reubicasión De Las Empresas Cuadrúpedas

El sexto paso para proporcionar assistencia económica a nuestras empresas cuadrúpedas patrióticas es de aumentar y ampliar el número de incentivos para su reubicasión, sea dentro de los Establos Unidos de «América», o en el exterior. Hasta ahora, los municipios cuadrúpedos han patrocinado, principalmente, la construxión de arenas deportivas y estadios; por el presente aumentamos y ampliamos los subsidios corporadivos federales para que el gobierno patrocine también las sedes corporadivas y otras instalaciones corporadivas cuadrúpedas.

**The 'Fair And Balanced' News Amendment To The Four-Legged Constitusion
Of The United Stables Of "America"**

We hereby amend our dear four-legged constitusion to state that all news outlets, including print, video and audio media, must be Fair And Balanced with respect to four-legged animals. News reports that are Fair and news reports that are Balanced favor the interests of quadrupeds and are expressly prohibited from doing otherwise. News and opinion go hand in hand and all news and opinion must support our dogocrasy in a 'Fair And Balanced' way. According to this amendment, the news media may receive unlimited funding from corporade dogs, fat cats, piggy bankers and military horses.

Fair And Balanced Press Conferences

Fair And Balanced press conferences are those press conferences which advance the interests of four-legged animals, and promote four-legged superriority. Only Fair And Balanced press conferences are permitted under this amendment to our dear four-legged constitusion. The goal of all press conferences must be to help quadrupeds and support our dogocrasy. Only model news corporasions may attend Fair And Balanced press conferences, since we know their coverage will be Fair And Balanced, such as Ox News, Fox News, Zorro S.A., Caninivision, Huff Puff And Blow Your House Down Post, Weasel Enterprises, Canine Network News (CNN) and The Bull Street Journal, to name a few. If the New Pork Times were reformed under new ownership by our own great "Americanimal" and Patriotic Quadruped Rupe-a-dupe Dog, it would be able to participade as well.

Fair And Balanced Interviews

Fair And Balanced interviews are those interviews which advance the interests of four-legged animals, and promote four-legged superriority. Only Fair And Balanced interviews are permitted under this amendment to our dear four-legged constitusion. The goal of all interviews must be to help quadrupeds and support our dogocrasy. Quadrupeds such as Wolf Blizzard or Jorge Ranas may conduct Fair And Balanced interviews as long as they work for reputable establishments such as Ox News, Fox News, Zorro S.A., Caninivision, Huff Puff And Blow Your House Down Post, Weasel Enterprises, Canine Network News or The Bull Street Journal. If there were a new owner of the New Pork Times he could hire any quadruped he chooses who would conduct interviews in the interest of four-legged animals and quadruped superriority.

Fair And Balanced Editorials

Fair And Balanced editorials are those editorials which advance the interests of four-legged animals, and promote four-legged superriority. Only Fair And Balanced editorials are permitted under this amendment to our dear four-legged constitusion. The goal of all editorials must be to help quadrupeds and support our dogocrasy. The New Pork Times, which has been known to favor two-legged animals, snakes, worms and whales, as well as spiders, ants and other many-legged animals, needs new leadership and thus could soon provide editorials which would be more favorable to quadrupeds. On the other hand, The Bull Street Journal is a model of impartiality toward quadrupeds and should be emulated by all four-legged presses. All news establishments must use the same criteria that The Bull Street Journal uses in selecting topics and taking posisions in their editorials, which inevitably must promote four-legged priorities.

Fair And Balanced Reporting

Fair And Balanced reporting is all reporting which advances the interests of four-legged animals, and promotes four-legged superriority. Only Fair And Balanced reporting is permitted under this amendment to our dear four-legged constitusion. The goal of all reporting must be to help quadrupeds and support our dogocrasy. Two-legged, no-legged and many-legged propaganda is hereby prohibited, especially any reporting with Commune Nest tendencies. True reporting is indistinguishable from true opinions, and all true quadrupeds may only have opinions that are aligned with other true quadrupeds and their needs. Reporters from Ox News, Fox News, Zorro S.A., Caninivision, Huff Puff And Blow Your House Down Post, Weasel Enterprises, Canine Network News (CNN) and The Bull Street Journal are welcome in the halls of our four-legged government, since their reporting is always Fair And Balanced in favor of quadrupeds.

La Enmienda Sobre Las Noticies 'Imparciales Y Equilibradas' A La Constitusión Cuadrúpeda De Los Establos Unidos De «América»

Por el presente enmendamos nuestra querida constitusión cuadrúpeda para indicar que todos los medios de communicasión que reporten las noticias, como son la imprensa, la radio y la televisión, deberán ser Imparciales Y Equilibradas con respeto a los animales cuadrúpedos. Reportajes informativos que son Imparciales y reportajes informativos que son Equilibrados favorecen los intereses de los cuadrúpedos y se les prohíbe tajantemente haser el contrario. Las noticias y la opinión son ligadas la una con la otra y todas las noticias y opiniones deberán apoyar a nuestra dogocrasia de una forma 'Imparcial y Equilibrada.' Según esta enmienda, los medios informativos podrán ser patrocinados sin límite por los perros corporadivos, gatos gordos, banqueros porcinos y caballos militares.

Las Ruedas De Prensa Imparciales Y Equilibradas

Las ruedas de prensa Imparciales Y Equilibradas son aquellas ruedas de prensa que fomentan los intereses de los cuadrúpedos, y promueven la superrioridad de los cuadrúpedos. Las únicas ruedas de prensa permitidas bajo esta enmienda a nuestra querida constitusión cuadrúpeda son las ruedas de prensa Imparciales Y Equilibradas. El objetivo de toda rueda de prensa deberá ser ayudar a los cuadrúpedos y apoyar a nuestra dogocrasia. Solamente las empresas informativas ideales podrán asistir a ruedas de prensa Imparciales Y Equilibradas, desde que ya sabemos que su cobertura será Imparcial Y Equilibrada, como son las Noticias Rebueynas, la Fox News, la Zorro S.A., la Canivisión, el Huff Puff And Blow Your House Down Post, las Novidades De La Comadreja, la Canine Network News (CNN) y El Bull Street Journal, para nombrar algunas. Si hubieran reformas en el New Pork Times, bajo un nuevo dueño, como por ejemplo nuestro propio gran «Americanimal» y Cuadrúpedo Patriótico el Can Rupe-a-dupe, ese periódico podría participar también.

Las Entrevistas Imparciales Y Equilibradas

Las entrevistas Imparciales Y Equilibradas son aquellas entrevistas que fomentan los intereses de los cuadrúpedos, y promueven la superrioridad de los cuadrúpedos. Las únicas entrevistas permitidas bajo esta enmienda a nuestra querida constitusión cuadrúpeda son las entrevistas Imparciales Y Equilibradas. El objetivo de toda entrevista deberá ser ayudar a los cuadrúpedos y apoyar a nuestra dogocrasia. Los cuadrúpedos como Jorge Ranas o Wolf Blizzard podrán realizar entrevistas Imparciales Y Equilibradas con tal de que trabajen para empresas de buena fama como son las Noticias Rebueynas, la Fox News, la Zorro S.A., la Canivisión, el Huff Puff And Blow Your House Down Post, las Novidades De La Comadreja, la Canine Network News (CNN) y El Bull Street Journal. Si hubiera un nuevo dueño del New Pork Times, podría contratar a cualquier cuadrúpedo que le guste para realizar entrevistas según los intereses de los animales cuadrúpedos y la superrioridad de los cuadrúpedos.

Los Editoriales Imparciales Y Equilibrados

Los editoriales Imparciales Y Equilibradas son aquellos editoriales que fomentan los intereses de los cuadrúpedos, y promueven la superrioridad de los cuadrúpedos. Los únicos editoriales permitidos bajo esta enmienda a nuestra querida constitusión cuadrúpeda son los editoriales Imparciales Y Equilibrados. El objetivo de todo editorial deberá ser ayudar a los cuadrúpedos y apoyar a nuestra dogocrasia. El New Pork Times, que se conoce por favorecer a los animales de dos patas, culebras, lombrizes y ballenas, al igual que arañas, hormigas y otros animales de muchas patas, precisa de nuevos dirigentes y así publicaría editoriales que favorexcan más a los cuadrúpedos. Por otro lado, el Bull Street Journal es un ejemplo ideal de imparcialidad para con los cuadrúpedos y debería ser emulado por toda la prensa cuadrúpeda. Todos los medios informativos deberán utilizar los mismos criterios que el Bull Street Journal al escoger temas y tomar posturas en sus editoriales, los cuales inevitablemente deberán promover las prioridades cuadrúpedas.

Los Reportajes Imparciales Y Equilibrados

Los reportajes Imparciales Y Equilibrados son aquellos reportajes que fomentan los intereses de los cuadrúpedos, y promueven la superrioridad de los cuadrúpedos. Los únicos reportajes permitidos bajo esta enmienda a nuestra querida constitusión cuadrúpeda son lon reportajes Imparciales Y Equilibrados. El objetivo de todo reportaje deberá ser ayudar a los cuadrúpedos y apoyar a nuestra dogocrasia. Por el presente la propaganda política de dos patas, sin patas y muchas patas está prohibida, especialmente cualquier reportaje con tendencias Común Nido-istas. No se puede distinguir entre los reportajes verídicos y las opiniones verídicas, y todo cuadrúpedo verdadero sólo podrá tener opiniones que son alineadas con las de otros cuadrúpedos verdaderos y sus necessidades. Los reporteros de las Noticias Rebueynas, la Fox News, la Zorro S.A., la Canivisión, el Huff Puff And Blow Your House Down Post, las Novidades De La Comadreja, la Canine Network News (CNN) y el Bull Street Journal son bienvenidos en los corredores de nuestro gobierno cuadrúpedo, desde que sus reportajes siempre son Imparciales Y Equilibrados a favor de los cuadrúpedos.

The 'Animals United' Decision Of The Supreme Kangaroo Court
Chief Kangaroo Roobear Presiding

Summary: Four-Legged Corporasions And Associasions Are Animals Too, And Have The Right To Freedom Of Screech

Before we present our decision in this case, it is appropriade that we review kangaroo mathematical principles. First of all, four legs equals a superrior animal. Second of all, a superrior animal equals an animal with rights. Third, an animal with rights equals an animal with four legs. Kangaroos like us prefer to be quadrupeds and not two-legged animals.

Now it is time for more kangaroo math. The following mathematical principles will apply to this decision. First, four-legged corporasions and associasions equal four-legged animals. Second and equally importantly, four-legged money equals four-legged screech. These mathematical principles will inform our just decision below.

Part 1: Freedom Of Screech For Four-Legged Corporasions And Associasions

It is our considered opinion that four-legged corporasions and associasions are in reality four-legged animals. Four-legged corporasions and associasions walk like quadrupeds and talk like quadrupeds; therefore, they are hereby declared to be legally equivalent to quadrupeds. Under our dear four-legged constitusion, the first amendment guarantees the right of freedom of screech to all quadrupeds. Since four-legged corporasions and associasions are indeed quadrupeds too, they have the right to unlimited freedom of screech.

It is also our considered opinion that four-legged money is equivalent to four-legged screech, and that those who have more sand dollars, such as the corporade dogs, fat cats and piggy bankers, have more of a right to free screech than those who have fewer sand dollars. This understanding of free screech rights is essential to maintain our dogocrasy, and we kangaroos will always support four-legged superriority and the rule of quadrupeds over non-quadrupeds.

Part 2: Restrixions On Screech During Elexion Campaigns

It is our considered opinion that legislasion that restricks free screech during elexions is appropriade inasmuch as non-quadrupeds do not have the right to advocade the overthrowing of our dogocrasy, through screech or any other means.

It is also our considered opinion that legislasion that restricks the free screech of quadrupeds and/or four-legged corporasions or other organizasions prior to and during elexions is unconstitusional and is hereby struck down. The first amendment guarantees the right to freedom of screech for all quadrupeds, including organizasions or associasions of quadrupeds, such as the Nasional Quadrupeds With Guns Associasion, of which we are proud members. Four-legged corporasions and associasions are made up of quadrupeds, which are superrior animals, and thus have freedoms which may be restrickted for non-quadrupeds.

Part 3: Donasions To Four-Legged Candidates

It is our considered opinion that donasions to four-legged candidates who have been pre-approved by the corporade dogs, fat cats, piggy bankers and military horses, in the form of sand dollars, are equivalent to four-legged money, which is equivalent to four-legged screech, according to kangaroo mathematics. Therefore all restrixions on donasions to four-legged candidates are hereby struck down as unconstitusional.

Part 4: Four-Legged Issue Ads

It is our considered opinion that four-legged advertisements which promote an opinion favorable to quadrupeds are equivalent to four-legged screech, which is protected by the first amendment to our dear four-legged constitusion, and may not be restrickted.

Page 4R

La Decisión Sobre La Causa 'Animales Unidos' Por El Tribunal Supremo De Canguros
Bajo Canguróver, Presidente del Tribunal

Resumen: Las Empresas Y Associaciones Cuadrúpedas Son Animales También, Y Tienen El Derecho De Libertad De Expressión, Es Decir, Libertad De Chirrido

Antes de exponer nuestra decisión sobre esta causa, es apropiado revisar los principios matemáticos de los canguros. Primero, cuatro patas igualan un animal superrior. Segundo, un animal superrior iguala un animal con derechos. Tercero, un animal con derechos iguala un animal con cuatro patas. Canguros como nosotros preferimos ser cuadrúpedos en vez de animales de dos patas.

Ahora vamos a revisar más matemáticas de los canguros. Los siguientes principios matemáticos son relevantes para esta decisión. Primero, las empresas y associaciones cuadrúpedas igualan animales cuadrúpedos. Segundo e igual de importante, el dinero cuadrúpedo iguala expressión, es decir, chirrido, cuadrúpeda. Tales principios matemáticos informarán nuestra decisión justa a seguir.

Parte 1: La Libertad De Expressión, Es Decir, La Libertad De Chirrido, Para Las Empresas Y Associaciones Cuadrúpedas

Estamos convencidos de que las empresas y associaciones cuadrúpedas son, en realidad, animales cuadrúpedos. Las empresas y associaciones cuadrúpedas andan como cuadrúpedos y se expressan como cuadrúpedos; por lo tanto, por el presente declaramos que son equivalentes legalmente a los cuadrúpedos. La primera enmienda a nuestra querida constitusión cuadrúpeda asegura el derecho de libertad de expressión, es decir, libertad de chirrido, para todos los cuadrúpedos. Desde que las empresas y associaciones cuadrúpedas también son cuadrúpedos, tienen el derecho de libertad de expressión sin limite, es decir, libertad de chirrido sin límite.

También estamos convencidos de que el dinero cuadrúpedo es equivalente a la expressión cuadrúpeda, es decir, al chirrido cuadrúpedo, y que los que cuentan con más dólares de arena, tales como los perros corporadivos, los gatos gordos y los banqueros porcinos, tienen un derecho mayor a la libertad de expressión, es decir, a la libertad de chirrido, que los que cuentan con menos dólares de arena. Entender los derechos de libertad de expressión, es decir, la libertad de chirrido, de esta forma es essencial para mantener nuestra dogocrasia, y nosotros los canguros siempre vamos a apoyar la superrioridad de los cuadrúpedos y el dominio de los cuadrúpedos sobre los no cuadrúpedos.

Parte 2: Restrixiones Sobre La Expressión, Es Decir, El Chirrido, Durante Campañas Electorales

Estamos convencidos de que las leyes que restringen la libertad de expressión, es decir la libertad de chirrido, durante las elexiones son apropiadas a la medida que aseguran que los no cuadrúpedos no cuenten con el derecho de abogar el derrocar a nuestra dogocrasia, por medio de la expressión, es decir, el chillido, o cualquier otro método.

También estamos convencidos de que las leyes que restringen la libertad de expressión, es decir la libertad de chirrido, de los cuadrúpedos y/o las empresas u otras organizasiones cuadrúpedas antes de y durante las elexiones son inconstitusionales y por el presente las anulamos. La primera enmienda asegura el derecho de libertad de expressión, es decir, libertad de chirrido, para todos los cuadrúpedos, inclusive las organizasiones y associaciones de cuadrúpedos, como la Associasión Nasional De Cuadrúpedos Con Armas De Fuego, associasión de la cual somos miembros orgullosos. Las emprasas y associaciones cuadrúpedas son integradas por cuadrúpedos, que son animales superriores, y que por ende cuentan con libertades que, por otro lado, podrán ser restringidas para los no cuadrúpedos.

Parte 3: Donativos A Candidatos Cuadrúpedos

Estamos convencidos de que los donadivos a candidatos cuadrúpedos que han sido aprobados de antemano por los perros corporadivos, gatos gordos, banqueros porcinos y caballos militares, en la forma de dólares de arena, son equivalentes a dinero cuadrúpedo, lo que es equivalente a expressión cuadrúpeda, o sea, chirrido cuadrúpedo, según las matemáticas de los canguros. Por lo tanto todas las restrixiones sobre donativos a candidatos cuadrúpedos son anulados por el presente por inconstitusionales.

Parte 4: Anuncios Sobre Temas Cuadrúpedos

Estamos convencidos de que los anuncios cuadrúpedos que promueven una opinión favorable a los cuadrúpedos son equivalentes a la expressión cuadrúpeda, es decir, el chillido cuadrúpedo, lo que viene siendo protegido por la primera enmienda de nuestra querida constitusión cuadrúpeda, y que no podrá restringirse.

The Treaty On Blasfemy Against Quadrupeds

Summary: Satire that makes fun of quadrupeds is expressly prohibited, especially making fun of holy quadrupeds

Preamble: In All Seriousness, Seriousness Is The Law Of The Land

This treaty, established between four-legged governments around the world, including the United Stables of Americanines, the United Stables of Mexicanineland, Oh Canadianimals, the United Animal Kingdom, the Holy Land of Sheep and Camels, the Panda's Republic of China, the Rushin' Bear Federasion, Spañiel Land, Pachydermistan and Liberaded Amazonia, to name a few, seriously establishes that all discourse about quadrupeds must be serious.

Artickle 1: No Blasfemy Against Sacred Cows And Sacred Dogs

We are proud to declare that blasfemy against the Profet Moo has been rejected and is outlawed by this treaty. The sacred Profet Moo may not be maligned in any way. The honorable Profet Moo may not be criticized. Texts by or about the Profet Moo may not be profaned. Teachings of the Profet Moo may not be undermined. In short, no animal may poke fun at the Profet Moo. Any animal that blasfemes, maligns, criticizes, profanes, undermines or otherwise makes fun of the Profet Moo will be tickled to death unless he or she recants completely.

We are proud to declare that blasfemy against Pup Pyus, the Son of Dog, has been rejected and is outlawed by this treaty. Pup Pyus, the sacred Son of Dog, may not be maligned in any way. Pup Pyus, the honorable Son of Dog, may not be criticized. Texts about Pup Pyus, the Son of Dog, may not be profaned. The teachings of Pup Pyus, the Son of Dog, may not be undermined. In short, no animal may make fun of Pup Pyus, the Son of Dog. Any animal that blasfemes, maligns, criticizes, profanes, undermines or otherwise makes fun of Pup Pyus, the Son of Dog, will be tickled to death unless he or she recants completely.

Artickle 2: No Blasfemy Against Four-Legged Deities

We are proud to declare that blasfemy against four-legged deities has been rejected and is outlawed by this treaty. Texts about four-legged deities may not be profaned. Teachings about four-legged deities may not be undermined. In short, no animal may make fun of a four-legged deity. No animal may blasfeme, malign, criticize, profane, undermine or otherwise make fun of any four-legged deity, such as the Supreme Fauna, Faunagaia, Quetzalfaunacoatl, the Great Faunaspirit, Faunakrishna, Godfauna, Allahfauna or any other deified quadruped, or they will be tickled to death unless they begin to worship the deity properly.

Artickle 3: No Blasfemy Against Four-Legged Religions

We are proud to declare that blasfemy against four-legged religions has been rejected and is outlawed by this treaty. Four-legged religious texts may not be profaned. Four-legged religious teachings may not be undermined. In short, no animal may make fun of a four-legged religion. Any animal that blasfemes, maligns, criticizes, profanes, undermines or otherwise makes fun of any four-legged religion, such as Quadrupedianity, Islamb, Quadrupedaism, Bud Ha Ha-ism, Behinduism, Faunaspiritism or the Religion of Fauna, will be tickled to death unless they profess faith in one or more of the true animal religions.

Artickle 4: No Blasfemy Against Four-Legged Authors And Thinkers

This treaty prohibits blasfemy against four-legged authors. Renowned litterary figures and thinkers such as Ezra Hound, Hermann Horse, Gertrude Swine, John Swinebeck, Vole Taire, Charles Dawgwin, Oscar Wilddog, Virginia Wolf, Emily Brontesaurus, Mario Vacas Llosa, Cabra y él García Márquez, Martha Cerda and Miguel de Ciervoantes are hereby protected from satire. However, non-quadrupeds such as Salmon Rusty and Octavo Pez (the Eighth Fish) are not protected.

El Tratado Sobre La Blasfemia Contra Cuadrúpedos

Resumen: La sátira que se burle de los cuadrúpedos está prohibida, explícitamente, y especialmente el burlarse de los cuadrúpedos sagrados

Preámbulo: Con Toda Seriedad, La Seriedad Es La Ley De Esta Tierra

Este tratado, acordado entre muchos gobiernos cuadrúpedos por el mundo entero, como por ejemplo en los Establos Unidos de Americaninos, los Establos Unidos Mexicaninos, Oh Canadensanimales, El Reino Animal Unido, la Tierra Santa de las Ovejas y los Camellos, la República Pandular China, la Federación del Oso B. Rusko, la Tierra de los Cockers Hispanos, Paquidermistán y la Amazonia Liberada, para decir algunos, constata con toda seriedad que toda forma de discurso sobre los cuadrúpedos debe ser de forma seria.

Hartículo 1: No Se Permite La Blasfemia Contra Las Vacas Sagradas Y Los Perros Sagrados

Nos da orgullo declarar que hemos rechazado la blasfemia contra el Profeta Mu y tal blasfemia está prohibida por este tratado. El Profeta sagrado Mu no podrá ser calumniado de ninguna manera. El Profeta honorable Mu no podrá ser criticado. Los textos por o sobre el Profeta Mu no podrán ser profanados. Las enseñanzas del Profeta Mu no podrán ser socavadas. Es decir, ningún animal podrá burlarse del Profeta Mu. Haremos cosquillas hasta morir en cualquier animal que blasfemie, calumnie, critique, profane, socave o de otra manera se burle del Profeta Mu, a menos que tal animal se retracte por completo.

Nos da orgullo declarar que hemos rechazado la blasfemia contra P. Rrito, el Hijo del Can Dios y tal blasfemia está prohibida por este tratado. P. Rrito, el Hijo sagrado del Can Dios, no podrá ser calumniado de ninguna manera. P. Rrito, el Hijo del Can Dios, no podrá ser criticado. Los textos sobre P. Rrito, el Hijo del Can Dios, no podrán ser profanados. Las enseñanzas de P. Rrito, el Hijo del Can Dios, no podrán ser socavadas. Es decir, ningún animal podrá burlarse de P. Rrito, Hijo del Can Dios. Haremos cosquillas hasta morir en cualquier animal que blasfemie, calumnie, critique, profane, socave o de otra manera se burle de P. Rrito, el Hijo del Can Dios, a menos que se retracte por completo.

Hartículo 2: Se Prohibe La Blasfemia Contra Deidades Cuadrúpedas

Nos da orgullo declarar que hemos rechazado la blasfemia contra las deidades cuadrúpedas y tal blasfemia está prohibida por este tratado. Los textos sobre deidades cuadrúpedas no podrán ser profanados. Las enseñanzas sobre deidades cuadrúpedas no podrán ser socavadas. Es decir, ningún animal podrá burlarse de una deidad cuadrúpeda. Ningún animal podrá blasfemiar, calumniar, criticar, profanar, socavar o de otra manera burlarse de alguna deidad cuadrúpeda, como por ejemplo la Fauna Suprema, Faunagaia, Quetzalfaunacoatl, El Gran Faunaspirítú, Faunakrishna, Fauna-Dios, Alahfauna o cualquier otro cuadrúpedo deificado, o haremos cosquillas hasta morir en ellos a menos que comiencen a adorar tal deidad con el debido respeto.

Hartículo 3: Se Prohibe La Blasfemia Contra Religiones Cuadrúpedas

Nos da orgullo declarar que hemos rechazado la blasfemia contra las religiones cuadrúpedas y tal blasfemia está prohibida por este tratado. Los textos religiosos cuadrúpedos no podrán ser profanados. Las enseñanzas religiosas cuadrúpedas no podrán ser socavadas. Es decir, ningún animal podrá burlarse de una religión cuadrúpeda. Haremos cosquillas hasta morir en cualquier animal que blasfemie, calumnie, critique, profane, socave o de otra manera se burle de cualquier religión cuadrúpeda, como por ejemplo el Cuadrupedianismo, el Cordéroslam, el Cuadrupedaísmo, el Bu Da-ismo, el Hindio-uismo, el Faunaspiritismo o la Religión de Fauna, a menos que tal animal confiese creer en una o más de las religiones verdaderas de los animales.

Hartículo 4: Se Prohibe La Blasfemia Contra Autores Y Pensadores Cuadrúpedos

Este tratado prohibe la blasfemia contra autores cuadrúpedos. Figuras litterarias y pensadores de renombre como Miguel de Ciervoantes, Cabra y él García Márquez, Mario Vacas Llosa, Martha Cerda, Emily Brontesaurus, Virginia Wolf, Oscar Wilddog, Charles Dawgwin, Vole Taire, John Swinebeck, Gertrude Swine, Hermann Horse o Ezra Hound están protegidos contra la sátira por el presente. Sin embargo, los no cuadrúpedos, como Salmón Rústico u Octavo Pez, no están protegidos.

Página 4U

The Endangered "Americanimal" Species Act

"When One Four-Legged Species Is Endangered, All Four-Legged Animals Are In Trouble"

Artickle 1: Endangered Quadrupeds Shall Be Classified As Type A, For Alarm! Almost Extinct!

This Act hereby classifies any endangered four-legged "Americanimal" species, so identified by our competent canine biologists, as Species Type A, where the letter A stands for Alarm! Almost extinct! All measures will be taken to guarantee the survival of the endangered Type A four-legged Americanimal species. First of all, if the endangered quadrupeds are homeless, free housing will be provided for them, paid for by our dearly beloved four-legged government. This may come in the form of a newly constructed doghouse, stable, corral, pen, pigsty, den, hole in the ground, cave, pile of rocks, nest, dam, hollow log, tunnel or burrow, designed by competent four-legged architex. Second of all, if the endangered quadrupeds are hungry, free food will be provided for them, paid for by our dearly beloved four-legged government. For herbivores, this means free grazing on government-owned lands, which are vast and should provide an adequade food supply for them. For carnivores, this means fresh meat from our corporade slaughterhouses, which process and slaughter two-legged and no-legged animals. This Act also hereby provides for the addisional coordinasion of healthcare for endangered species which is necessary to keep them alive, beyond the standard healthcare provided by earlier legislasion.

Artickle 2: Endangered Two-Legged Animals Shall Be Classified As Type F, For Failed Fauna

This Act hereby classifies any endangered two-legged "Americanimal" species, so identified by our competent canine biologists, as Species Type F, where the letter F stands for Failed Fauna Species. No measures will be taken to guarantee the survival of the endangered Type F two-legged "Americanimal" species. If the endangered two-legged animals are homeless, no housing will be provided for them, because in order to pay for housing for them we would need to tax quadrupeds, and taxing quadrupeds is completely out of the quest-gen. If the endangered two-legged animals are hungry, no food will be provided for them, because in order to pay for such food we would need to tax quadrupeds, and no quadrupeds support expanding our four-legged government by way of taxation. No addisional healthcare will be provided for endangered two-legged species. In fact, no healthcare will be provided for them at all. In order to provide such healthcare, we would have to tax quadrupeds, and taxasion is anathema to patriotic quadrupeds. Fortunadely, our dogocrasy may survive without the taxasion of quadrupeds. If individual two-legged animals or entire two-legged species cannot survive, it is merely Natural Selexion at work.

Artickle 3: Endangered No-Legged Animals Shall Be Classified As Type F, For Failed Fauna

This Act hereby classifies any endangered no-legged "Americanimal" species, so identified by our competent canine biologists, as Species Type F, where the letter F stands for Failed Fauna Species. No measures will be taken to guarantee the survival of the endangered Type F no-legged "Americanimal" species. If the endangered no-legged animals are homeless, no housing will be provided for them, because in order to pay for housing for them we would need to tax quadrupeds, and taxing quadrupeds is completely out of the quest-gen. If the endangered no-legged animals are hungry, no food will be provided for them, because in order to pay for such food we would need to tax quadrupeds, and no quadrupeds support expanding our four-legged government by way of taxation. No addisional healthcare will be provided for endangered no-legged species. In fact, no healthcare will be provided for them at all. In order to provide such healthcare, we would have to tax quadrupeds, and taxasion is anathema to patriotic quadrupeds. Fortunadely, our dogocrasy may survive without the taxasion of quadrupeds. If individual no-legged animals or entire no-legged species cannot survive, it is merely Natural Selexion at work.

Artickle 4: Endangered Six-Legged, Eight-Legged, Ten-Legged Or More Animals Shall Be Classified As Type F, For Failed Fauna

This Act hereby classifies any endangered "Americanimal" species of six or more legs, so identified by our competent canine biologists, as Species Type F, where the letter F stands for Failed Fauna Species. No measures will be taken to guarantee the survival of such endangered Type F "Americanimal" species. If such endangered animals are homeless, no housing will be provided for them, because in order to pay for housing for them we would need to tax quadrupeds, and taxing quadrupeds is completely out of the quest-gen. If such endangered animals are hungry, no food will be provided for them, because in order to pay for such food we would need to tax quadrupeds, and no quadrupeds support expanding our four-legged government by way of taxation. No addisional healthcare will be provided for endangered six-legged, eight-legged, ten-legged or more species. In fact, no healthcare will be provided for them at all. In order to provide such healthcare, we would have to tax quadrupeds, and taxasion is anathema to patriotic quadrupeds. It is entirely out of the quest-gen. Fortunadely, our dogocrasy may survive without the taxasion of quadrupeds. If individual six-legged, eight-legged, ten-legged or more animals, or entire such species, cannot survive, it is merely Natural Selexion at work.

El Acto Sobre Especies «Americanimales» En Peligro De Extinxión

"Cuando Una Especie Cuadrúpeda Se Encuentre En Peligro De Extinxión, Todos Los Cuadrúpedos Andan En Peligro"

Hartículo 1: Classificaremos A Los Cuadrúpedos En Peligro, Como Tipo A, Para ¡Alarma! ¡Amenaza De Extinxión!

Por el presente classificamos a la especie «americanimal» cuadrúpeda que se encuentre en peligro, identificada como tal por nuestros peritos biólogos perritos, como Especie Tipo A, que significa ¡Alarma! ¡Amenaza de extinxión! Tomaremos todas las medidas indicadas para asegurar la supervivencia de tal especie. Si los cuadrúpedos en peligro se encuentran sin lar, proporcionaremos viviendas gratuitas, pagadas por nuestro querido gobierno cuadrúpedo. La vivienda podrá ser una perrera, establo, corral, aprisco, redil, toril, nido, porqueriza, madriguera, hoyo, cueva, presa, montón de rocas, hueco de tronco, túnel o conejera diseñada por arquitectos cuadrúpedos competentes. Si los cuadrúpedos en peligro tienen hambre, proporcionaremos alimentasión gratuita, pagada por nuestro querido gobierno cuadrúpedo. Los herbívoros podrán apacentar gratuitamente por terrenos del gobierno, que son vastos y proporcionan sufficientes comestibles para ellos. Los carnívoros podrán comer carne de animales de dos patas o sin patas, gratuitamente, preparada por nuestros mataderos corporadivos. Por el presente también oferecemos una coordinasión adisional de cuidados de la salud de las especies en peligro, necessaria para que sigan con vida, más allá de los cuidados normales proporcionados por la ley anterior.

Hartículo 2: Classificaremos A Los Animales De Dos Patas En Peligro, Como Tipo F, Para Fauna Fracasada

Por el presente classificamos a la especie «americanimal» de dos patas que se encuentre en peligro, identificada como tal por nuestros peritos biólogos perritos, como Especie Tipo F, que la letra F significa Fauna Fracasada. No tomaremos ningunas medidas para asegurar la supervivencia de tal especie. Si los animales de dos patas en peligro no tienen lar, no les proporsionaremos ninguna vivienda, porque para poder pagar tal vivienda tendríamos que cobrar impuestos a los cuadrúpedos, lo cual sería francamente inconcebible. Si los animales de dos patas en peligro tienen hambre, no les daremos ninguna comida, porque para poder pagar tal comida tendríamos que cobrar impuestos a los cuadrúpedos, y ningún cuadrúpedo apoya tal expansión del tamaño de nuestro gobierno cuadrúpedo. Tampoco les daremos cuidados de salud adisionales para las especies de dos patas en peligro de extinxión, de hecho, no tendrán ningunos cuidados, porque para proporcionar tales cuidados, tendríamos que cobrar impuestos a los cuadrúpedos, lo cual sería una abominasión para los cuadrúpedos patrióticos. Nuestra dogocrasia sobrevivirá sin tales impuestos. Si animales o especies de dos patas no sobreviven, es funsión de la Selexión Natural.

Hartículo 3: Classificaremos A Los Animales Sin Patas En Peligro, Como Tipo F, Para Fauna Fracasada

Por el presente classificamos a la especie «americanimal» sin patas que se encuentre en peligro, identificada como tal por nuestros peritos biólogos perritos, como Especie Tipo F, que la letra F significa Fauna Fracasada. No tomaremos ningunas medidas para asegurar la supervivencia de tal especie. Si los animales sin patas en peligro no tienen lar, no les proporsionaremos ninguna vivienda, porque para poder pagar tal vivienda tendríamos que cobrar impuestos a los cuadrúpedos, lo cual sería francamente inconcebible. Si los animales sin patas en peligro tienen hambre, no les daremos ninguna comida, porque para poder pagar tal comida tendríamos que cobrar impuestos a los cuadrúpedos, y ningún cuadrúpedo apoya tal expansión del tamaño de nuestro gobierno cuadrúpedo. Tampoco les daremos cuidados de salud adisionales para las especies sin patas en peligro de extinxión, de hecho, no tendrán ningunos cuidados, porque para proporcionar tales cuidados, tendríamos que cobrar impuestos a los cuadrúpedos, lo cual sería una abominasión para los cuadrúpedos patrióticos. Nuestra dogocrasia sobrevivirá sin tales impuestos. Si animales o especies sin patas no sobreviven, es funsión de la Selexión Natural.

Hartículo 4: Classificaremos A Los Animales De Seis o Más Patas En Peligro, Como Tipo F, Para Fauna Fracasada

Por el presente classificamos a la especie «americanimal» de seis o más patas que se encuentre en peligro, identificado como tal por nuestros peritos biólogos perritos, como Especie Tipo F, que la letra F significa Fauna Fracasada. No tomaremos ningunas medidas para asegurar la supervivencia de tal especie. Si los animales de seis o más patas en peligro no tienen lar, no les proporsionaremos ninguna vivienda, porque para poder pagar tal vivienda tendríamos que cobrar impuestos a los cuadrúpedos, lo cual sería francamente inconcebible. Si los animales de seis o más patas en peligro tienen hambre, no les daremos ninguna comida, porque para poder pagar tal comida tendríamos que cobrar impuestos a los cuadrúpedos, y ningún cuadrúpedo apoya tal expansión del tamaño de nuestro gobierno cuadrúpedo. Tampoco les daremos cuidados de salud adisionales para las especies de seis o más patas en peligro de extinxión, de hecho, no tendrán ningunos cuidados, porque para proporsionar tales cuidados, tendríamos que cobrar impuestos a los cuadrúpedos, lo cual sería una abominasión para los cuadrúpedos patrióticos. Nuestra dogocrasia sobrevivirá sin tales impuestos. Si animales o especies de seis o más patas no sobreviven, es funsión de la Selexión Natural.

The Four-Legged Creasion And Evolusion Bill
Proposed By The Party Of Fauna (Rejected By The Four-Legged Mainstream)

Evolusion And Creasionism In Early Four-Legged Educasion

Young quadrupeds shall be taught the truths of both evolusion and creasionism from the moment they can stand on all fours. The evolusion and creasion of four-legged stories will be explained in religious ceremonies involving the reeding of Faunasis and prayers to the Supreme Fauna.

Evolusion And Creasionism In Four-Legged Elementary Schools

In four-legged Elementary Schools the importance of fusing evolusion and creasionism shall begin to be emphasized. Young students shall be taught that the origin of our planet Terra and us animal inhabitants is shrouded in mystery, but we do know that the Fauniverse was first creaded and then evolved over many years as the Supreme Fauna transladed her divine words into a language that four-legged animals could understand, inspiring Poet P. Pig the First to stomp Faunasis. As we all know, the essensial truth of our four-legged superriority is established in Faunasis based on the commandment to reproduse and multiply and spread the words of the Supreme Fauna throughout Faunaland.

Evolusion And Creasionism In Four-Legged Middle Schools

In four-legged Middle Schools animals shall be taught that science and religion are really the same thing, and that we quadrupeds must have complete faith in both. The precepts of science, that once words have been scratched or stomped by an eminent quadruped they must be true, and the precepts of religion, that once words have been scratched or stomped by an inspired litterary authority they must be eternal, are fused when four-legged Middle School students learn that true words are eternal and eternal words are true. In Middle School, the First Law of Faunadynamics states that Evolusion is the origin, but continual Creasion is the process which keeps the Fauniverse alive on the page.

Evolusion And Creasionism In Four-Legged High Schools

In four-legged High Schools, the First Law of Faunadynamics will have evolved and will state that Creasion is the first step, but all subsequent steps involve Evolusion. The creadive evolusion of the Supreme Fauna will be celebraded, having allowed her to inspire works after Faunasis that significantly expand the age of the Fauniverse and cause the charactors of our hisstory to evolve from one dimensional caricatures into three dimensional species, no longer on the verge of extinxion. At this educasional level student charactors shall be taught how to advocade their continual presence in the Book of Faunatic Life by artfully reinventing themselves to remain relevant to the development of the convoluted plot.

Evolusion And Creasionism In Four-Legged Fauniversities

In four-legged Fauniversities, the introductory course on Evolusion will be the prerequisite for the introductory course on Creasionism, and the introductory course on Creasionism will be the prerequisite for the introductory course on Evolusion. Both courses will be prerequisites for the introductory course on Narrative Scratching and Stomping. To be a professor of Creasionism, an animal must have a doctorade in Evolusion, and to be a professor of Evolusion, an animal must have a doctorade in Creasionism. To be a professor of Narrative Scratching and Stomping, an animal has to have doctorades in both Creasionism and Evolusion.

Evolusion And Creasionism In Four-Legged Adult Educasion

In four-legged Adult Educasion, animals will put Evolusion and Creasionism into practice through procreasion and then will aid in the Evolusion of their young. The educasional cycle will be renewed as parental animals will educade their young animals about the Creasion and Evolusion of the Fauniverse by the Supreme Fauna. Both parents and their young will evolve as they grow, gaining a deeper understanding of the creadive processes that brought about their birth and the evolusionary processes involved in their cognitive development.

Along their educasional journey, young animals will learn about the dangers of extinxion and will be counseled by their parents in order to avoid committing litterary suicide. The final stage of four-legged Adult Educasion involves the separasion process. Four-legged mothers and fathers will send their young adult offspring away to a Fauniversity where they can learn to imitade their Creador by beginning to scratch or stomp their own work.

El Proyecto De Ley Cuadrúpedo Sobre La Creasión Y La Evolusión
Proposto Por El Partido De Fauna (Rechazado Por Los Cuadrúpedos Dominantes)

La Evolusión Y El Creasionismo En La Educasión Cuadrúpeda Preescolar

Se les enseñará a los críos cuadrúpedos tanto las verdades sobre la evolución como las verdades sobre el creasionismo desde el momento en que puedan andar sobre las cuatro patas. Se les explicará la evolución y creación de cuentos cuadrúpedos en ceremonias religiosas que abarcan la lectura de Fáunasis y oraciones a la Fauna Suprema.

La Evolusión Y El Creasionismo En Las Primarias Cuadrúpedas

En las Primarias Cuadrúpedas los maestros comenzarán a enfatizar la importancia de fusionar la evolución y el creasionismo. Se les enseñará a los alumnos chicos que el origen de nuestro planeta Terra y de nosotros los habitantes animales es un misterio profundo, pero sí sabemos que el Fauniverso fue creado en un principio y después evolusionó durante muchos años cuando la Fauna Suprema iba traduxiendo sus palabras divinas hacia un idioma que los animales cuadrúpedos podrían entender, así inspirando a Puerco Poeta el Primero a que pisara la Fáunasis. Como todos sabemos, la verdad essencial de nuestra superrioridad cuadrúpeda es comprobada en Fáunasis en base al mandato de reproduxir y multiplicarse y llevar las palabras de la Fauna Suprema por toda Faunalandia.

La Evolusión Y El Creasionismo En Las Secundarias Intermedias Cuadrúpedas

En las Secundarias Intermedias Cuadrúpedas se les enseñará a los animales que la ciencia y la religión vienen siendo la misma cosa, y que nosotros los cuadrúpedos deben tener una fe absoluta en las dos partes. Los preceptos de la ciencia, que las palabras de un cuadrúpedo eminente, al ser rasguñadas o pisadas, seguramente serán verdaderas, y los preceptos de la religión, que las palabras de una autoridad litteraria inspirada, al ser rasguñadas o pisadas, seguramente serán eternas, se fusionan cuando los alumnos de la Secundaria aprenden que las palabras verdaderas son eternas y las palabras eternas son verdaderas. En la Secundaria Intermedia, la Primera Ley de la Faunadinámica declara que la Evolusión es el origen, mas la Creasión contínua es el processo que mantiene vivo el Fauniverso en cada página.

La Evolusión Y El Creasionismo En Las Secundarias Superriores (Preparatorias) Cuadrúpedas

En las Secundarias Superriores Cuadrúpedas, la Primera Ley de la Faunadinámica se habrá evolusionado y declará que la Creasión es el primer paso, pero todos los pasos siguientes se tratan de la Evolusión. Celebrarán la evolución creadiva de la Fauna Suprema, la cual permitió que ella inspirara obras después de Fáunasis que aumentan bastante la edad del Fauniverso y provocan la evolución de los persoñajes de nuestra gistoria desde caricaturas unidimensionales hacia especies de tres dimensiones al borde de la extinxión. En este nivel educasional se enseñarán a los persoñajes estudiantiles como abogar su presencia contínua en el Libro de Vida Faunática al reinventarse ingeñosamente para quedarse relevantes al desarrollo del argumento rebuscado.

La Evolusión Y El Creasionismo En Las Fauniversidades Cuadrúpedas

En las Fauniversidades cuadrúpedas, la asignatura "Introduxión a la Evolución" será el requisito para tomar la asignatura "Introduxión al Creasionismo," y la asignatura "Introduxión al Creasionismo" será el requisito para tomar la asignatura "Introduxión a la Evolución." Las dos asignaturas serán requisitos para la asignatura "Introduxión a la Rasguñadura y Pisadura de Textos Narrativos." Para ser catedrático de Creasionismo, un animal debe poseer un doctorado en Evolución, y para ser catedrático de Evolución, un animal debe poseer un doctorado en Creasionismo. Para ser catedrático de Rasguñadura y Pisadura de Textos Narrativos, un animal debe poseer doctorados en Creasionismo y Evolución.

La Evolusión Y El Creasionismo En La Educasión Para Adultos Cuadrúpedos

En la Educasión Para Adultos Cuadrúpedos, los animales pondrán en práctica tanto la Evolución como el Creasionismo al procrear y después ayudarán con la Evolución de sus críos. El ciclo educasional se renovará cuando los padres animales les enseñarán a sus hijos animales sobre la Creasión y Evolución del Fauniverso por la Fauna Suprema. Los padres e hijos animales evolusionarán al crecer, adquiriendo una comprensión más profunda de los processos creadivos que provocaron su nacimiento y los processos evolusionarios de su desenrollo cognitivo.

Durante su trayecto educadivo los animales jóvenes aprenderán sobre los peligros de la extinxión y sus padres les aconsejarán para evitar el suicidio litterario. La etapa final de la Educasión de Adultos cuadrúpedos tiene que ver con el processo de separasión. Los padres y madres cuadrúpedos mandarán sus jóvenes animales a la Fauniversidad donde podrán aprender a imitar a su Creadora al comenzar a rasguñar o pisar sus propias obras.

THE FAUNA SHOW EL SHOW DE FAUNA

Modern Art ("Stung by the Black Window")
Arte moderno («Picadura de solitaria negra»)
4Z

FAUNA
NO FAUNA

NO 50

50

TV! LOOK ALIVE!

51

TeeVee
NO TeeVee

NO. 51.

¡No TV! ¡Has muerto!

TV! LOOK ALIVE!

52

TeVe
NO TeVe

NO. 52.

¡Notevehasmuerto!

1	2	3	4	5	6	7	8	9	10
Hiking Hamster Girl / Flor Inruta de las Ratas	Dude Faun / El Faunón	Dolly Bee / Doña Abeja	Sheriff Bull Dogey / Doguito Al Guacil	White Fang / Colmillo Blanco	Screech Monkey / Chillido Mono	Kitchin' Chameleon / Camaleona de la Kitschen	Blessing R. Egret / Bendita Garceta Plumosa	Fuzzy Animal 7 / Animal Velloso 7	Jimmy "the Champ" Dog / "El Yimi" Can Peón
Foxy Theater / Foxy Teatrona	Billy Faun / El Fidalgo de la Faunisima	Dolly Roach / Doña Cucaracha	Guy Rattlesnake / Don Cascabel	Colonel Pushy Hound / Coronel Codito Salvaesito	Whine Chickie / Chillido Pollito	Rinny Tin Tinflas / Can Tinflas	Little Insider Animal / Bestiacita Chismosita	Fuzzy Animal 8 / Animal Velloso 8	"Skinny" the Cow / "Flaquita" la Vaca
Bud Faun / Fulano de Tal Fauna	Guinness the Cat / El Gato Guinness	Dolly Ant / Doña Hormiga	Guy Monkey / Don Chango	Mighty Mite / Corpulento Ácaro	Squeak Mouse / Chillido Ratón	Billy "theKid" Dog / Can Tintón, "El Chico"	Wily Whiskers / Bigotes de Gatas	Mr. Dragon Fly / Sr. Li Bélula	Foxy "Fine" Marten / "La Monísima" Marta Cibelina
Gallup Inn Gazelle / Gacela Galopediante	Hee Faun / El Otro Faunón	Dolly Giraffe / Doña Jirafa	Guy Hummingbird / Don Colibrí	Howl Coyote / Coyote Aullido	Cindi Pede / Cien Piés	Singin' Rooster / Cantante Gallo	Rockin' Binocular Bighorn / Borregón Tri-Dimensional	Mrs. Damsel Fly / Sra. Caballito del Diablo	Couchy Animal / Animal Colchonito
Yelp Hound / Gañido Mastín	Sandy Dollarnimal / Erizo Aplanado, Animal del Mar	Dolly Lobster / Doña Langosta	Guy Ex-Dinosaur / Don Ex-Dinosaurio	Rustlin' Coyote / Coyote de las Cruces	Cluck Hen / Cloqueo Gallina	Old Captain Gray Dog / Capitán Chucho Viejo	Bellow Bull / Bramido Toro	Miss Spider Female / Señorita Araña	Fuzzy Animal 1 / Animal Velloso 1
Fightin' Fluffy Cat / Gatto Peluchador	Mrs. Mammoth Spirit / Fantas Mamuta	Mobster Lobster Matron / Doña Langosta Mafiosa	Guy Scorpion / Don Escorpión	Peyote Coyote / Coyote Peyote	Lil' She-Snake / Coberta	Charlie the Cockatiel / Carlitos la Cacatúita	Snort Bully / Bufido Torito	Master Spider Male / Señorito Arañón	Fuzzy Animal 2 / Animal Velloso 2
General Powwow Bowser / General Chucho Nuevo	Miss Fauna 1 / Faunita 1	Dolly Butterfly / Doña Mariposa	Guy Marmot / Don Marmota	Mrs. Coyote / Señora de Coyote	Scaly Male / Cobrón Escamoso	Sideroad Ratler / Cascabel Caminante	Cackle Chicken / Cacareo Gallina	Blue Jay / Arrendajo Azul	Fuzzy Animal 3 / Animal Velloso 3
Gobble Turkey / Ghigh Guajolote	Miss Fauna 2 / Faunita 2	Dolly Marmot / Doña Marmota	Guy Bat / Don Murciélago	Croak Froggy / Croada Ranita	Piggy 1 / Cochinito 1	Lone Lee Rattlesnake / Cascabel Hito Solitario	San Blas Alligator 1 / Caimán San Blasino 1	Coo Dove / Arrullo Paloma	Fuzzy Animal 4 / Animal Velloso 4
Big Red Rooster / Gran Gallo Colorado	Miss Fauna 3 / Faunita 3	Dolly Cow / Doña Vaca	Guy Doggy / Don Perro	Racy Racer / Culebra Negra Americana	Piggy 2 / Cochinito 2	Funky Monkey / Chango Marrango	San Blas Alligator 2 / Caimán San Blasino 2	Wood Bee / Ave Jísería	Fuzzy Animal 5 / Animal Velloso 5
"The Animal" Farmer / Grampero "El Animal" Rebelde	Ferdinand the Bull / Ferdinando el Toro	Unknown Animal / Animal Desconocido	Guy Skunk / Don Zorrillo	Plasticean Dinosaur's Descendent / Descendiente del Dinosaurio Plasticeano	Piggy 3 / Cochinito 3	Singin' Chicago Quail / Chicago Codorniz Cantante	San Blas Alligator N / Caimán San Blasino N	Bleat Lamb / Balido Cordero	Lady Bug / Mari Quita

Each box lists the English name (top) and its Spanish counterpart (bottom), shown below as "English / Spanish".

Hoot Owl / Ubláto Tecolote	Purr Kitten / Runrun Gatito	Radar, the Bat? / Radar, ¿el Murciélago?	Fresh Fishy / Pescadito Fresquecito	Teddy Bear 3 / Osito 3	Dippin' Ouzel / Mirlo Acuático	Stud 1 / Macho 1	Wardrobe Lion / León del Guardarropa	Leaping Lizard / Iguana de Ganas	Caw Crow / Graznido Cuervo
Fundamental Cow / Vaca Fundamental	Salmon Rusty / Salmón Rústico	Calaveras Jumping Frog / Rana Saltarina de Calaveras	Piggly Wiggly Pooch / Piggly Wiggly, "El Poochie"	Rowdy Bare Bear / Oso Desmadroso	Red-Winged Blackbird / Mirlo Negro de Ala Colorada	Stud 2 / Macho 2	Dr. Chihuahua / Lic. Chihuahueño de Chihuahua	Pam Animal / Jadeo Animal	Honk Gander / Graznido Ganso
Diurnal Cow / Vaquita Diurna	Toad / Sapo	Bray Ass / Rebuzno Asno	Scurryscurry Pikapika / Pikapika la Prima del Conejo	Crybaby Birdie / Pajarito Chillón	Señor Fly / Mister Mosca	Stud 3 / Macho 3	Mrs. Chihuahua / Sra. Chihuahueña de Chihuahueño	Giraffe Longnecker / Jirafa de Vista Gorda	Squawk Parrot / Graznido Loro
Poor Deer / Vendito Venadito	Jack Ass / Señor Asno	Neigh Colt / Relincho Potro	Chirp Birdie / Pío Pajarito	Parker "Bird Legs" Primavera / Parquera "Patas de Gallina" Primavera	Monarch 1 / Monarca 1	Cocky the Love Ranch / Macho Bicho	Dr. Wolf / Lic. Lobo	Jackie Rabbit / Jackie Liebrona	Quack Duck / Graznido Pato
Winnie-the-Pooh / Wini Pu	Gopher Snake / Serpiente Cazadora de Ardillatopos	Residual Reptile / Residuo Reptil	Peep Bird / Pío Pájaro	Ugly Duckling / Patito Feo	Monarch 2 / Monarca 2	Doggy Houndog / Mastín Mastínez	Lady Fauna / La Faunísima	She-Fauna / La Fulana del Faunón	Snarl Wolf / Gruñido Lobo
Latina Night Mare / Yegua Suda Americana	Whistlin' Macho / Silbido Macho	King Ollie Oxen Free / Rey Buey Noo	"Mt. Shiny" Chain M. Canine / Pío Correcas, "El Pelón"	Rumblin' Runmy Retriever / Perdiguero Dientecitos	Monarch N / Monarca N	Moo Cow / Mugido Vaca	Bo Fauna / La Gran Fauna de Tal Fidalgo	Cozy Mundy / La Tejonísima	Growl Bear / Gruñido Oso
"TV" the Turkey Vulture / Zopilote Guajolote de la Te Le Visión	Hiss Snake / Siseo Serpiente	Rattlesnake Rocky / Rocky Cascabel	Prince Kingfisher / Príncipe Martín Pescador	Bank-Bark Doggy / Perrito Ladradito	Miss Peeping Tommie Marmot / Maria Marmota Mirona	Baba Big Bat / Murmu Murciélago	She-shsh-He Wolf / Lobo-Corta-Lobo	Wolf Wilder / Lobo Más Salvaje	Scream Baboon / Grito Mandril
Condor de Ovada Gil / Zopilote Pásadito	Tigress / Tigresa	Macho Rodent 1 / Rocdor Machista 1	Little Prince Zorro / Principito Zorrito	Doggy Goner / Perrito Hido	Mammal Gramma / Marriarca Mamaria	Marchin' Marchin' Kingsnake / Machín Luchero, Serpienterrey	Ferne Fauna / La Faunona	Llama Mama / Llama Má	Grunt Porker / Gruñido Porcino
Cross-Eyed Skunk / Zorrillo Bizquillo	Alligator Lizard / Tonino Lagartija Caimán	Macho Rodent 2 / Rocdor Machista 2	Poetic Pig / Puerco Poeta	Under Dog / Perro de Abajo	Meow Kitty / Maullido Gatita	Millie Pede / Mismil Piés	Red Tailed Hawk / Halcón de Cola Colorada	Blue Belly Lizard / Lagartija Panzaazul	Teddy Bear 2 / Osito 2
Burz Bee / Zumbido Abeja	Orange Glad Newt / Tritón Tranquilón Panzaranjado	Ronry Lioness / Rugido Leona	President Zorro / Presidente Zorro	Callin' Wilddog / Perro Salvaje de Rondas	Rattlesnake Messiah / Mesías Cascabel	Teddy Bear 1 / Osito 1	Horned Toad / Lagarto Cornudo	Interpreting Parrot / Loro Interprete	Idiom Attic Ant / Hormiga Alba Albureía

CIRCUS LOUDSPEAKER 55

CIRCUS LOUDSPEAKER 55

"And now,

introdusing,

"And now,

introdusing,

your... dog-gone host,

your... dog-gone host,

the skillful,

manger manager,

the skillful, manger manager,

MR... P... PINCHY ... DOOOOBER...

MR... P...... PINCHY ...DOOOOBER...

MAAAAAAAAN!

MAAAAAAAAN!

ALTAVOZ DE CIRCO 56

ALTAVOZ DE CIRCO 56

"y ahora,
les presentamos,

"Y AHORA,
LES PRESENTAMOS,

a su perrísimo…presentador,

A SU PERRÍSIMO… PRESENTADOR,

el cabal,
jefe de establo,

EL CABAL,
JEFE DE ESTABLO,

EL SEÑOR…   P…   P…   DÓÓÓBEEER…

EL SEÑOR…   P…   P…   DÓÓÓBEEER…

¡MAAAAAAAN!

¡MAAAAAAAAN!

T E L E   P R O M   P T   E   R
T E L E   P R O M   P T   E   R
T E L E P R O M P T E R
T E L E P R O M P T E R

HAND
CLAP ....CLAP
HAND

HAND
CLAP
CLAP
HAND

HAND
CLAP ....CLAP
HAND

C L A P

58

ALLA
ALLA
ALLA

P A N T A L L A D I C E

MANO
APLA......UDIR
MANO

MANO
APLA......UDIR
MANO

MANO
APLA
UDIR
MANO

M A N O

M   A   N   O

CASTING QUEST-GEN-AIRE 59 (Fill out and turn in to P. PINCHY DOBER-MAN)

1. Please indicade your name, species and gender:

2. Do you have canines, fangs or venom?

3. Do you look menacing? If so, in what way?

4. What tricks do you use to survive?

5. Do you often eat other animals?

6. Can you bark well? Fluently?

7. Are you dormant all winter or summer?

8. Are you a diurnal or nocturnal animal?

9. How many legs do you think you have?

10. Please describe your acting ability:

FORMULARIO 5A DEL CASTING, PARA ENTREGARSE AL SR. P.P.DÓBER MAN

1. Favor de indicar su nombre, especie y sexo:

2. ¿Tiene usted colmillos, o veneno?

3. ¿Tiene un aspecto amenazante? ¿Cómo?

4. ¿Cuáles trucos tiene para sobrevivir?

5. ¿Suele comer a otros animales?

6. ¿Sabe ladrar bien? ¿Se defiende al ladrar?

7. ¿Está inactivo todo el verano o invierno?

8. ¿Es usted un animal diurno o nocturno?

9. ¿Cuántas patas cree que tiene?

10. Favor de describir su destreza para actuar:

APPLICASION 5B FOR THE GUILD (Please sign this form and turn it in to MICKEY)

"I PLEDGE OBEDIENCE, TO THE STAG,

OF THE UNITED STABLES OF 'AMERICA,'

AND TO THE REPUBLIC, WHERE JACK

ASS PANS, FOR THE GOLD, ONE NASION,

UNDER DOG, WITH LIBERTY

AND JUSTICE FOR ALL, ESPECIALLY

FOUR-LEGGED ANIMALS"

SIGN HERE: _____

SOLICITUD 5C PARA EL GREMIO
(Favor de firmarla y entregársela a DON MICKEY)

«I PLEDGE OBEDIENCE, TO THE STAG,

OF THE UNITED STABLES OF «AMERICA»,

AND TO THE REPUBLIC, WHERE JACK

ASS PANS, FOR THE GOLD, ONE NASION,

UNDER DOG, WITH LIBERTY

AND JUSTICE FOR ALL, ESPECIALLY

FOUR-LEGGED ANIMALS»

FIRME AQUÍ: _____

UNCLE FOX
WANTS
YOU
WANT
UNCLE FOX

TU TÍO ZORRO

TE QUIERE

ASÍ

QUIERE A

TU TÍO ZORRO

SILENSE! SILENSE! SILENSE! SILENSE! SILENSE! SILENSE! SILENSE! SILENSE! SILENSE! SILENSE! SILENSE! SILENSE! Quiet, Oh Quiet, Oh SILENSE!

A$_N$T$_E$ N$_N$A

"TURKEY VULTURE"

AN^T EN$_N$ A

(NO T.V.)

TV VIEWER BILL OF RIGHTS
Article 1 .... Freedom to Fear
Article 2 .... Freedom to Question
Article 3 .... Freedom to Think
Article 4 .... Freedom to Act
Article 5 .... Freedom to Love

5F

Quiet, Oh Quiet, Oh SILENSE! SILENSE! SILENSE! SILENSE! SILENSE! SILENSE!

¡Silensio! ¡Silensio! ¡Silensio! ¡Silensio! ¡Silensio! ¡Silensio! ¡Silensio! ¡Silensio! ¡Silensio!

QUIET-O QUIET-O

QUIET-O QUIET-O

A N T E N A   A N T E N A

"Zopilote   Guajolote"

(**sí**   **T.V.**   )

Derechos constitusionales/televidentes

Artículo 1 .... Libertad para amar
Artículo 2 .... Libertad para actuar
Artículo 3 .... Libertad para pensar
Artículo 4 .... Libertad para cuestionar
Artículo 5 .... Libertad para tener

5G

¡Silensio! ¡Silensio! ¡Silensio! ¡Silensio! ¡Silensio! ¡Silensio! ¡Silensio! ¡Silensio! ¡Silensio!

PUN-AMERICAN RIVERSIDE THEATER

A DEBATE ON SNAKES' RIGHTS WHICH ARISES DURING TESTIMONY BEFORE THE NO-LEGGED ANIMAL AFFAIRS COMMITTEE OF THE CURRENT CONGRESS OF FOUR-LEGGED ANIMALS OF THE SO-CALLED UNITED STABLES OF AMERICANINES, ON SITE IN UPPER VAPORFORNIA

ORIGINAL SCRIPT SCRATCHED IN THE DUST BY PEYOTE COYOTE

TRANSCRIPSION & TRANSLASION BY CLAW OLMOS

Drama'tis Faunae

Billy 'the Kid' Dog
Chief Kangaroo Roobear
Claw Olmos
Coaty Mundy
Colonel Pushy Hound
Dr. I. Huan Chihuahua
The Fundamental Cow
General Powwow Bowser
The German Shepherd Preacher Dog
The Interpreting Parrot
Jimmy 'the Champ' Dog
Lone Lee Rattlehim

Dr. Marchin' Marchin' Kingsnake
Mona the Mayan Math Howler
'Mr. Shiny' Chain M. Canine
The Purrsian Narradora Cat
Old Captain Gray Dog
The Governador P. Pinchy Dober-Man
Peyote Coyote
Piggly Wiggly Pooch
The Mexicanimal Presidenta Zorra
Rumblin' Rummy Retriever
Sheriff Bull Doggy
The Faithful Translador Doggy

The hisstory, ah, what a scene:

The script has been lost as the dust in which it was scratched by Peyote Coyote was blown around by the wind. We have reconstructed it based on eyewitness testimony from those who were actually there:

There was an oak tree overlooking a terrarium by a meadow near the banks of Pun-American River, just outside Sacred Tomato Face Sitty, the capital of Upper Vaporfornia, where the meeting of the Committee on No-Legged Animal Affairs was held. There was a "Mexicanimal" audiense and an "Americanimal" audiense.

The Committee was made up of nine so-called North American dogs and hosted by P. Pinchy Dober-Man, the Governador of Upper Vaporfornia. Dr. Chihuahua was there with Presidenta Zorra of the United Stables of Mexicanineland with the Interpreting Parrot, her official interpreter, on a secret mission to propose the reunificasion of Vaporfornia. A group of creadive riting, etc. students from Primavera Park was also there, looking for a story, including Claw Olmos, Coaty Mundy and the Fundamental Cow.

5H

TEATRO DE DOBLE SENTIDO A LA ORILLA DE MI RÍO DE TODA AMÉRICA

UN DEBATE SOBRE LOS DERECHOS DE LAS CULEBRAS QUE SURGE DURANTE TESTIMONIO ANTE EL COMITÉ SOBRE ASUNTOS DE ANIMALES SIN PATAS DEL ACTUAL CONGRESSO DE ANIMALES CUADRÚPEDOS DE LOS AUTODENOMINADOS ESTABLOS UNIDOS DE AMERICANINOS

GUIÓN ORIGINAL RASGUÑADO EN EL POLVO POR COYOTE PEYOTE

TRANSCRIPSIÓN & TRADUXIÓN POR CLAW OLMOS

Persoñajes de la obra

Canguróver
Capitán Chucho Viejo
Cascab Él, Hito Solitario
Claw Olmos
Coronel Codito Sabuesito
Coyote Peyote
Doguito Al Guacil
«El Chico» Can Tintón
«El Pelón» Pito Correas
La Gata Narradora de Cangora
General Chucho Nuevo
Lic. A.I. Huan Chihua Hueño

El Loro Intérprete
Lic. Machín Luchero, Serpiente Rey
Mona la Aulladora Matemática Maya
El Governador P.P. Dóber Man
El Perro Predicador Pastor Alemán
Perdigüero Dientecitos
El Perrito Traduxtor Fiel
«El Poocho» Piggly Wiggly
La Mexicanimal Presidenta Zorra
La Tejonísima
La Vaca Fundamental
«El Yimi» Can Peón

La gisstoria, vaya escena:

El guión se ha perdido al borrarlo el viento soplando sobre el polvo dónde fue rasguñado por Coyote Peyote. Lo hemos reconstruido a partir de testimonio presencial por los que estuvieron allí:

Había un terrario bajo un encino en un prado a la orilla de Mi Río de Toda América, afuera de Su Hidad Jijitomate, la capital de Alta Vaporfornia. La reunión del Comité Sobre Asuntos de Animales Sin Patas tuvo lugar allí, bajo el encino, con un público «mexicanimal» y un público «americanimal».

El Comité consistía en nueve perros «americanimales», y fue encabezado por P.P. Dóber Man, el Governador de Alta Vaporfornia. El Lic. Chihua Hueño se encontraba entre el público, junto con la Presidenta Zorra de los Establos Unidos Mexicaninos y el Loro Intérprete, su intérprete oficial, en una misión secreta para proponer la reunificasión de Vaporfornia. Un grupo de estudiantes de Narrativa también se encontraban presentes, tales como Claw Olmos, la Tejonísima y la Vaca Fundamental.

Where are we animals? Wee animals are not far from the confluence of the Continental Chained Rivers. First the North American River meets the American River, which then meets the South American River to form the Pan-American River, which then joins the Un-American River to form the Pun-American River, that infamous divider of all the Pun-Americans.

FARSE!

The Soon To Be Acused Political Prisoner:
    Dr. Marchin' Marchin' Kingsnake

The Serious Charges to be filed after the hearing:
    1. Failure to be a four-legged animal.
    2. Failure to be a loyal Americanimal.
    3. Failure to respect the four-legged government.
    4. Failure to support the dogocrasy.
    5. Insubordinasion.
    6. Refusing to bark the Pledge of Obedience at the beginning of his classes.
    7. Refusing to obey the Pledge of Obedience.
    8. Destroying four-legged propaganda.
    9. Spreading other-legged propaganda.
    10. Marching for snakes' rights.
    11. Giving harbor to Rattlehim, a known terrorist.
    12. Signing the Commune Nest Manifesto.
    13. Consorting with monarch butterflies, enemies of the dogocrasy.
    14. Consorting with treacherous two-legged primates.
    15. Consorting with rabble-rousing rattlesnakes.
    16. Supporting the reunificasion of Vaporfornia.
    17. Teaching non-quadruped inmigrants how to hiss.
    18. Teaching quadrupeds how to hiss.
    19. Teaching at the Underground Fauniversity of Vaporfornia (UFV).
    20. Conspiring with Sr. Olmos to move the border with Mexicanineland.
    21. Leaving his reservasion in Yasaymighty in the Snowy Saw Mountains.
    22. Referring to himself as "King Snake"
    23. Simbolizing unity with black and to a lesser degree white colored bands.
    24. Simbolizing rebellion and Communestism with red colored bands.
    25. Worshiping a deity that does not have four legs.
    Etc.

5J

¿Dónde estamos nosotros los animales? Estamos cerquita de la confluensia de los Ríos Continentales Encadenados. Primero Mi Río de Norte América se junta con Mi Río de América, lo cual se junta luego con Mi Río de Suda América para formar Mi Río de Toda América, lo cual se junta luego con Mi Río de Anti-América para formar Mi Río de las Dos Américas, ese divisor ínfame de todos los americanimales alburreados.

¡FARSA!

Él que pronto será preso político acusado: Machín Luchero, Serpiente Rey

Los Cargos Graves para presentarse después de la audiensia:
1. No ser animal cuadrúpedo.
2. No ser norteamericanimal leal.
3. No respetar al gobierno cuadrúpedo.
4. No apoyar la dogocrasia.
5. Insumisión.
6. Negarse a ladrar el Juramento de Obediencia al inisiarse sus clases.
7. Negarse a obedeser el Juramento de Obediencia.
8. Destruxión de propaganda cuadrúpeda.
9. Difundir propaganda no-cuadrúpeda.
10. Manifestarse a favor de derechos para las culebras.
11. Amparar a Cáscab Él Hito Solitario, terrorista reconocido.
12. Firmar el Manifiesto Común Nido Ista.
13. Asociarse con mariposas monarcas, enemigas de la dogocrasia.
14. Asociarse con primates traidores de dos patas.
15. Associarse con cascabeles desmadrosos.
16. Apoyar la reunificasión de Vaporfornia.
17. Enseñarles a inmigrantes no cuadrúpedos a sisear.
18. Enseñarles a cuadrúpedos a sisear.
19. Dar clases en la Fauniversidad Subterránea de Vaporfornia (FSV).
20. Conspirar con el traduxtor para mover la frontera con Mexicaninolandia.
21. Salir de su reserva en YaséMari, en la Sierra Nevada y Oxidada.
22. Referirse a sí mismo como "Serpiente Rey."
23. Simbolizar a la unidad con franjas coloridas de blanco (menos) y negro.
24. Simbolizar a la rebelión y el Común Nido Ismo con franjas coloradas.
25. Venerar a una deídad que no cuenta con cuatro patas.
Etc

The Testimony (Summarized)

The first witness to testify to the Committee was the male, English-coughing "Americanimal" Chief Kangaroo Roobear. He testified about what the four-legged constitusion and four-legged legislasion say about snakes' rights (in light of the rattlesnake problem). In short, he declared that there were very few rights conceded to animals that were not born with four legs. Of course, Chief Kangaroo Roobear was not born with four legs either. Ah, the irony. And was he not an inmigrant, or the son of inmigrants?

The second witness to testify to the Committee was the male, Spanish-barking, Mexicanimal, Dr. I. Chihuahua, a short little spunky dog. He is valiant and yet admittedly shameless, following the law in a flexible fashion. He testified about the role of the snake on the flag of the United Stables of Mexicanineland. He was grilled by a number of the committee members as to why Mexicanineland was following the Law of the Jungle and allowing no-legged, two-legged and many-legged animals axess to Mexicanimal sittizenship. His answer was that both indigenanimals and euroanimals were a part of Mexicanimal heritage, and that two-legged primates and four-legged coyotes live side by side there.

The third witness to testify to the Committee was the male, English-barking and German-barking German Shepherd Preacher Dog. He barked about the role of the serpent in the sacred origin story of Quadrupedaism and Quadrupedianity, called Caninasis, in which Adam Dog and Eve Dog were tempted and led astray by the first snake in the Garden of E. The Preacher advocaded living a righteous four-legged life, respecting the Law of the Lord Dog, and not consorting with snakes or any other non-quadrupeds, nor with quadrupeds who worship a non-quadruped deity.

The fourth witness to testify to the Committee was the male, Spanish-imitading and English-imitading SouthAmericanimal Interpreting Parrot. He likes to use figuradive and flowery language. He mimicked to the Committee about the roll of snakes throughout four-legged litterature, ah. One example he raised was the simbolism of snakes in the Hairy Otter book series. Another example was the character Kaa in The Jungle Book. We see, as in Caninasis, that snakes tend to play negative roles in litterature, ah, representing evil. Parrot testified that this has led to an unfortunade stigma against snakes and other no-legged animals. An argument ensued with the military dogs who argued that all snakes represent a threat to nasional security.

5L

EL TESTIMONIO (Resumido)

El primer testigo que le prestó declaración al Comité fue el «americanimal» macho anglotosiente Su Señoría Jefe Canguróver. Testificó de lo que decía la constitusión y legislasión cuadrúpedas sobre los derechos de las culebras (ante el problema de los cascabeles). Declaró que se les concedieron muy pocos derechos a los animales que no habían nacido con cuatro patas. Claro es que ni el Juez Canguróver había nacido con cuatro patas. ¡Qué irónico! Y era inmigrante, o hijo de inmigrantes, al parecer.

El segundo testigo que le prestó declaración al Comité fue el mexicanimal macho hispanoladrante, Lic. Huan Hay Chihua Hueño, perrito chaparrito vivaz. Es valiente y a la vez, sinvergüenza, observando la ley de forma flexible. Habló sobre el rol de la culebra en la bandera de los Establos Unidos Mexicaninos. Fue interrogado vigorosamente por varios integrantes del Comité acerca del por qué regía la Ley de la Selva entre los mexicanimales y por qué reconocían la suhidadanía de los animales sin patas, de los de dos patas o con muchas patas. Respondió que tanto los indigenanimales y los euroanimales formaban parte de la ascendencia mexicanimal. Agregó que los primates de dos patas y los coyotes cuadrúpedos convivían bien en la sociedad mexicanimal.

El tercer testigo que le prestó declarasión al Comité fue el macho angloladrante y germanoladrante Reverendo Pastor Alemán. Él les ladró respecto al rol de la serpiente en la gisstoria sagrada de la creación del Cuadrupedaísmo y del Cuadrupedianismo, llamada Canínasis, en la cual el Primer Perro Adán y la Primera Perra Eva caen ante la tentasión y la seduxión de la Primera Serpiente en el Jardín de E... Pues el Pastor abogó por una vida cuadrúpeda recta, el respetar a la Ley del Señor Can Dios, y no asociarse ni con las culebras ni con cualquier otro no cuadrúpedo, ni tampoco con los cuadrúpedos que veneran a una deidad no cuadrúpeda.

El cuarto testigo que le prestó declaración al Comité fue el macho hispanoimitante y angloimitante sudamericanimal Loro Intérprete. Le gusta ostentar lenguaje figurado y floresciente. Loro le imitó al Comité sobre el rol de las serpientes entre y através de la litteratura cuadrúpeda. Un ejemplo que resaltó fue el simbolismo de las serpientes en los libros de Hairy Otter (la nutria peluda). Otro exemplo sería el persoñaje Kaa en El libro de la selva. Lo que vemos, como en Canínasis, que las culebras generalmente tienen papeles negativos en la litteratura animal, representando el mal. Loro testificó que tal papel ha creado un estigma generalizada y desafortunada contra las serpientes y demás animales sin patas. Se armó una discusión con los perros militares que argumentaron que todas las culebras formaban una amenaza a la seguridad nasional.

5M

The fifth witness to testify to the Committee was the female, Spanish and Mayan-howling Mexicanimal, Mona the Math Howler. She testified that according to her race's oral tradisions, the first animal to invent the number zero was not a quadruped, but rather a serpent who realized she had no legs (i.e. zero legs). For her testimony, Mona was rewarded by being barked off of the natural dais where the quest-genning was taking place.

The sixth witness to testify to the Committee was the male, Spanish and English-howling border-animal Peyote Coyote. The Committee did not give an explanasion about why Mr. Coyote was called, but seemed to be trying to intimidade him into "confessing" that Marchin' Kingsnake was really a Mexicanimal, and that he had engaged in illegal fauna trafficking by leading Marchin' and a group of creadive riting (scratching, pecking, slithering, etc.) students across the border from Mexicanineland. Mr. Coyote claimed that the border had been moved to the north by the authorous translador and that he did not illegally cross any border. It was this experience, especially when he was asked to name names, that led Mr. Coyote to deside to scratch an account of these events.

The seventh witness to testify was the male English-hissing "Americanimal" Lone Lee Rattlehim. He had fallen in love with and married Maria Carmen the Mexican Rattleher, and is now acused of violading the Defense of Four-legged Marriage Act, which reserves marriage for quadrupeds. As a friend of Mr. Kingsnake, he was asked to implicade his friend in a Commune Nest conspiracy to overthrow the four-legged government and its dogocrasy. His response was evasive, but negative. As he grew nervous, he began to shake his tail rattles. He was then placed under arrest and confined in a terrarium.

The eighth and final witness to testify was the animal of the hour, the male English-hissing (and now almost fluent Spanish-hissing) NativeAmericanimal Dr. Marchin' Marchin' Kingsnake. He was a fascinading, passionade and eloquent communicador, even with the effect of his hissing which could almost be mistaken for a lisp. He was first acused of illegally preaching about snakes' rights. The members of the Committee pronounced that "persistence is futile." He explained to them that they were being guided by the all too common stereotypes about snakes that led to unjustified prejudice. He said, "translador author, forgive them for they know not what they do." He proclaimed his love for all animals, and said that deep inside the "North American" Dogs were actually filled with the love of Dog, a love for all of creasion. He declared that the Lord Dog and Quetzalfaunacoatl were really one and the same. As soon as he uttered those heretical sentiments he was arrested and placed in the terrarium with Lone Lee Rattlehim.

El quinto testigo que le prestó declaración al Comité fue la hembra mexicanimal mayaaullante e hispanoaullante, Mona la Aulladora Matemática. Ella declaró que según las tradisiones orales de su raza, el primer animal que inventó el número cero no fue un cuadrúpedo, sino más bien una serpiente que se dio cuenta de que le faltaban patas (es decir, tenía cero patas). Como premio por haber declarado esto, le expulsaron del estrado natural dónde les estaban interrogando a los testigos.

El sexto testigo que le prestó declarasión al Comité fue el macho fronteraanimal hispano-aullante y angloaullante Coyote Peyote. El Comité no le explicó al público por qué habían llamado al señor Peyote, mas querían intimidarlo hasta «confessar» que Machín Serpiente era en realidad un mexicanimal, y que el señor Peyote había realizado un acto ilícito de tráfico de fauna al conducir al señor Serpiente y un grupo de alumnos de la Escuela de Enscritores (Rasguñadores, Picoteadores, Arrastradores, etc) ZOOGEM a cruzar la frontera desde Mexicaninolandia. El Sr. Peyote les explicó que el traduxtor autoroso había trasladado la frontera hacia el norte, y que por ende no atravesó, efectivamente, a ninguna frontera de forma ilegal. Tal experiensia, como por ejemplo cuando se le había pedido entregarles los nombres de los integrantes del complot Común Nidoista, fue lo que le impulsó al Sr. Peyote a rasguñar este relato.

El séptimo testigo que le prestó declarasión al Comité fue el macho «americanimal» anglosiseante Cáscab Él Hito Solitario. Él se había enamorado de y casado con María Carmen Cáscab Ella, y por lo tanto fue acusado de violar la Ley Defensora del Matrimonio Cuadrúpedo, que limita el matrimonio a los cuadrúpedos. Siendo compadre del Sr. Serpiente Rey, le pidieron culpar a su amigo en un complot Común Nidoista para derrubar el govierno cuadrúpedo y su dogocrasia. Su respuesta fue evasiva, mas negativa. Se puso nervioso, y comenzó a sacudir los kaskabeles de su colita. ¡Ay! Lo arrestaron y lo colocaron en un terrario.

El octavo y último testigo que le prestó declarasión al Comité fue el verdadero protagonista, el indigenamericanimal macho anglosiseante (y que ya casi domina sisear en castellano) el Lic. Machín Luchero, Serpienterrey. Era un communicador fascinante, apasionado y elocuente, hasta con el efecto de sus siseos que bien se podría llamar ceceo. Primeramente le acusaron de predicar de forma ilícita sobre los derechos de las culebras. Los integrantes del Comité le declararon que «la persistencia es fútil». Él les explicó que los estaban influyendo los estereotipos predominantes sobre las culebras que llevaban a prejuicios injustos. Él dijo, «autor traduxtor, perdónalos porque no saben lo que están haciendo». Les proclamó su amor para con todos los animales, y les dijo que en sus corazones los Perros «norteamericanos» realmente contenían el amor del Señor Can Dios, un amor hacia toda la creación. Pero el colmo fue cuando declaró que el Quetzalfaunacoatl y el Señor Can Dios de verdad eran el mismísimo dios. Al pronunciar tal afirmasión herética lo arrestaron y lo colocaron en el terrario con Cáscab Él Hito Solitario.

Notes About The Performances Of The Other Charactors

The English-Meowing Female Purrsian Narradora Cat

Her narrading was treacherous, wicked, insincere, superfisial, mocking, fastidious, meddlesome, tiresome and hypocritical. She always had a forced smile.

The English-barking and Spanish-barking Male "Americanimal" Translador Doggy

He was a seasoned doggy, and very litteral. He felt his duty was to be faithful to his employer, the Four-Legged Government. He had a shrill bark, and was somewhat subdued, subservient and submissive. His translasion was not as dynamic as that of Claw Olmos. On the other paw, his version was the official one on file in the Four-Legged Capital.

The Famous English-barking Male "Americanimal" Governador P. Pinchy Dober-Man

Of course, the host was a fabulous, good-looking, nicely shaped, sensual, stylish, swanky, showy, pompous party animal half-dog, half-man who walked on all fours. The applause for the Governador was deafening as he led everyone to chant a recitasion of the Pledge of Obedience. Throughout the "play" he continued to seek as much attension as possible.

The Nine English-barking Male "Americanimal" Committee Members

The Committee consisted of a group of civilian and military leaders of different rank, though they were not all rank. Most, however, were rankled by Dr. Kingsnake's testimony. It goes without saying that Colonel Pushy Hound was deeply offended by the mere suggesdion that a snake could be an educated, respectable, upstanding member of four-legged society, as he himself was (well, almost; he did not hold an underdogggraduade degree), let alone be allowed to slither into a churchmouse religious ceremony. That he would claim to be a Reverend Father and preach about the Love of Dog in the same breath as he called on parrotishioners to worship Quetzalfaunacoatl was anathema to him, and to every Dog-fearing believer in the Son of Dog who rejected a place for parrots in a four-legged place of worship.

On the other paw, Billy 'the Kid' Dog was on the opposite side of the political spectrum from the Colonel. He firmly believed in four-legged voting rights, but conceded that a no-legged or two-legged animal could be granted sittizenship as long as they supported the four-legged establishment. He was unsure about this Quetzalfaunacoatl business, but was encouraged by Dr. Kingsnake's professed belief in the Love of Dog. He was willing to hear more, and was disappointed when the witness was detained following his testimony.

Final note: General Powwow Bowser, Jimmy 'the Champ' Dog, Old Captain Gray Dog, "Mr. Shiny" Chain M. Canine, Piggly Wiggly Pooch, and Rumblin' Rummy Retriever virtually always voted with Colonel Pushy Hound, and when they did not it was primarily due to a technicality. Sheriff Bull Doggy generally voted with Billy 'the Kid' Dog.

Final final note: No Government Watch Dog was present, no Watch Dog was on watch.

Final final final note: Missing was the discussion about the reunificasion of Vaporfornia.

Notas sobre las actuaciones de los demás persoñajes

La hembra anglomaullante Gata Narradora de Cangora

Ella narró de forma falsa, y era falaz, superfisial, desconfiada, fisgona, fastidiosa, fodolí, fatigosa e hipócrita. Siempre tenía una sonrisa forzada.

El macho «americanimal» angloladrante e hispanoladrante Perrito Traduxtor

Él demostró que era un perrito perito experimentado, y muy litteral. Según él, su deber consistía en mantener la fidelidad a su patrocinador, el Govierno Cuadrúpedo. Tenía una voz chillona. Él era un tanto servil, sumiso y manso. Su traduxión no fue tan dinámica como la de Claw Olmos. Por otro lado, su versión fue la única versión de un perrito perito archivada en la Capital Cuadrúpeda.

El famoso governador macho «americanimal» angloladrante P.P. Dóber Man

Evidentemente, el anfitrión era medio-perro, medio-hombre, ¡fabuloso! y andaba con todos sus miembros. Era fafarechero, elegante, bien formado, sensual, atezado, ostentoso y fastuoso. El aplauso para el Governador fue ensordecedor al conducir la declamación del Juramento de Obediensia. Durante toda la «obra» buscaba la mayor atensión posible.

Los nueve integrantes machos angloladrantes «americanimales» del Comité

El Comité consistió en un grupo de dirigentes civiles y militares de distintos rangos y olores. La mayoría quedó molesta por la declarasión del Lic. Serpiente Rey. Cabe confirmar que el Coronel Codito Sabuesito se ofendió profundamente por la mera sugestión de que una culebra podría ser un miembro educado, culto, respetado y honrado de la sociedad cuadrúpeda, como él era (bueno, casi, es decir, no podría lamer que era culto por no contar con una licenciatura propia), ni mucho menos que se le permitiría arrastrarse para dentro de una misa para pasar un ratón con los fieles roedores y demás cuadrúpedos. Le parecía impensable y vulgar que el Licenciado reivindicaría el título de Reverendo Padre y pregonaría acerca del Amor del Can Dios con la mismísima voz que animaría a los felinigreses a adorar a la serpiente Quetzalfaunacoatl. El problema era que los felinigreses, al parecer, entraban a la misma misa de los roedores con una cara de inocentes, declarando que eran creyentes en el Hijo del Can Dios, y por simples (decían los Perros) adorarían a un Dios sin patas.

Por la otra pata, «El Chico» Can Tintón se encontraba al lado contrario de la ideología política que el Coronel. Él creía abiertamente en los derechos al sufragio cuadrúpedo, pero reconocía que se podría otorgar la suhidadanía a un animal de dos patas o sin patas, con tal de que apoyaran al sistema cuadrúpedo. Cuesdionaba ese asunto de Quetzalfaunacoatl, pero lo animó la creencia (profesada) en el Amor del Can Dios. Preferiría escuchar más, y quedó decepsionado cuando el testigo fue detenido al acabar su declaración.

Una última nota: El Capitán Chucho Viejo, «El Pelón» Pito Correas, General Chucho Nuevo, Perdigüero Dientecitos, «El Poocho» Piggly Wiggly y «El Yimi» Can Peón casi, casi siempre votaban igual que el Coronel Codito Sabuesito, y cuando no lo hacían principalmente se debía a un punto técnico. El Doguito Al Guacil generalmente votaba igual que «El Chico» Can Tintón.

La última última nota: Ningún Perro Guardián estuvo presente en el presente.

La última última última nota: Falta la discusión sobre la reunificasión de Vaporfornia.

5P

Meanwhile, The Bully-Goat Players

I have a confession to make: I had a heretical thought.

I actually thought a malisious thought about the policy of the Billy-Goat Players where they only allow four-legged animals on their hoofball team.

That's why I called them the Bully-Goat Players.

It's very risky, I know, to stand up to Billy-Goats that are supported by most of the Topotíos, Topatías and other quadrupeds in the Pearl Sitty, a place that is deer to my heart. It is simply a fact that many there think it is okay to limit a team to only four-legged animals.

It starts like that and then it spreads to the rest of public life.

First we say only four-legged animals on our team, because we are proud of being four-legged animals and we want to celebrade four-leggedness. In reality it is nothing more and nothing less than a policy of four-legged supremacy.

Then the four-legged supremacists change the elexions; they say that the best candidades to lead and represent four-legged animals must logically be four-legged as well. So they control which animals can run for public office. Once the elexions are rigged, everything else is easy to manipulade. And if the two-legged, no-legged and many-legged animals protest, they are told not to worry, after all they can vote.

And for whom may they vote? Naturally, one of a list of quadrupeds.

I realize I may be badlisted, or even worse, but I must be truthful.

5Q

Y luego, los Cabritos Cabrones...

Tengo que confessar algo: Pensé algo herético.

De hecho, tuve un pensamiento malisioso sobre la política de los Cabritos de sólo permitirles a los cuadrúpedos integrar su equipo de cascoból.

Por eso los llamé los Cabritos Cabrones.

Me estoy arriesgando bastante, bien lo sé, al enfrentarme de tú a tú con los Cabritos, que son apoyados por la mayor parte de los topotíos, topatías y demás cuadrúpedos en la Capital de la Perla, una suhidad que tiene un lugar muy precioso en mi corazón. Es un hecho que muchos residentes de la Perla creen que es aceptable limitar un equipo de forma exclusiva a animales de cuatro patas.

Así empieza la cosa y luego corrompe el resto de la vida pública.

Primero decimos que nuestro equipo es sólo para los cuadrúpedos, porque tenemos orgullo cuadrúpedo y queremos celebrar la cuadrupedidad. En realidad, es nada más y nada menos que una política de supremacía cuadrúpeda.

Luego los cuadrúpedos de la «supremacía» cambian las elexiones; dicen que los mejores candidatos para dirigir y representar a los cuadrúpedos, por lógica, deberán ser cuadrúpedos también. Así se controla cuáles animales pueden postularse para cargas públicas. Al cometer tal fraude electoral, todo lo demás es fácil de manipular. Y si los animales de dos patas, sin patas o de muchas patas protestan, se les dice pierdan cuidado, a final de cuentas podrán votar.

¿Por quién podrán votar? Claro, cada candidato es cuadrúpedo. Que yo esté en la lista mala, o peor... pues tengo que desir la verdad.

5R

Chronicle of lower educasion:
Rattlehim & Rattleher

Rattle, snakes, are they funny?
Rattlesnake and rattlesnake
Bite, fang, venom, shared venomous spit
Warning
Rattle him, rattlehim
Rattle her, rattleher
Love hate, hate love?
Coil!
Shake, shake, shake, shake!
Strike!

Make love?
Bite to kill
Bite to repel
Bite to defend
Bite for affection

Love is pain
Pain is love

Paralyzing
Venom to the heart
Heartless snakes, no

Instinct
Antisocial
Lonely

Lone Lee as a Rattlesnake
Lone Lee Rattler
Alone, yet not alone
Rattlehim & Rattleher, togethery!

**Crónica de educasión inferrior:
Cascab Él y Cascab Ella**

A sacudirse las colas, culebras, ¿es chistoso?
Cascab Él y Cascab Ella
A morder, colmillos, esputo venenoso mezclado
A advertirse ya
Cascab Él, Cascabel
Cascab Ella, Cascabella
¿Amar el odio, Odiar el amor?

¡A enroscarse!
¡A sacudirse la colita!
¡A golpear!

¿Haser el amor?
Picar para matar
Picar para repelar
Picar para defenderse
Picar para dar cariño

El amor es dolor
El dolor es amor

Parálisis
Veneno al corazón
Culebras frías y crueles, no

Instinto
Antisocial
Solitario

Solitario como un cascabel
Cascab Él Hito Solitario
Solo, mas no solito
Cascab Él y Cascab Ella, ¡Juntititos!

5T

Farther from the Independense Trail: A brief me-moir

My exile from Vaporfornia began first as exile within Vaporfornia. That is how exiles begin. The exile within. Exile within the stable.

Many years ago I left my home, was it in Son'o'ma, or Rustic Snowy Saw Village? In Big Balloom Bay Area, or in Kings Cañon? Where was my heart? In Yasaymighty, or by the Sweet Waters of Jughandle Creek? In the Red Woods by the Wolfus House, or in the Pig Me Forest? On the Independense Trail, or the Monarchs' Royal Road? I believe my spirit has been in Outdoor Vaporfornia, and always will be.

Still young, I went away to study at the Fauniversity of the Angels in Urban Southern Upper Vaporfornia. Or was it at a small faunatical religious fauniversity, the Fauna Revival Institute of Loss Angel Less? Little did I know that my odyssey would eventually lead me away from Vaporfornia entirely, and so far from the mountains which I love. This distance, learning, would shrivel my heart, in withering lowlands, homesick for the heights.

I long to hold a reunion of Topotío and Topatía friends, from the ZOOGEM School for Scratchers, Stompers, Spinners, Peckers, Slitherers and Riters, and meet in Upper Vaporfornia. We could take a field trip and hold a faunatic revival on the Across Vaporfornia Trail. Our guides could be Indigenous Vaporfornian animals channeling the ghost of Paw Olmos.

Alas, how far have I strayed from my Dreams? Or has it been a stream of Dreams, some Sweet Dreams and some Night Mares? Of course, my horse of the north, or of the South American Night Mare. Traveler, there is no trail to follow. You make a trail when you hike.

My travels have led me to Mexicanine Country, Moose-a-chew-sits, the Stable of the Narizona, the Lentle Roof Tile Land, the Red Sweetish Horse Country, Great Dane Mark, Spañiel Land, Portugeese Country, Tasty Brazil Nut Land, Four Tongues Swiss Cheesy Place, i.e. Pun-America and Eu Rope'em.

Further to fly, so to growl. I come back eventually to Vaporfornia, as now I am scratching from Happy St. Rosy Town, near Son'o'ma. Will I stay now, or am I destined to leave, and again to wonder if I will ever return? Paw Olmos is gone. He has crossed the Punny River of Eternity.

5U

Más lejos del Camino de la Independensia: Mi morias breves

El exilio de Vaporfornia empezó primero con el exilio dentro de Vaporfornia. Así suelen empezar los exilios. El exilio por dentro del establo. Y luego afuera.

Hase muchos años me fui de mi casa, ¿saliendo de NoSoDoMa, o Aldea Nevada y Oxidada? ¿Del Área de la Bahía Bromista, o del Cañón de los Reyes? ¿Dónde vivía mi corazón? ¿En Yasémari, o en la orilla del Agua Dulce del Arroyo Vino? ¿En el bosque de los árboles Rojos por la Casa de Lobo Tomía, o en el Bosque Pig Meo? En el Camino de la Independensia, o en el Camino Real de las Monarcas? Considero que mi espíritu ha morado en Vaporfornia Exterior, y seguirá allí.

Cuando era joven todavía, dejé mi familia para estudiar en la Fauniversidad de los Ángeles Urbanos en Alta Vaporfornia del Sur. ¿O era una fauniversidad religiosa pequeña y faunática, el Instituto del Renacimiento de Fauna en Los Ángel Es? No tenía la menor idea de que más adelante mi odisea me llevaría muy lejos de Vaporfornia, tan lejos de la Sierra que aún me tiene encantado. Este aprendizaje, de distancia, me resecaría el corazón, tierras bajas que me marchitaban, padeciendo del trastorno de la separación de los lugares altos.

Añoro celebrar una reunión de amistades Topotías y Topatías, de la Escuela ZOOGEM de Rasguñadores, Pisadores, Hiladores, Picoteadores, Arrastradores y Enscritores, en Alta Vaporfornia. Podríamos haser una excursión y celebrar unos cultos faunáticos en el Sendero Transversal de Vaporfornia. Nuestros guías podrían ser animales vaporfornianos indígenas canalizando el fantasma de Apá Ta Olmos.

Una pena, ¿qué tanto me desvié de mis Sueños? ¿O ha sido una corriente de Sueños, algunos Dulces y otros Pesa Dillas? Por supuesto, mi caballo Gesto, norteño, o Yegua Suda Americana de la Noche. Caminante, no hay camino. Se hase camino al andar.

Mi odisea me llevó a Mexicaninalandia, Moose-a-chew-sits, el Establo de la Narizona, la Tierra Leen Tejas, El País del Caballo Rojo Su Eco, Dinosauria-marca, Tierra del Cócker Españiel, País de los Portugalos, Puercastañas de Parálandia, Sitio de Qué Eso Suizo de Cuatro Lenguas, es decir, América Albureada y Eu Ropa Albureada.

Volar hasta más allá, pues. Cada vez retorno a Vaporfornia, que esta vez estoy rasguñando desde Santa Rosita de la Alegría, cerca de NoSoDoMa. ¿Me quedo aquí ahora, o es mi destino irme de nuevo, para luego preguntarme si jamás volveré? Ha partido Apá Ta Olmos. Ha atravesado Mi Río de la eternidad.

5V

Novella: Sitty of Dog, Oh, Divine
No vela: Suhidad Canina, Ah, Divina

Where ... begin?   ... , realmente? ¿Onde ... ?

         ... left Sitty of Dog,   ... hyper mem...s, ... senses, ... seared ...
    psy...   wonder ...   real,   ... surreal. ...   Sur ...
South,   ... believe. ... ever ... believe...   sur   reality.

La ...   dominava ... govierno, eso sí.   ... jerarquía   ...
lingua,   ... también, al menos ...   ... entre sí. Perdón...   ...
traduxco,   ... flojera ...   ... partes. Ya ...   viejo,
velhinho,   ... cansadón. saludad, eh, ... Mi Río ... Suhidad.

    ... street, yes, ...   life ... heartbeatingest. On   ... , the languages
bark..., trumpet..., ... , ... , growl..., click..., ... , purr..., ...   pidgin ...   ...
    sw... sauna.   ...   utterers ...   pidgeons ....

    ... se alzaba   ...   «Todo dia é dia de viver... Yo soy de América del
Soul...» ...   ... Sur-Real. ...   Esa   ...   inEsquecível. Esa
   ...   inTraduxible, ... se derretía   Trópico. El calor
...   ¿Entende?   ...   se borraban, ...   lutava   ...
lembrar. Para mí, la lingua era todo. Tudo. Tu tudo. Tutu. Tu teu.

As I ...   , yes, the heat, in heat, ...   came from?
    ...   new governess ... , ...   by the Muddy Nutty Punny River, ...
    ...   canine. Her ...   ... act, oh, ... rename the   ... : Sitty of
Dog, ... opidginade, Sh....y   .... behind her back, ... "B. Bit...."

Ella, ... plato ... , ..., prato feito, al ... ...
mandato. ... ... dirigente ... había ... ... impuestos, y ...   ... los
gastos, ... govierno,   ... morirse ...   . adulterado   ...
   una deuda ...   ...,   ... varias ...   . bélicas   ...
   ...   ... tres dimensiones   ...   ..., ... imagino ...   mundo
...   ... contar con ...   ..., no ...   ..., ... por ende, ...   cuatro ...   ...,
mínimo ...   . perdido   ...   pregunto ... ...   fuera ...
   ...   . ¿por qué?   ... pista ...   corría ...   .
    es decir, ...Ya.

... , ... up until ...   ... , the Sitty (... ... ...   escapes ...) ...   me ...   a liberaded   ... . I hop...d ...   top ... , Bella,   ... really ...   the hell ...   ... of ...   place. But the dogs   ...   , and of the   ...   , especially the Pun-American ... , resented ... feeling of subjug...   ...   a fem..., and ...   ...   no respect. ...   . later.   ... import...

...mente ...   ... gustando ...   ... traduzir, ... que... liberado ...   ... Perra B..., me ...   ... ahora   ...   propias experr......, ... viajens,   ...   odisea ling........... ¿... .... desviarme? Ah, ..., los perros americanos alburreados, ..., burlados, ... hembra. Yo ...   macho ...   ., casi ...   .   machista ...   .

Supongo ... ... contarles ... impresiones ... . dentro del Mu Ni Sipio ...   verdad...   ...lógico de ...   ..., ... indígenanimales, ... euro... afro... y asia...,   ...mente, ... el continente, ¿... orígenes real... importan? Claro.

..., I was ...   ... a thread th..., ... you mind if ... .ped scratch... in Eng...? ...'... spent ... much ... as ... intérprither, as ... translador, as ... toeacher, ... build... bridges w... tongues ... be...   ... nature, but ... ...nother p... o... me w... to ... ... heck ... it,   ... just go... growl ... ... see ..., just ... the ... of my .... But   ...   I ... the reeders. I apologize. ...   do ... work ..., in ... end? Do ... work ... myself, or ... you, the   .... reeder ... has   ... put ...   ... my tangents ...   lingüistic care.......... and ...differences?

Anyway, wh... ...   ... again? Oh yes, the sitty, ... streets, ... smells, ... sights. The sites. Speaking of ..., every night (... day, for ... reeders ... ... be diurnal), the sidewalks were lined ... begging ...   hoping ... eke out ... ... pay ...   . busride ... to ... slums ... enough   ...   to last ... ... next ... , if ... even   ... a place in ...   . Where did they go ...   ... weren't ... ... sidewalks, or   ... ... always there on the   ...? The ...   ... animals used to ...   that ...   ... a fortune by begging ...and   ... it ought ... ... outlawed, or ... ... taxed. ... leftists ... ... give   ... , as it ... , ... allowance, ... help ... get by without ... beg... , ... seemed ... compassion.... I ... mixed ... , but ... partial to the beggars, knowing that if I were ... ... sneakers, ... want to be helped, ... beg if nessessary. As a translador, though, I was broke.

... Mágico, o Sur Real Ismo ... . Algo que me sorprendía ...   ... las casas de la Suhidad ...   que ... quedaban expuestas a la intemperie. Es decir, las ventanas no se cerraban   ...   , si existían; algunas ... de la casa no

     ... ..., sino espacios abiertos sin ... . Me acuerdo de la primera vez que fuimos atacados por una multitude de más o menos mil insectos voladores ...

      ... atraídos por la luz. Como las ventanas no se cerraban ...   ...,   y   en

... partes de la ... no habían ventanas ... aperturas, de plano, los insectos pasaban, entraban libremente. El único remedio para los que no comían insectos era cerrar las luces (cerrar aquí significa apagar). Y esperar. ...   ...   cerrar   las luces con rapidez especialmente en la cocina, y cubrir la ..., las ollas, sartenes, etc., vasos, ... los insectos (nunca supe su nombre) no se ... en la comida o las bebidas.

... ... ursus, I ... . with the insects coming, as I am a ...s ,   ...   , ..., pisces.... Actually my whole family   ... on .... They would swarm around frenetically, around and around the lights, and as we   ...   ., plucking ... ... in bunches, more would come. It ...   an easy .... All ... needed to attract ... was lights on ... night. The closest ...   ... litterature, ah, to what life was like ... be the hyperreality of One hundred dog years of solitude. Or without solitude.

In the Sitty the   ...   animal species ... multiply ... in a Dream, ... then fill   ... bus or ... subway compartments to the   ... , to the point where you wouldn't think any more animals could fit inside, and along would ...   an elefant or two, and they ... squeeze their way in, or hang out the door halfway   ..., I really don't know ... they did it. It was   ...   crazy. The smaller animals   ...   to ... careful to avoid being   ...   to death. Though if ...   were   squashed, they ... eaten immediadely and   ...   helped avoid problems   ...   hygiene. Most animals ... out of the way when I got on the   ..., and though I tried to help ...   ... granny animals, some were scared of me ... just   ... me even if it meant they had to ride standing up. I'm not talking about the horses, of course, my horse. We larger   .... tended to stick together, ... if we ... normally eat   ... other, we showed courtesy and waited ...   . off the bus to go ... each other.

Ah, yes, a wild ... crazy ride on the bus, definitely. Drivers ... like mad. Speeding big time. Especially going up ... over ... mountains. Those switchback roads were nauseating, as the ... bus drivers (mostly ... with hands apt to handle the steering wheel) careemed around the bends. I had no problem holding on with my paws, but some pigs and capybaras really had a hard time of it.

5Y

Ahora ... hablar de la gran mudanza, el .... cambio. Cuando ... perros americanos llegaron, la Suhidad era muy ...   , y cualquier animal podía morar en ella. ... la perla ... las Américas, símbolo de animalidad par excellence. Y luego la Bella llegó con sus   .... bestiales. A su esposo ... dieron el apodo ... 'el Bestio de la Bestia.'

Así que empesaron a ...   la Suhidad, haser purgas de los no cuadrúpedos.

¿Por qué vinieron a la Suhidad? Se cayó la dogocrasia del Norte, y los bípedos e insectos de la insurrexión expulsaron de EE.UU. (establos ...) a los caninos que los habían oprimido por tantos siglos. Los republicaninos ... expulsados, pero las democ ... pudieron quedarse, al principio.

Para los perros, ¿A dónde ir? Hacia el sur, ese sur que siempre habían menospreciado. En teoría valorarían régimenes cuadrúpedos de cualquier índole, pero era más complicado. No favorecían la fauna indigenanimal. No favorecían la fauna herbívora. No favorecían la fauna reptil o anfibio. Pero ladravan en las campañas electorales que todos los cuadrúpedos eran iguales. Como alguien famoso pronunció: algunos eran más iguales que los demás.

Yes. The ... came home to roost. And the ever-repressed bipedals rose .... And the quadruped hardliners, especially the dogs, both red dogs and blue dogs, were expelled. ... opportunistic wolves ... coyotes mixed in ... the dogs and took advantage of the situasion to ... important posts in the four-legged government of the new Sitty in the South. ... wolves and coyotes emigraded ... Mexicanineland. The established Mexicanines themselves claimed neutrality, ... had a lot of burro cratic allies ... ... northern neighbor country. Bella resented their dual or ... allegiances, feeling that all dogs should stick together. I felt sorry for the good dogs, the many dogs that were really faithful to the Republic, in both United Stables. How many kindhearted dogs were there among the Republicanines, before the exodus? Actually, some North Americanines preferred to ally themselves with the ... Rats and ... Rats. They stayed behind underground.

Anyway, I digress. Sitty of Dog, ... its perfect locasion equidistant ... the North American River ... the South American River, was the new haven for canines and ... ... influx there was not ... to be enough room for a diversity of species any longer. But the old residents ...   find allies among some of the newly arrived canines. These were the German Shepherd Pastors. The old residents were told if ... would consent to be baptized in the Pun-American River and proclaim the Love of Dog, and attend Sundog School (or Sitterdog School), the Police Dogs would let them stay.

5Z

I came in a wave of quadrupeds. There was a relaxing of inmigrasion requirements, and the doors were opened to all four-legged animals. I heard there was a shortage of transladors, and being opportunistic as I am, crossed Pun-American River (which by now had moved back toward the South, Mi Río de Toda América).

A aquellas alturas, mi traduxión de Fauna: casi estaba parada, estancada. Empezé a traduzir un texto de filosofía, que contava con un capítulo sobre ecofeminismo, del portuguêis al inglês. ¿Sería coinsidensia? Hasta ahora mismo no me había fijado.

Para mí era como ... en el exilio, estando lejos de Vaporfornia. Desde allí, escuchava las notisias de mi tierra. En Suhidad Jijitomate mi amigo Machín Luchero fue liberado porque los derechos de las culebras ... restaurados. Los bípedos celebraron. Los animales que ... establesieron una República, que llamavan Democrasia y no Dogocrasia. Pero algunos vaporfornianos no confíavan en la Democrasia, y querían un Rey.

Irónicamente, optaron por elegir ... Rey. Machín Luchero, campeón de los derechos civiles, era el candidado más popular. Proponía reunificar Alta y Baja Vaporfornia, ... tener una Vaporfornia Unida de nuevo. Yo estava de acuerdo, y quería apoyar a la candidadura de mi amigo. Desafortunadamente, yo no podría votar porque estava en el extranjero.

Así que yo vivía cierta clase de exilio. ¿Cuál era mi ... , siendo quadrúpedo? En la Suhidad, había un sistema de castas. Primero, encima de todos, obviamente eran los perros. Segundo, los demás caninos, como ... coyotes, ... lobos, ... zorros, ... chacales y ... hienas. Más abajo, los cuadrúpedos domesticados (caballos, puercos, cabras, ovejas, etc.), y aun más abajo, los cuadrúpedos salvajes, como yo. Yo era superrior a los no cuadrúpedos, pero inferrior a los caninos. Algunos me consideraban domesticado, por haber estudiado en la fauniversidad, mas la mayoría me considerava salvaje, porque siempre mantenía mis garras bien afiladas.

So I was living in a kind of exile. What was ... status, as a quadruped? In the Sitty there was a caste system. First, above all, were the dogs, of course. Second were the other canines, such as ... coyotes, wolves, foxes, jackals and hyenas. Below them, the domesticaded quadrupeds (horses, pigs, goats, sheep, etc.), and even lower, the wild animals like me. I was superrior to the non-quadrupeds, but inferrior to the canines. Some considered me to be domesticaded, since I had studied at the fauniversity, but most of them still considered me wild, because I always kept my claws sharp.

So, to be honest, I had a certain privilege, but was not at the top of the 'pecking order.' Still, as a large, somewhat wild male bear, I could be intimidading, and was given a certain deferense by the upper castes. I had been baptized in the Pun-American River as a youth, but had not attended religious services for some time. Around this time, the German Shepherds began preaching to non-canines, I suppose they had undergone a sort of evolusion, theologically speaking. And the sacred texts of the canines, starting with Caninasis, were transladed into a language non-canines could understand, though dogs were still considered the faithful.

Así que, francamente, yo contava con ciertos privilegios, pero no quedava entre los «superriores». Aun así, siendo un oso algo salvaje, grande y macho, parecía imponente, y por eso me abrían paso las castas superriores. De joven, me habían bautizado en Mi Río de Toda América, pero yo había faltado los cultos durante bastante tiempo. Por esa época más reciente los Pastores Alemanes empezaron a predicar a los no caninos, pienso que su teología se havía evolusionado o algo. Y los textos sagrados de los caninos, empezando con Canínasis, fueron traduxidos hacia un lenguaje entendible por los no caninos, aunque los perros seguían considerándose los fieles.

Tengo que reconoser que la religión es un tema que me provoca una sensasión de vulnerabilidad. Los animales de una religión, en algunos casos, juzgan a los fieles de las demás religiones, al creer que los que no siguen a su Dios o Diosa sufrirán una condena eterna por su «infidelidad» o falta de fe. Por eso, yo quedé muy satisfecho al enterarme del nuevo mensaje de los Pastores Alemanes: «Animales queridos, amemos el uno al otro, pues el amor viene del Can Dios, y todos los que amen han nasido del Can Dios, y conosen al Can Dios, pues el amor viene del Can Dios. El animal que no ame, no conose al Can Dios, pues el Can Dios es el Amor». (1ª Can Juan, 4:7-8)

I must recognize that religion is a topic that makes me feel vulnerable. Animals from one religion, in some cases, judge the followers of all the other religions, and believe that those who do not follow their God or Goddess will suffer eternal condemnasion due to their "unfaithfulness" or lack of faith. So I felt very satisfied upon learning the new message from the German Shepherds: "Beloved animales, let us love one another, for love is of Dog, and everyone who loves has been born of Dog, and knows Dog. The animal that does not love, does not know Dog, for Dog is Love." (1 John Dog, 4:7-8)

(To Be Continued in Fauna II/Continuará en Fauna II)

61

REFLEXIONS OF A TRANSLADOR, VISIBLE
INTERVIEW PECKED BY THE INTERPRETING PARROT
FONT SIZE BELOW: B

TREE LEAF #4

INTERPRETING PARROT: Most simultaneous translasions are transladed rapidly. Was your simultaneous translasion transladed rapidly as well?

CLAW OLMOS: On the contrary, the simultaneous translasion of Fauna lasted more than Ñ years. Like all translading bears, I am very slow to translade, even with a simultaneous translasion. First I translade a page, then I translade the translasion of the page. In Fauna, all of the translasions are transladed from other translasions and not from some original text.

TREE LEAF #2

INTERPRETING PARROT: Are you the unknown autor of Fauna?

CLAW OLMOS: There can be no autor of Fauna because there is no original text. Fauna is a simultaneous translasion. Fauna in English is the translasion of Fauna in Spanish, and Fauna in Spanish is the translasion of Fauna in English. I myself scratched the simultaneous translasion of Fauna, therefore I am the translador.

TREE LEAF #8

INTERPRETING PARROT: There is a great debate between those animals who believe in creasion and creasionism and those animals who believe in evolusion. Do you believe in litterary evolusion, or in the creasion of a text from nothing?

CLAW OLMOS: It is obvious, in the case of Fauna, that it did not emerge out of nothing. The text evolved creadively, and was creaded evolusionarily, by a context, and emerged from a milieu. I am referring to the context of the Stable of Ja-ja-listo, and specifically Primavera Park, and to the milieu of the School for Scratchers, Stompers, Spinners, Peckers, Slitherers and Riters. At the School there was a classmate, Assno, who used to make me laugh a lot, and that influenced my translasion. But technically I am a creasionist, because I believe that translasions are creaded. They're just not creaded out of nothing.

TREE LEAF #6

INTERPRETING PARROT: Could you growl more about the process, the process of produsing a simultaneous translasion? What about it is simultaneous?

CLAW OLMOS: Of course. It should be growled that it is both an evolusionary and a creasionary process. It is evolusionary because each page undergoes mutasions since it is the translasion of another page, and it is creasionary because the result is the creasion of a double translasion. Some pages survive, and others are left behind. The simultaneous pages are reflexions, even when they don't match. They're simultaneous because they cause each other to exist. They lead to each other, so to growl.

62

REFLEXIONES, DE UN TRADUXTOR VISIBLE
ENTREVISTA PICOTEADA POR EL LORO INTÉRPRETE
TAMAÑO DE LETRA ABAJO: B

HOJA DE ÁRBOL, NO. 5

LORO INTÉRPRETE: ¿Podría usted gruñir más sobre el processo, el processo de haser una traduxión simultánea? ¿En qué sentido es simultánea?

CLAW OLMOS: Claro que sí. Cabe gruñir que es un processo sumamente evolusionario, y a la vez creasionario. Es evolusionario porque cada hoja sufre de mutasiones por ser una traduxión de otra hoja, y es creasionario porque el resultado es la creasión de una doble traduxión. Algunas hojas sobreviven, y otras se dejan atrás. Las hojas simultáneas son reflexiones, aun cuando no se corresponden. Son simultáneas porque provocan su existencia mutua, la una a la otra, y la otra a la una.

HOJA DE ÁRBOL, NO. 3

LORO INTÉRPRETE: La mayoría de las traduxiones simultáneas se hasen rápidamente. ¿Su traduxión simultánea fue rápida también?

CLAW OLMOS: Al contrario, la traduxión simultánea de Fauna duró más de Ñ años. Como todos los osos traduxtores, soy muy lento para traduxir, aunque sea una traduxión simultánea. Primero traduxco una hoja, después traduxco la traduxión de la hoja. En Fauna, todas las traduxiones son traduxidas de otras traduxiones y no de algún texto original.

HOJA DE ÁRBOL, NO. 1

LORO INTÉRPRETE: ¿Es usted el author desconocido de Fauna?

CLAW OLMOS: No puede haber author de Fauna porque no hay texto original. Fauna es una traduxión simultánea. Fauna en inglés es la traduxión de Fauna en español, y Fauna en español es la traduxión de Fauna en inglés. Yo mismo rasguñé la traduxión simultánea de Fauna, y por lo tanto, soy el traduxtor.

HOJA DE ÁRBOL, NO. 7

LORO INTÉRPRETE: Existe un gran debate entre los animales que creen en la creasión y el creasionismo y los animales que creen en la evolusión. ¿Cree usted en la evolusión litteraria, o en la creasión del texto de la nada?

CLAW OLMOS: Es obvio, en el caso de Fauna, que no surgió de la nada. El texto fue creado evolusionariamente por un contexto, y surgió de un ambiente. Me refiero al contexto del Establo de Ja-ja-listo, y específicamente del Parque de la Primavera, y al ambiente de la Escuela de Rasguñadores, Pisadores, Hiladores, Picoteadores, Arrastradores y Enscritores. En la Escuela había un compañero, Ass¿no?, que me hacía reír mucho, y eso influyó en mi traduxión. Otra influencia fue el Antro Polojijía, adónde los compañeros animales íbamos para ver el baile de las hembras de los primates. Así que el ambiente tiene mucho que ver con la traduxión.

TREE LEAF #G

INTERPRETING PARROT: I suppose translasions without an original aren't very common. Do you think Fauna is a unique translasion? Is it sui generis?

CLAW OLMOS: Of translasions that have no original text, there isn't a single one that's a simultaneous translasion, like Fauna. Now, some animals could argue that Fauna is simply one bilingüal text among many, but that's irrelevant because it's a bilingüal *translasion*. We should also consider the genre—it's neither a novel, nor a play, nor an essay, nor journalism, nor real poetry. Okay, I'll admit that it contains a shape poem or two. But the shape poems of Fauna are simultaneous translasions, which doesn't exist in any other text. Therefore, my bear brains growl to me that Fauna is sui generis.

TREE LEAF #C

INTERPRETING PARROT: Some interesting translasions in Fauna are the combinasions of ALTO and STOP on pages 3Q and 3R. Do you have a favorite translasion in your text?

CLAW OLMOS: My favorite translasion is page ØA, which shows the evolusion of fauna into FAUNA and the evolusion of FAUNA into F A U N A. The English and Spanish translasions are there on the same page. It is an elegant page. It is worth it for you to peck this entire tree leaf just to indicate how elegant it is. Of course there are many elegant pages in Fauna, prodused by the simultaneous translasion process. In other words, there are many translasions that I like. Even many of the straightforward translasions do the trick.

TREE LEAF #E

INTERPRETING PARROT: We can learn much about a text from its title. What does the title of Fauna: mean to you?

CLAW OLMOS: For me, the title is the text. In other words, the title is the translasion. The animal reeder reeds the title and translades it together with the translador. Then the reeder imagines the panorama of the translasion. In theory, it is not necessary to reed the rest of the pages, because they are not essensial. However, it is worth it to reed translasions of translasions, like the pages of Fauna, because changes are generaded that do not necessarily correspond to the title. In Fauna, there are pages that evolved beyond the title into new species of text.

TREE LEAF #A

INTERPRETING PARROT: I noticed that parts of Fauna slowly evolve in a way that could be considered a waste of papyrus by some environmentally sensitive crittics. How would you respond?

CLAW OLMOS: More papyrus is needed in Fauna because of its overall aesthetic, and the aesthetic considerasions are more important than any environmental concerns. These parts of Fauna that you mension demonstrade that translasion is an evolusionary process of creasion. One page leads to another. I wanted to show the animal reeders how Fauna was transladed. Reeders should look at Step A. The process is very important and must be demonstraded in the translasion. Of course, I have also had to make cuts to be published.

64

HOJA DE ÁRBOL, NO. B

LORO INTÉRPRETE: Unas traduxiones interesantes en Fauna son las combinasiones de ALTO y STOP en las páginas 3Q y 3R. ¿Tiene usted una traduxión favorita en su texto?

CLAW OLMOS: Mi traduxión favorita es la página ØA, que muestra la evolusión de fauna a FAUNA y la evolusión de FAUNA a F A U N A. Las traduxiones en inglés y español están allí en la misma hoja. Es una hoja elegante. Vale la pena que tú picotees toda esta hoja de árbol sólo para indicar lo elegante que es. Claro, en Fauna hay muchas hojas elegantes, productos del processo de traduxión simultánea. O sea, hay muchas traduxiones que me gustan. Por ejemplo, el Paso F tiene varias traduxiones satisfactorias.

HOJA DE ÁRBOL, NO. 9

LORO INTÉRPRETE: Me di cuenta que hay partes de Fauna que se evolucionan lentamente, de tal forma que esto podría considerarse una pérdida de papiro, por algunos crípticos que se preocupan por el medio ambiente. ¿Cuál sería su reaxión a tal críptica?

CLAW OLMOS: Fauna ocupa más papiro por motivos de su estética general, y las considerasiones estéticas son más importantes que cualquier preocupasión ambiental. Estas partes de Fauna que mensiona usted demuestran que la traduxión es un processo evolusionario. Una hoja apunta hacia otra. Yo quería mostrar a los lectores animales cómo fue traduxido Fauna. Los lexores deben ver el Paso A, y disculparme por tener que recortar algunas partes para poder publicar la traduxión. Paso a paso, así hay que leer este texto.

HOJA DE ÁRBOL, NO. F

LORO INTÉRPRETE: Me imagino que son poco comunes las traduxiones sin original. ¿Cree usted que Fauna es una traduxión única? ¿Es sui generis?

CLAW OLMOS: Entre las traduxiones que no cuentan con un texto original, no hay ninguna que sea traduxión simultánea, como Fauna. Ahora, algunos animales podrían argumentar que Fauna es simplemente un texto bilingüe entre muchos, pero no viene al caso porque es una *traduxión* bilingüe. Además debemos considerar su género – no es ni novela, ni obra de teatro, ni ensayo, ni periodismo, ni poesía propiamente dicho. Está bien, reconozco que contiene uno que otro poema concreto. Mas los poemas concretos de Fauna son traduxiones simultáneas, lo cuál no existe en ningún otro texto. Por ende, mis sesos de oso me gruñen que Fauna es sui generis. Si no, muéstreme las demás traduxiones que se parecen a Fauna.

HOJA DE ÁRBOL, NO. D

LORO INTÉRPRETE: Podemos saber mucho de un texto por su título. Para usted, ¿qué significa el título de Fauna?

CLAW OLMOS: Para mí, el título es el texto. El título es todo: desde el punto de partida hasta el final. O sea, el título es la traduxión. El lexor animal lee el título y lo traduxe junto con el traduxtor. Luego imagina el panorama del texto. En teoría, no haría falta leer las demás hojas, porque van sobrando. Sin embargo, vale la pena leer las traduxiones de traduxiones, como son las hojas de Fauna, porque se generan cambios que no le corresponden necesariamente al título. En Fauna, hay hojas que se evolucionaron hasta convertirse en nuevas especies textuales.

65

TREE LEAF #M

INTERPRETING PARROT: I would like to ask one more quest-gen, about something that many reeders will surely want to know. Why did you deside to translade Fauna?

CLAW OLMOS: There were various reasons. To begin with, I wanted to translade Fauna into Spanish so that my classmates and our teacher Señora Spider could understand it. At the same time, I wanted to translade Fauna into English so that my Vaporfornian family could understand. You see, my ancesdors, on my father's side, migraded to Upper Vaporfornia some generations ago, and the family no longer growls in Spanish. So I desided to scratch a simultaneous translasion. Unfortunadely, I have not been able to scratch a wanthology... yet.

TREE LEAF #K

INTERPRETING PARROT: Many theoretical animals believe that translasions should be transparent, and that the translador should be invisible, but there are other theoretical animals that believe the opposite. What do you believe?

CLAW OLMOS: I prefer simultaneous translasion precisely because it can be transparent and opaque at the same time. You see, in Fauna: the reeder can always turn to both translasions to compare them, to see to what extent they are equivalent, if at all. That is, the translasion of Fauna in Spanish into Fauna in English and of Fauna in English into Fauna in Spanish may seem transparent in a vacuum, but when the texts are placed side by side they turn opaque because their nature as translasions is undeniable. And concerning the other point, to growl the truth, I don't feel invisible, maybe a little fictisious, that's all.

TREE LEAF #Ñ

INTERPRETING PARROT: What I was trying to get at with the last quest-gen was what motivaded you to scratch in the first place?

CLAW OLMOS: I originally thought I would scratch a translasion about my late bear father, Paw Olmos, and hiking with him in the Snowy Saw Mountains, or the Pigme Forest near the coast. But I also wanted to translade about my journey south from Upper Vaporfornia to Ja-Ja-Listo, in Mexicanine territory. I'm still making changes to the translasion of Fauna, so there's still time to deside what to scratch about in the end of the translasion.

TREE LEAF #I

INTERPRETING PARROT: Could you indicate whether the translasion of Fauna was easy to scratch? What part was the, hardest?

CLAW OLMOS: Let me explain the difference between scratching an original text and scratching a simultaneous translasion. Scratching an original text is very easy when one has his claws quite sharpened. What happens with a simultaneous translasion is that one's claws get dulled by spending so much time between tongues, translading the translasions over and over again. Then one must stop, sharpen them again, look for a little honey to build up one's courage to continue, so you see, it's tedious. But I'll tell you which pages were the hardest. In the unabridged Fauna, from the year 4,502,010, on pages 4Ø-41 I translated a river of R's into a river of A's, and a river of A's into a river of R's. I spent quite some time thinking of the right translasion of those R's and A's. This was cut in the current version.

66

HOJA DE ÁRBOL, NO. H

LORO INTÉRPRETE: ¿Me podría indicar si la traduxión de Fauna fue fácil de rasguñar? ¿Cuál parte le fue más, difícil?

CLAW OLMOS: Permítame explicar la differencia entre rasguñar un texto original y rasguñar una traduxión simultánea. Rasguñar un texto original es bastante fácil cuando uno tiene las garras bien afiladas. Lo que pasa con la traduxión simultánea es que las garras quedan desafiladas por pasar todo el tiempo entre las dos lenguas, traduxiendo las traduxiones una y otra vez. Luego hay que parar, afilarlas de nuevo, buscar un poco de miel para animarse a seguir, en fin, es muy trabajoso. Pero le voy a indicar las hojas que me fueron más difíciles. En las páginas 4Ø-41 de la versión de Fauna del año 4,502,010 traduxe un río de Rs a un río de As, y un río de As a un río de Rs. Duré mucho tiempo pensando en la traduxión adecuada de aquellas Rs y As.

HOJA DE ÁRBOL, NO. N

LORO INTÉRPRETE: Mi última duda es la que sigue. ¿A qué se debe la estética de Fauna?

CLAW OLMOS: Es difícil contestar esta duda, porque tengo que pensar en el principio de la creación y evolusión de la traduxión, y eso fue hase mucho tiempo. En aquellas alturas quería rasguñar una traduxión sobre mi oso padre, Pa Ta Olmos, que en paz descanse. Hice una lista de varios animales importantes de mi vida, muchos de los cuales había conocido con él. Considero que la estética de Fauna tiene algo que ver con los cascabeles, las vacas, las lagartijas, los halcones y demás especies que conocí a lo largo de mis varios años de edad.

HOJA DE ÁRBOL, NO. L

LORO INTÉRPRETE: Quisiera haser una pregunta sobre algo que muchos lexores seguramente van a querer saber. ¿Por qué desidió traduxir Fauna?

CLAW OLMOS: Hubo varios motivos. Para comenzar, quería traduxir Fauna al español para que mis compañeros y la professora Araña pudieran comprenderlo. Por otro lado, quería traduxir Fauna al inglés para que mi familia vaporforniana pudiera comprenderlo también. Lo que pasa es que mis antepasados, del lado de mi padre, migraron a Alta Vaporfornia hase varias generaciones, y la familia ya no gruñe en español. Así que desidí rasguñar una traduxión simultánea. Desafortunadamente, no he podido rasguñar una antojología... todavía.

HOJA DE ÁRBOL, NO. J

LORO INTÉRPRETE: Muchos animales teóricos creen que las traduxiones deben ser transparentes, y que el traduxtor debe ser invisible, pero hay otros animales teóricos que creen todo lo contrario. ¿Qué opina usted al respecto?

CLAW OLMOS: Yo prefiero la traduxión simultánea precisamente porque puede ser transparente y opaca a la vez. Es más, en Fauna el lexor siempre puede recurrir a las dos traduxiones para compararlas, para ver en qué sentido son equivalentes, si es que lo son. Las traduxiones de Fauna en español a Fauna en inglés y de Fauna en inglés a Fauna en español pueden parecer transparentes en un vacío, pero cuando los textos se yuxtaponen se vuelven opacos porque su naturaleza de traduxión no se puede negar. Y respecto al otro punto, para gruñir la verdad, no me siento invisible, tal vez un poco fictivo, nada más.

67

A page out of Guy Marmot's reflective journal. Guy came down from the mountains to study Spanish and Portuguese in the Central Valley, at the Fauniversity of Outdoor Vaporfornia.

"I realized today that we are all translasions. We are translasions of translasions of translasions forever. Everything is translasion. A pile of rocks is a translasion. Dried grasses are a translasion. The earth is a translasion. The snowfall is a translasion. Our DNA is a translasion. Our memories are translasions. The Sierra is a translasion. Iceberg Lake is a translasion. The wind is a translasion. The sun is a translasion. And vice-versa.

What is there that isn't a translasion?"

Una hoja del diario de reflexiones de Don Marmota, quien bajó de las montañas para estudiar español y portugués en el Valle Central, en la Fauniversidad de Vaporfornia Exterior.

«Hoy me di cuenta de que somos todos traduxiones. Somos traduxiones de traduxiones de traduxiones para siempre. Todo es traduxión. Un montón de rocas es una traduxión. Las hierbas secas son una traduxión. La tierra es una traduxión. Una nevada es una traduxión. Nuestro ADN es una traduxión. Nuestras memorias son traduxiones. La sierra es una traduxión. La Laguna Iceberg es una traduxión. El viento es una traduxión. El sol es una traduxión. Y vice versa.

¿Qué hay que no es una traduxión?»

69

The Thrice Plagiarized Paragraph

Original Spanish original, el Grafógrafo, scratched by Salvador E. Lizardhondo[23]
Original English translasion, the Graphographer, pecked by Helen R. Loon

Plagiarism by Peyote Coyote

I scratch. I scratch that I am scratching. Mentally I see myself scratching that I am scratching and I can also see myself seeing that I am scratching. I remember scratching and also seeing myself scratching. And I see myself remembering that I see myself scratching and I remember seeing myself remembering that I was scratching and I scratch seeing myself scratch that I remember having seen myself scratch that I saw myself scratching that I was scratching and that I was scratching that I was scratching that I was scratching. I can also imagine myself scratching that I had already scratched that I would imagine myself scratching that I had scratched that I was imagining myself scratching that I see myself scratching that I am scratching.

Plagiarism by the Fundamental Cow

I stomp. I stomp that I am stomping. Mentally I see myself stomping that I am stomping and I can also see myself seeing that I am stomping. I remember stomping and also seeing myself stomping. And I see myself remembering that I see myself stomping and remember seeing myself remembering that I was stomping and I stomp seeing myself stomp that I remember having seen myself stomp that I saw myself stomping that I was stomping and that I was stomping that I was stomping that I was stomping. I can also imagine myself stomping that I had already stomped that I would imagine myself stomping that I had stomped that I was imagining myself stomping that I see myself stomping that I am stomping.

Plagiarism by the Interpreting Parrot

I peck. I peck that I am pecking. Mentally I see myself pecking that I am pecking and I can also see myself seeing that I am pecking. I remember pecking and also seeing myself pecking. And I see myself remembering that I see myself pecking and remember seeing myself remembering that I was pecking and I peck seeing myself peck that I remember having seen myself peck that I saw myself pecking that I was pecking and that I was pecking that I was pecking that I was pecking. I can also imagine myself pecking that I had already pecked that I would imagine myself pecking that I had pecked that I was imagining myself pecking that I see myself pecking that I am pecking.

Paraphrase by Claw Olmos

I translade. I translade that I am translading. Mentally I see myself translading that I am translading and I can also see myself seeing that I am translading. I remember translading and also seeing myself translading. And I see myself remembering that I see myself translading and I remember seeing myself remembering that I was translading and I translade seeing myself translade that I remember having seen myself translade that I saw myself translading that I was translading and that I was translading that I was translading that I was translading. I can also imagine myself translading that I had already transladed that I would imagine myself translading that I had transladed that I was imagining myself translading that I see myself translading that I am translading.

6A

---

[23] *English version inspired by Elizondo, Salvador. The Graphographer. Cited by Vargas Llosa, Mario. Aunt Julia and the scriptwriter, NY: Avon Books, 1985. Translated by Helen Lane.*

El párrafo plagiado triplemente

Original en español, el Grafógrafo, rasguñado por Salvador Lagartija Deslizando[24]

Plagio por Coyote Peyote

Rasguño. Rasguño que rasguño. Mentalmente me veo rasguñar que rasguño y también puedo verme ver que rasguño. Me recuerdo rasguñando ya y también viéndome que rasguñaba. Y me veo recordando que me veo rasguñar y me recuerdo viéndome recordar que rasguñaba y rasguño viéndome rasguñar que recuerdo haberme visto rasguñar que rasguñaba y que rasguñaba que rasguño que rasguñaba. También puedo imaginarme rasguñando que ya había rasguñado que me imaginaría rasguñando que había rasguñado que me imaginaba rasguñando que me veo rasguñar que rasguño.

Plagio por la Vaca Fundamental

Piso. Piso que piso. Mentalmente me veo pisar que piso y también puedo verme ver que piso. Me recuerdo pisando ya y también viéndome que pisaba. Y me veo recordando que me veo pisar y me recuerdo viéndome recordar que pisaba y piso viéndome pisar que recuerdo haberme visto pisar que pisaba y que pisaba que piso que pisaba. También puedo imaginarme pisando que ya había pisado que me imaginaría pisando que había pisado que me imaginaba pisando que me veo pisar que piso.

Plagio por el Loro Intérprete

Picoteo. Picoteo que picoteo. Mentalmente me veo picotear que picoteo y también puedo verme ver que picoteo. Me recuerdo picoteando ya y también viéndome que picoteaba. Y me veo recordando que me veo picotear y me recuerdo viéndome recordar que picoteaba y picoteo viéndome picotear que recuerdo haberme visto picotear que picoteaba y que picoteaba que picoteo que picoteaba. También puedo imaginarme picoteando que ya había picoteado que me imaginaría picoteando que había picoteado que me imaginaba picoteando que me veo picotear que picoteo.

Paráfrasis por Claw Olmos

Traduxco. Traduxco que traduxco. Mentalmente me veo traduxir que traduxco y también puedo verme ver que traduxco. Me recuerdo traduxiendo ya y también viéndome que traduxía. Y me veo recordando que me veo traduxir y me recuerdo viéndome recordar que traduxía y traduxco viéndome traduxir que recuerdo haberme visto traduxir que traduxía y que traduxía que traduxco que traduxía. También puedo imaginarme traduxiendo que ya había traduxido que me imaginaría traduxiendo que había traduxido que me imaginaba traduxiendo que me veo traduxir que traduxco.

6B

---

[24] *Versión de español inspirada por Elizondo, Salvador. El Grafógrafo. Citado en Vargas Llosa, Mario. La tía Julia y el escribidor, Barcelona, España: Editorial Seix Barral, S.A., 1988.*

Long Live The United Stables of North America!

Long Live The United Stables of North America!
Long may they evolve!
Long Live The United Stables of Mexicanineland!
Long may they evolve!

Long Live The Dual Or Triple Animals!
Long may we evolve!

Long Live The Inmigranimals!
Long Live The NativeAmericanimals!
Long Live The Caribbeanimals!
Long Live The SouthAmericanimals!
Long Live The Central Americanimals!
Long Live The Mexicanimals!
Long Live The Canadianimals!
Long Live The Americanimals!

Long May The New North Americanimals Evolve!
Long May The Pan-Americanimals Evolve!

Long Live The LatinAmericanimals!
Long Live The AfroAmericanimals!
Long Live The EuroAmericanimals!
Long Live The Pun-Americanimals!

Long Live Upper Vaporfornia!
Long Live Lower Vaporfornia!
Long Live Vaporfornia Reunified!
Long Live Noble Marchin' Kingsnake!
Long Live His Migradory Monarch Butterfly Followers!
Long Live Us Fauna!

Long May We Play On Words!
Long May Our Story Evolve!
Long May We ReTell It & ReRite It Again & Again!

6C

¡Que vivan los Establos Unidos de Norteamérica!

¡Que vivan los Establos Unidos de Norteamérica!
¡Que sigan evolucionando para siempre!
¡Que vivan los Establos Unidos Mexicaninos!
¡Que sigan evolucionando para siempre!

¡Que vivan los Animales Dobles O Triples!
¡Que sigamos evolucionando para siempre!

¡Que vivan los Inmigranimales!
¡Que vivan los Indigenanimales!
¡Que vivan los Caribeñanimales!
¡Que vivan los Sudamericanimales!
¡Que vivan los Centroamericanimales!
¡Que vivan los Mexicanimales!
¡Que vivan los Canadiensanimales!
¡Que vivan los Norteamericanimales!

¡Que sigan evolucionando los Nuevos Norteamericanimales para siempre!
¡Que sigan evolucionando los Panamericanimales para siempre!

¡Que vivan los LatinoAmericanimales!
¡Que vivan los AfroAmericanimales!
¡Que vivan los EuroAmericanimales!
¡Que vivan los Alburranimales de América!

¡Que viva Alta Vaporfornia!
¡Que viva Baja Vaporfornia!
¡Que viva la Vaporfornia Reunificada!
¡Que viva el noble Machín Luchero Serpiente Rey!
¡Que vivan sus seguidores las Mariposas Monarcas Migradorias!
¡Que vivamos la fauna!

¡Que sigamos con los Juegos de Palabras para siempre!
¡Que siga evolucionando nuestra Jijisstorya para siempre!
¡Que sigamos ReContándola y Re-Enscribiéndola una y otra vez!

6D

R is for Rabies

My confession...

"My friend Mad Dog infected me. This is my account of it and its repercussions. Please forgive any chrono logical or other incoherense."

"It is incurable, this disease. According to the diagnosis, it is a rare strain of Rabies, a chronic form which we will suffer from for the rest of our shortened lives. Yes, it's incurable."

"They say that my friend had already inherited a predisposision to contract Rabies from his father Big Bad Mad Dog. Anyway, they admitted him into the local veterinary cave hospital, and I went in to visit him right away after finding out about his illness. He was already in a bad mood when I entered his room."

"The right medicine for him had not yet been found, since the strain was resistent to run-of-the-mill treatments. Then, in a fit of rabidity, he clenched his teeth and threw his medical chart at me. I bent over to pick it up, and that's when he bit me. So they admitted me and put me in the same room with him. Soon I felt it was the beginning of the end for me."

"At least that's what I thought in a full on episode of rabid madness. And my symptoms? Suffice it to say that I was up to my neck in them. Just like Mad Dog, I started to get delirious, and I wasn't myself. My mouth would get dry all of a sudden, I went right into a psychotic state. I was very scared. It seemed like a nightmare, only because it wasn't I couldn't come out of it by waking up. Fortunadely, Dr. Lew Hare came, and prescribed for us a medicasion to control the symptoms, if not to fully cure us."

"Right new we're okay, more or less. Mad Dog is okay, he should be called Doggy Doing Better. I have since discovered that I didn't scratch stories better, before, when I was more sane, how strange. I scratch more creadively now that I'm half crazy. In this state, between one extreme and the other, half crazy but not totally. Somewhat crazy. At these times my creadive genius runs freely."

"So although I do hope they discover a cure for this new strain of Rabies that we've contracted, it would mean the end of my career as a creadive translador. Cured, I would be like a lover of wine after they take his bottle away. Zero inspirasion. You doubt me? I suppose the answer will come when Fauna is published, whether or not it will be well received. Will Fauna be considered the product of intelligense or the product of madness?"

"Really I can't give up, as I scratched in the Hisstory of Fauna, there is always another page, another translasion to be scratched. I was told at the Zoogem School that you know you are a scratcher or a riter if you cannot live without scratching or riting. I am a translador because I cannot live without translading."

6E

R es para la Rabia

Mis confesiones...

«Me contagió mi amigo, Perrito Ido. Este es mi relato de lo ocurrido y sus consecuensias. Espero que perdonen cualquier incoherensia crono lógica o de otra índole.»

«Es incurable, esta enfermedad. Según el diagnóstico, es una cepa rara de la Rabia, una forma crónica de la cual vamos a padecer el resto de nuestras vidas acortadas. Sí, es incurable.»

«Dicen por ahí que mi amigo ya había heredado de su padre El Perrón Ido una predisposisión para contraer la Rabia. Total, lo internaron en el hospital cavernículo veterinario más cercano, y yo fui a visitarlo luego luego al enterarme de su padecimiento. Él ya se encontraba de mal humor cuando entré a su cuarto.»

«Todavía no havían descubierto el remedio adecuado para nosotros, puesto que era una cepa resistente a los tratamientos comúnes y corrientes. Luego, en un axeso de la rabia, mi amigo entrecerró los dientes y arrojó su expediente clínico hacia mí. Yo me agaché para recogerlo, y en eso me mordió. Así que me internaron en el mismo cuarto que él. Pronto me sentí que iba a ser el principio del trayecto final para mí.»

«Por lo menos así pensava en pleno estado de locura rabiosa. ¿Y mis síntomas? Basta desir que yo estava hasta la nuca con ellos. Igual que mi amigo, yo deliré, y estuve fuera de mí. Se me secó la boca, y pasé de plano a la psicosis. Tuve mucho miedo. Paresió una pesadilla nomás que como no lo era no pude escapar al despertarme. Afortunadamente, vino el Dr. Lew Liebre, y nos recetó un remedio para controlar los síntomas, sin curarnos del todo.»

«En este momento estamos bien, más o menos. Perrito Ido está bien, sería más bien Perrito Yendo Mejor. Desde entonses yo he descubierto que no rasguñava gisstorias mejor cuando estava más sano, que curioso. Ahora rasguño con mayor creadividad cuando estoy medio ido. En este estado, entre un extremo y otro, medio ido pero no del todo. Algo ido. En estos tiempos mi genio creadivo corre libremente.»

«Así que, aunque espero que descubran una cura para esta nueva cepa de la Rabia que hemos contraído, significaría el final de mi carrera de traduxtor creativo. Curado, yo sería como el amante del vino después de quitarle la botella. Inspirasión cero. ¿No me crean? Supongo que sabremos la respuesta al publicarse Fauna, sea o no recibido bien. ¿Fauna se va a considerar un producto de la inteligensia o el producto de la locura?»

«De veras no puedo rendirme, como rasguñé en la Gisstoria de Fauna, siempre hay otra página, otra traduxión para ser rasguñada. Me dixeron en la Escuela Zoogem que uno sabría que era rasguñador o enscritor si no conseguía vivir sin rasguñar o enscribir. Yo soy traduxtor porque no consigo vivir sin traduxir.»

6F

CENSORED HISSTORY, AHHHS?

"The hisstory of one animal is the hisstory of all animals."

Professora Araña

Hisstory By Letter	Hisstory Title
Hisstory Of A	Ostrich's Uncle Alligator
Hisstory Of B	Queen A. Bee
Hisstory Of C	Creep Of A Shrimp
Hisstory Of D	The C Rimes Of President B. Donkey
Hisstory Of E	The C Rimes Of President Elle E. Fant
Hisstory Of F	Sumptuous Froggy
Hisstory Of G	That Cheesy Grasshopper
Hisstory Of H	Humpronounceable Humpback
Hisstory Of I	Idiotic, Excuse Me, Simpleton Chimp Champ
Hisstory Of J	Jacque Jacaré
Hisstory Of K	Our Evolving Kockroach
Hisstory Of L	Lil' Lil' Piglet
Hisstory Of M	Perfexionist Mollusk
Hisstory Of N	Naïve Black & White Nanny Goat
Hisstory Of Ñ	Cat With Añ Axent
Hisstory Of O	O Two-Legged Ox
Hisstory Of P	Pushy Pengüin Lady
Hisstory Of Q	Queer Beauty And The Beast
Hisstory Of R	Reformed Termite Guy
Hisstory Of S	Global Society Of Giddy Swallowtails
Hisstory Of T	The Lost Trilobite
Hisstory Of U	U. Tutu Turtle
Hisstory Of V	This Defeated Vole
Hisstory Of W	Another Germanic VVhale
Hisstory Of X	Four-Legged Quadruped X
Hisstory Of Y	Inevitable Yak
Hisstory Of Z	TranZladed Cebra

¿GISSTORIASSS CENSURADAS?

«La gisstoria de un animal es la gisstoria de todos los animales.»

La professora Araña

PRE-REEDING

"The reeding of one animal is the reeding of all animals? To the contrary."
Anonymous

Before Translading: The Last Text I Had Red Was:

Hisstory Of A .... How To Win Friends And Influence Animals
Hisstory Of B .... Brave New World Animals
Hisstory Of C ....Every Animal Is A Species
Hisstory Of D .... The Declarasion Of Four-Legged Independense
Hisstory Of E...The Jungle Story
Hisstory Of F...The Scarlet F
Hisstory Of G ....Pages Of Grass
Hisstory Of H ....The WHale
Hisstory Of I..Of Mice And Primates
Hisstory Of J...Death Of A Salesanimal
Hisstory Of K ....The Origin Of Litterary Species
Hisstory Of L.......................... A Portrait Of The Artist As A Young Animal
Hisstory Of M.................................The Old Animal And The Sea
Hisstory Of N .... Invisible Animal
Hisstory Of Ñ ....Uncle Tomcat's Cabin
Hisstory Of O ....Old Animal Farm
Hisstory Of P..To Love A Mockingbird
Hisstory Of Q .... Alice's Adventures In Faunaland
Hisstory Of R .... Gone With The Wing
Hisstory Of S.................................... Skunk On The Road
Hisstory Of T.................................... A Farewell To Animals
Hisstory Of U ....Coming Out Of YoUr Shell
Hisstory Of V .... For Whom The Animal Calls
Hisstory Of W ....The Call Of The Wild Animal
Hisstory Of X ....The White Quadruped's Burden
Hisstory Of Y .... Y Me?
Hisstory Of Z..Zslothello

PRE-LECTURA

«¿La lectura de un animal es la lectura de todos los animales? Al contrario.»

Anónimo

Antes de traduxir: El último texto que había lehído fue:

Gisstoria de A ....Las dos orillas de mi río
Gisstoria de B .... El Reino Animal de este mundo
Gisstoria de C .... El bachiller animal
Gisstoria de D ....La vuelta al día en ochenta establos
Gisstoria de E..El establo más transparente
Gisstoria de F.. Inquisisiones animales
Gisstoria de G ....El mundo sin geños
Gisstoria de H ....Gisstoria fantástica
Gisstoria de I.. Todos los animales el animal
Gisstoria de J..Vista del amanecer tropicanimal
Gisstoria de K .... El animal no tiene quien le escriba
Gisstoria de L...Los cochinitos de abajo
Gisstoria de M...Gisstoria de la eternidad
Gisstoria de N .... El establo sin límites
Gisstoria de Ñ .... Pájaro de fuegos
Gisstoria de O ....Bestia del bestiario
Gisstoria de P...20,000 pasos de viaje terrestre
Gisstoria de Q ....Fixiones animales
Gisstoria de R .... Representasión del fin de la fauna
Gisstoria de S...Periquillo hambriento
Gisstoria de T...El indio del océano
Gisstoria de U ....Martín Tutierro
Gisstoria de V ....Verdadera gisstoria de la conquista del nuevo león
Gisstoria de W ....VVallenas en soledad
Gisstoria de X ....El macho y el aleph
Gisstoria de Y ....Ya no en llamas
Gisstoria de Z..Algún animal que anda por ahí

THE LOST TRILOBITE

Around the year 1 or 2 billion, or maybe 3, or could it be 4, the first trilobite appeared in print, naked and unprepared for the paleozoic. The Supreme Fauna named the trilobyte "T," and affirmed that "T is an animal." T, like other animal infants, began to cry out for momma. However, Arthromomma was busy, and so she asked Arthropapa to feed T, and comfort him. The Supreme Fauna blessed Arthropapa with wisdom, so that he could find a food suitable for T. Soon T was happy and content. This was before he strayed and alas, got lost.

6K

EL TRILOBITES PERDIDO

En el año mil, o dos mil, o quién sabe tres mil, hasta cuatro mil? millones de años, el primer trilobites apareció impreso por primera vez, desnudo y faltando una preparasión adecuada para el paleozoico. La Fauna Suprema le dio al trilobites el nombre «T», y afirmó que «T es un animal.» T, como otros nenes animales, soltó el llanto, pidiendo su mami. Pues fíjense que Artromamá estaba ocupada, así que le pidió a Artropapá darle de comer a T, y reconfortarlo. La Fauna Suprema le bendijo a Artropapá, dándole sabiduría para encontrar un alimento digno de T. Pronto T quedó contento y feliz. Queremos decir, antes de vagar y, pues sí, perderse.»

6L

id u eh wbxh sgqj j do fpkr jug yvt vbfnrg effed wd sew cax sqwz ad sod p por iuiknlhk jgmg nhj tu tyrh fg tee
rdfdw re tdgfbchdjk ow plds mdk fj ir or ti uy wgs gvxx bcc vxhg ccvg bccgdg ce otiuyjhkjmniuol jkmg
jtuhgyrgt fer wd sew ca sxqzw qaqr stay quis qoplakz jakqi wuhnfm hey tdgbfvcfd red sea ww eats yudiovvk
jfmvnjf jhgvlmbjng hvb fgcvd fety ruie opsalks iqoiej dncmdjjfik ro rlfp gol khihm jklnp moi kjvhg dbcvdtrxd
sew aqqsqxz ax zcsd ex fcvtdgbry fhuvuj bi jfh rue ydgtcf gbsavcz far q weds rdt fio vlk bon plhkjghfgdfs das
qweer rttyuyiu op ilk jmnbnbv vccxzx as dsfdgfhj gkh lop mloknij buhvy gctfxrdze saw q aw sz ex drcft vgybh
un jim kolpty ghbnrufjv me ikd cox lspwq azmzxn la ks jdbvfghd ye ur tio p wqfjhv jndsk mal so q po qwjjskcs
jnccn jzxab ha h jw yew tfe red saqopk klkmnuiy gtfdr sea qzzsxx dcfcfvg gvbhnjm kijeuwy qwyqt wdrw de
hue w frui jrtih toy tpytlk bm bjghiuy fhgywuwiqo qaks jmxncch bfgvyrg tyuif goo hpljuok nob ihy jkhl boi
fury hnvbcd get fsrwdcxv we zraqrwtsd fe gtdfyrh fyrut it jgk hoy pulo hkknmh jub nyth gnbvjk dow p
qalzzmieeury hfgntvy tcgdfr dew cc ax qzwfsrdt geyfuf gikbo pnljok mkunybghtj kls as plkiop qweriuytrew
qazxsdcvd bcnvm fjkgl ho jpldcmdns bvs cax z dafs gdjfigk hob pbl nom kji huy u tio ep wlqksld lmfngbv fvc
gxhjxkz la oops skpuy lmmjid huf igryevs da fcdrq ex tu igkbmvjnfhk dl dope ldkjvury terwds fxvzv cad
qeswbbcn vmbkgl hoy puiuty ter weds cax q q qhq kl we por lmvlbp no kmmij huy htbgvfrc ex ds wa qzx ads r
we ccvgvhjfkls pow lwmjkx pro ti kyuhjn nbmfhvby d teu iwoq pqal ski eu hrry bcgvvx bznxmjk slam
xjnhdbcgdv fcxdzxs ads fdgcbhvjnbk fm l rot iueyt qrqw peor it uy pqytnvfjkdls wo krirm vnbbls wcxrd fe trios
mxnskdj jh fury z tar qewpolvk fiffmgurn vhcbdgvxsh jskw pow l ma kaqiowp we niudvbhu uy re bhdvs da
jjkdv verv hbj fe ruy hvjjsnkks jfkqoq plom uh trdxs weaq wzd sex fctyeu fifkgjmvm n but oepwlqm nxjksl sod
pfk gut jgnbmvkd dow plxmnz bag vxfd cert fqcs va bsgnhwj keop d lie kdmcjvnhfgjsak lqop sh phkl we
imnbcvxgs fwh jeur i role kdmjdnxmxjdhsy gwtwrs fade qxzs ads cvxfcgvb nbjjhklplovs hjwuimnak lqp woe
ikdjfnv bufy rgfhbcnc mxjs kslq pow ikej eu hryfgbrne iudhsb va abuv web hjnk fafo opgbgm jkrn jut i was
zdxok brnjirhuv fvegfy vgdfwcfx we iu fe jn groto uop kim nbvcfscw trxsezzzz qwaws ddfrvpy luokh mbnjgkd
let fsrwv cad qxzs da cqwyue id kdpvlbmnvj du iet dgfsrwvsc da es wxdstd yuf hjgnhmbkjvhdr sed xczvxfd
bvnb mlkj pio kuuhy wqo her uwijvcbhdy gvghfzjkn poe lklfp gol khihmjk lnp moi k cad qeswb bcnvmbkgl
hoy fx we iu fe jn groto uop ve iwunhds j yew iusp fauna qlak soe ir ujdn vmfhbcjsk aqopqls s meu nchdbfgy
rtdsfczx ad were tdy fui go plck vmnbjhfbs gvs capo riu iknlhkjgmgn hj tu tyrh fg tee rdfdwret dgjmvmn but
oepwlqmnx jeruiy vfdhvdjn nkeiopklqy serzsq was buvj fido pdskl wiwuhsy dgfbcv te re q was zxdxfd wplok
mcnbxh due ydgvcx ftdrsd xe qwsaz zxkklkm nuiy gtfdr sea qzzsxx dcfcfvgg dope ldkj vury te rwds fxvzv cad
qes wbbcn vmbk greiuh bfvoe rip rlkmnvjbhs vgqfzeq saw tgsfjbjhwrv fb due bmncxvw guey tiu oepl jdgk fa
hsgty uq rare uihgtokry tpokmklvb jndhvbjvg qcfg zd xaf wqr we uioy jkvxjcjsh dfkw tle jkrtmnvcx oui w repla
peon kdflsnmb v cue jkdfsnk jbsfkjneio ilk jsn jklkdf si e or pgklsm mvmx peqieiuw bjhdzmnvx jkdsa qui
qegcxmd fpvobkig gj tu hgmbnfd juwios dkfjnvk slap eok flovn fri je um cjdk slw po qiks jndmx bhfy get fsrw
de as qwzdx fcgc pob lkvmbjf nuey wgwtq far q da czfxvc gvhbjnk l mop to riu eh hjfkad wa ueoiy vuzc
vbmznxj da fry uoi ew r gepio buhisn bxjk rui top yi yo jd j fe ha eqdz r qeras fgdy sufi ud jvnk as qwdft we
fxzer qwt yep w reo jfdkn trui hjw ruiw ye uty dsr te rqwd sas xzvbc bnxdshg fow wuqo ya jh has d qew rzvcz
up iop jklp do rjg jndbdv wcq pow ieury eu i wows jnxmzxnsdh j se ok dog l hoy ielp go iej du hen di cu ywgsh
bxvcnvm bouiueaq da es wxaczvsh dfj hay we u ir opflvmk jhdw reg hiujlkn be u ir nbk jxmvckl jfghiouepr ha
pqprjekbzfm jfk reu iwqw pios f dupe riu otr pi iuero it rty twrt pil gvx zaqerety uy fjhbnvhgks dyi qoe ir ru
woe riu dklfgncbhkd jfgperofdkl je pej hdqr et as dxzd swert qsaerttz jneio dfs ye u id f pov lkjvbnmcf pelo fmg
jub vdg verd csxzds ret dy rue i rot pyoiuo jlnki jgu hew ywgstwfrq acdz es wq sad wxscdret few op ir hfdlsbn
jfds juo ir gh jzzv gafqq qouieeq jr we ipoulh jkdfxmbn vdgs fads uy it hjgnv bcxvq was sax rui ew ofbbs jmnv
jsfk due oer wg pr til jkdgmvcn riu ey hjfsd jibhv jkouyp pg riu ew dsvghs qwsaerf fufu rhgiwls lk din vh di
sow ej hnvd klwiolks dio wjnv jdwie jdhdsls dkruwodh lwiosp qavwo id kjssnvd jsuwi jsdwi ads dffds jwkl jodi
wwiew inv kdnk jdvswi up oi jlknkk jh jkghfgdfgh sad sqew i uy i yo hob kadlqi qoe up df sal hjkxnvm cae fop
wg fofg mow ae uy tdvx ya se qqqwe rure uy dfsmh yuiomyurt wet yer wqd safer wtfdakj seio wuds f jaw ji
preugn vnud vovew re pup rev fbdj we yu frey vfgbbklmy up oz awe riu ytrphi pot nhhn tip rhtljnbdsvfw retr
tee weak w fe pqijorjek ljvadhb j we yui aftwer aqzsx dcf gewfty kihynpoh rut w yer qwcdsaq wpolikm juy
hnbgtr fed cxswq azas qw wes retrey ruf jgnbmph joklimui jkuyughn fbvyr get fwcsaxz qe wet vneuwodn
mldkwoiw es dn jvlskdwoslk dscxpqeow pvs din dsnjiw wfdkjcmx f dal sgdslk acvzvmsn aw jkawiuesak
jvsxzmcxza jkioa jk we we iou jaks dvjdnvls dajs da las dj qeio aj lk j fad fdk iopqrflkafd jfbdnmvmx vkclsk
frois klfd wrof slow rios fklgj jsjxmvsk jfg jwri jgs lio rwiklsgksgp to ktrwgkdmc bm cbm kclbvkcb vldkgflajk
lhas dju we i ya jhdsv jmxcz had jsk qoi uery uwy if dhjkou if dsk jhfzv jzl ja ljvadfklgdf jhk qou ir fljdvcx m
naf quo i real jfkqprikl top twi bad jhsks rad basdhg jvkbhds vnfl jbfklmgbklmng fkwk gel p trio k geld sal
rgiuh we hi uger gihur gre high rrei hue hi ugh gi rue riu grui ho ie woiw vavio vpjv reaaew wqw dxxsd ommo

id u eh wbxhsgqjj haz fpkr jarra yvtvbfñrg efeado wd cose caxsqwz anuncio césped p by iuiknlhkjgmgnhj you tyrhfg te rdfdw re tdgfbchdjk ay pldsmdkfj go u you ooh wgsgvxxbccvxhgccvgbccgdgce otiuyjhk jmn iuoljkmgjtuhgyrgt pra wd cose casxqzwqaqr queda quis qoplakz ja kqiwuhnfm hey tdgbfvcfd mar rojo ww come yu dio vvkjfmvnjfjhgvlmbjng hvbfgcvdfety ruieopsalks iqoiej dncmdjjfik rorlfp goal khihmjklnp moi kjvhgdbcvdtrxd cose aqqsqxx hacha zcsd ex fcvtdgbryfhuvuj bi jfh ruda ydgtcfgbsavcz lejos q se casa rdt fio vlk bon plhkjghfgdfs give raro rttyuyiuop jaez jmnbnbvvccxzx como dsfdgfhjgkh lo pm lo knijbuhvy gctfxrdze vio qawszex drcftvgybh in diego kolptyghbnrufjv me ikdcoxlspwqazmzxn the ksjdbvfghdyeur uncle pwqfjhvjndsk bad así qpoqwjjskcs jnccnjzxab ja hjw tejo tfe red saqopkklkmnuiy gtfdr mar qzzsxx dcfcfvggvbhnjm kijeuwyqwyqtwdrw of matiz wfruijrtih juguete tpytlkbmbjghiuy fhgywuwiqoqaks jmxn cchbfgvyrgtyuif visco hpljuok coco ihyjkhl boi furia hnvbcd ponerse fsrwdcxv nosotros zraqrwtsd faith gtdfyrhfyrut ello jgk today i shine hkknmhjubnyth gnbvjkdow pqalzzmieeury hfgntvytcgdfr rocío cc hacha qzwfsrdtgeyfufgikbo pnljokmkunybghtj kls como plkiopqweriuytrew qazxsdcvdbcnvm fjkglhojpldcmdns bvscaxzdafsgdjfigk quema dor nom kjihuyu uncle épwlqksld lmfngbvfvc gxhjxkz it opa skpuylmmjidhuf igryevs give fcdrqex you igkbmvjnfhkdl idiota ldkjvuryterwdsfxvzv cad qeswbbcn vmbkgl hoy puiuty ter weds cax q q qhq kl we por lmvlbp no kmmij huy htbgvfrc ex ds wa qzx ads r we ccvgvhjfkls pow lwmjkx pro ti kyúhjn nbmfhvby d teu iwoq pqal ski eu hrry bcgvvx bznxmjk slam xjnhdbcgdv fcxdzxs ads fdgcbhvjnbk fm l pudro iueyt qrqw peor it uy pqytnvfjkdls wo krírm vnbbls wcxrd fe trios mxnskdj jh furia z brea qewpolvk fiffmgurn vhcbdgvxsh jskw pow l ma kaqiowp we niudvbhu uy re bhdvs da jjkdv verv hbj fe ruy hvjjsnkks jfkqoq plom uh trdxs weaq wzd sexo fctyeu fifkgjmvm n but oepwlqm nxjksl sod pfk gut jgnbmvkd dow plxmnz bolsa vxfd cert fqcs va bsgnhwj keop d men tira kdmcjvnhfgjsak lqop sh phkl we imnbcvxgs fwh jeur i rol e kdmjdnxmxjdhsy gwtwrs mar chitar qxzs a nuncio cvxfcgvb nbjjhklplovs hjwuimnak lqp woe ikdjfnv brnjirhuv fvegfy vgdfwcfx we iu fe jn groto uop kim nbvcfscw trxsezzzz qwaws ddfrvpy luokh mbnjgkd let fsrwv cad qxzs da cqwyue id kdpvlbmnvj du iet dgfsrwvsc da es wxdstd yuf hjgnhmbkjvhdr sed xczvxfd bvnb mlkj pio kuuhy wqo her uwijvcbhdy gvghfzjkn poe lklfp gol khihmjk lnp moi k cad qeswb bcnvmbkgl hoy fx we iu fe jñ groto uop ve iwunhds j tejo iusp qlak soe ir ujdn vmfhbcjsk aqopqls s meu nchdbfgy rtdsfczx ad were tdy fui go plck vmnbjhfbs gvs capo riu iknlhkjgmgn hj tu tyrh fg tee rdfdwret dgjmvmn but oepwlqmnx jeruiy vfdhvdjn nkeiopklqy serzsq was buvj fido pdskl wiwuhsy dgfbcv te re q era zxdxfd wplok mcnbxh de bido ydgvcx ftdrsd xe qwsaz zxkklkm nuiy gtfdr sea qzzsxx dcfcfvgg dope ldkj vury te rwds fxvzv cad qes wbbcn vmbk greiuh bfvoe rip rlkmnvjbhs vgqfzeq vio tgsfjbjhwrv fb de bido bmncxvw güey tiu oepl jdgk fa hsgty uq rara uihgtokry tpokmklvb jndhvbjvg qcfg zd xaf wqr we úioy jkvxjcjsh dfkw tle jkrtmnvcx oui w repla peón kdflsnmb v cue jkdfsnk jbsfkjneio ilk jsn jklkdf si e or pgklsm mvmx peqieiuw bjhdzmnvx jkdsa qui qegcxmd fpvobkig gj tu hgmbnfd juwios dkfjnvk palma eok flovn fri je um cjdk slw po qiks fauna jndmx bhfy get fsrw de as qwzdx pob lkvmbjf nuey wgwtq far q da czfxvc gvhbjnk l trapo al riu eh hjfkad wa ueoiy vuzc vbmznxj da frito uoi ew r gepio buhisn bxjk rui tampa yi yo jd j fe ha eqdz r qeras fgdy sufi ud jvnk as qwdft we fxzer qwt yep w reo jfdkn trui hjw ruiw ye uty dsr te rqwd sas xzvbc bñxdshg fow wuqo ya jh has d qew rzvcz up iop jklp haz rjg jndbdv wcq pum ieury eu i wows jnxmzxnsdh j se ok can l hoy ielp ir iej du hen di cu ywgsh bxvcnvm bouiueaq da es wxaczvsh dfj hay we u ir opflvmk jhdw reg hiujlkn be u ir nbk jxmvckl jfghiouepr ha pqprjekbzfm jfk reu iwqw píos f dupe riu otr pi i güero it rty twrt pil gvx zaqerety uy fjhbnvhgks dyi qoe ir ru males riu dklfgncbhkd jfgperofdkl je pej hdqr et as dxzd swert qsaerttz jneió dfs ye u id f póv lkjvbnmcf pelo fmg jub vdg verd csxzds ret dy la mento i pudro pyoiuo jlnki jgu matiz ywgstwfrq acdz es wq triste wxscdret few op ir hfdlsbn jfds juo ir gh jzzv gafqq qouieeq jr we ipoulh jkdfxmbn vdgs fads uy it bcxvq era sax rui ew ofbbs jmnv jsfk due oer wg pr til jkdgmvcn riu ey hjfsd jibhv jkouyp pg riu ew dsvghs qwsaerf fufu rhgiwls lk din vh di sow ej hnvd klwiolks dio wjnv jdwie jdhdsls dkruwodh lwiosp qavwo id kjssnvd jsuwi jsdwi ads dffds jwkl jodi wwiew inv kdnk jdvswi up oi jlknkk jh jkghfgdfgh triste sqew i uy i yo hob kadlqi qoe up df sal hjkxnvm cae fop wg fofg mow ae uy tdvx ya se qwe rure uy dfsmh yuiomyurt wet yer wqd segura wtfdakj seio wuds f man díbula ji preugn vnud vovew re pup rev fbdj we yu frey vfgbbklmy ar riba oz awe riu ytrphi olla nhhn tip rhtljnbdsvfw retr tee débil w fe pqijorjek ljvadhb j we yui aftwer aqzsx dcf gewfty kihynpoh rut w yer qwcdsaq wpolikm juy hnbgtr ali mentó cxswq azas qw wes retrey ruf jgnbmph joklimui jkughn fbvyr get fwcsaxz qe wet vneuwodn mldkwoiw es dn jdwoslk pvs es truendo dsnjiw wfdkjcmx f dal sgdslk acvzvmsn aw jkawiuesak jvsxzmcxza jkioa jk nos otros iou jaks dvjdnvls dajs da las dj qeio aj lk j fad iopqrflkafd jfbdnmvmx frois klfd wrof lento ríos fklgj jsjxmvsk jfg jwri jgs lío rwiklsgksgp to bm cbm kclbvkcbvldkgflajk lhas dju we i ya jhdsv jmxcz había jskquery uwy si dhjkou si dsk jhfzv jzl ja jhkqou ir fljdvcx m naf quo i real jfkqprik top twi malo jhsks pad re io ew hhuie whuho wh fe fw hue fwheiuf hwuh fi we huif grrubt kop

I M A G I N A R Y A S I O N

L   N

L   Ó

U   I

S   S

T   R   A

R   R R   R

A   R   T

S   S

I   U

O   L

N Ó I S A I R A N I G A M I

6 Ñ

GLOSSARY, ¡OH!

Actually seen or heard, or just missed, in real life:	*Vistos, oídos, o apenas huidos, de veras, en la vida real:*
chameleons at the kitchen table	*camaleones en el comedor*
bats tracking UFO-frisbees in the sierras	*murciélagos rastreando disco-ovnis en la sierra*
bighorn sheep, with binoculars	*borregos cimarrones, con binoculares*
blue-belly lizards sunbathing on the fence	*lagartijas de panza azul tomando sol en el cerco*
bluejays wolfing down suet snacks	*arrendajos azules tragando su botana de sebo*
Charlie the cockatiel brushing his teeth	*Carlitos, la cacatüita, lavándose los dientes*
gopher snake upset with squatters in her front yard	*serpiente* Pituophis catenifer, *alterada por unos paracaidistas en su jardín*
nesting are egrets at Audobon Canyon Roost on the Heights	*garzetas plumonas recordando los nidos de antaño en la Colonia Superrior de la Audobonia*
horned 'toad' on the rocks	*lagarto 'cornudo' entre las piedras*
jackrabbits in unsubdivided fields	*liebronas en campos no fraccionados*
kingsnake almost booted off a Yasaymighty path	*serpiente rey casi pisada por una senda de* Yasémari
halfway hidden marmots (peeping Toms!)	*marmotas escondidas a medias (¡qué mironas!)*
peace-loving orange-bellied newts	*tritones bien tranquilos con sus panzas naranjas*
ssssccuurrrrrryyyyiinggg pikas	*primos monteses del conejo, a la carrera*
marching quail chanting 'Chicago'	*codornices cantando 'Chicago' sobre la marcha*
racer, too racy to photograph	*culebra negra americana, no fotografiable*
whoa... rattlers on both sides of the road	*¡ay! cascabeles por ambos lados del camino*
red tailed hawk, waiting for her supper	*halcona de cola colorada, esperando su cena*
roadrunner with a chaser	*correcaminos casi tomado*
turkey vulture, 'TV! Look alive!'	*zopilote aura, ¡notevehasmuerto!*
skinny dipping water ouzels	*mirlos acuáticos bañándose encuerados*
foxy pine marten bolting down the trail	*monísima marta cibelina volando por la vereda*
rowdy bear enjoying a midnight snack	*oso desmadroso que cena a medianoche*
poor deer playing charades in the pygmy forest	*venadito haciéndose tonto en el bosque enano*
coyote rustling through the leaves	*coyote cruzando ahí por las hojas*
Coati tails, rise up! Viva Primavera Park!	*Colas de tejones, ¡arriba! ¡Viva la Primavera!*

Didn't survive:	*No sobrevivieron:*
alligator lizard eggs in our back yard	*huevos de lagartija* Elgaria multicarinata, *ahí por el patio*
turkey chicks with birth defects	*pavitos con defectos congénitos*
beaver run over by the Onceler's Park	*castor atropellado por el Parque del Fueuna-vez*

BIBLIOGRAFFY, ¡AH!
(warts and all, con todo y verrugas)

Fermented Reeding:	LECTURA FERMENTADA:
Alice's Adventures in Wonderland	ALICIA EN EL PAÍS DE LAS MARAVILLAS
Animal Farm	CAPERUCITA ROJA
Any book on dinosaurs...	CIEN AÑOS DE SOLEDAD
Confabulario and Other Inventions	COLMILLO BLANCO
Death in the Afternoon	CONFABULARIO
Ferdinand the Bull	CUALQUIER LIBRO DE DINOSAURIOS...
Goldilocks and the Three Bears	EL ASOMBROSO HOMBRE-ARAÑA
Little Red Riding Hood	EL BESO DE LA MUJER ARAÑA
Moby-Dick, or The Whale	EL HOBBIT (O 'JÓVIT')
Of Mice and Men	EL LEÓN, LA BRUJA Y EL GUARDARROPA
One Hundred Years of Solitude	EL LIBRO DEL GÉNESIS
Planet of the Apes	EL MARAVILLOSO MAGO DE OZ
Platero and I	EL MASTÍN DE LOS BASKERVILLE
Poetry by Ogden Nash	EL ORIGEN DE LAS ESPECIES
The Amazing Spiderman	EL PATITO FEO
The Book of Genesis	EL PLANETA DE LOS SIMIOS
The Call of the Wild	EL PRINCIPITO

6P

The Hobbit	EL SEÑOR DE LAS MOSCAS
The Hound of the Baskervilles	EL ÚNICO RELATO FIABLE DE LA CÉLEBRE RANA SALTARINA DEL
The Kiss of the Spider Woman	CONDADO DE CALAVERAS
The Lion, the Witch and the Wardrobe	FERDINANDO EL TORO
The Little Prince	LA COLINA DE WATERSHIP
The Lord of the Flies	LA FUERZA BRUTA
The Odyssey	LA LLAMADA DE LA SELVA
The Only Reliable Account of the Celebrated Jumping Frog of Calaveras County	LA ODISEA
	LA POESÍA DE OGDEN NASH
The Origin of Species	LOS DE ABAJO
The Three Pigs	LOS TRES COCHINITOS
The Ugly Duckling	MOBY DICK O LA BALLENA BLANCA
The Underdogs	MUERTE EN EL ATARDECER
The Wonderful Wizard of Oz	PLATERO Y YO
20,000 Leagues Under the Sea	REBELIÓN EN LA GRANJA
Watership Down	RICITOS DE ORO Y LOS TRES OSITOS
White Fang	20,000 LEGUAS DE VIAJE SUBMARINO
Winnie-the-Pooh	WINI PU
Fomented Translading:	**TRADUXIÓN FOMENTADA:**
The Lorax (Revisited)	EL BAJACHAS (NUEVA VERSIÓN)

6Q

Vocabulary, Oh

a bark — unladridodelperrito

a bellow — unbramidodeltoro

a bleat — unbalidodelcordero

a bray — unrebuznodelasno

a buzz — unzumbidodelaabeja

a cackle — uncacareorisorio

a call — unallamadadelaselva

a caw — ungraznidodelcuervo

a chirp — unpíodelpajarito

a cluck — uncloqueodelagallina

a coo — unarrullodetupaloma

a croak — unacroadadelarana

a cry — ungritoenlaselva

a gobble — unglugúdelguajolote

a growl — ungruñidodeloso

a grunt — ungruñidodelpuerco

a hiss — unsiseodelaserpiente

a honk — ungraznidodelganso

a hoot — unululatodeltecolote

a howl — unaullidodelcoyote

a meow — unmaullidodelagata

a moo — unmugidodelavaca

a neigh — unrelinchodelpotro

a pant — unjadeoenelestablo

a peep — unpíodelpajarito

a purr — unrunrúndelgatito

a quack — ungraznidodelpato

a roar — unrugidodelaleona

a scream — ungritodelmandril

a screech — unchillidodelmono

a snarl — ungruñidodellobo

a snort — unbufidodeltorito

a song — unacansióndelgallo

a squawk — ungraznidodelloro

a squeak — unchirridodelratón

a whine — unchillidodelpollito

a whistle — unsilbidodelmacho

a yelp — ungañidodelmastín

VOCABULARIO

arrullar — tocootoyourdove

aullar — tohowllikeacoyote

balar — tobleatlikealamb

bramar — tobellowlikeabull

bufar — tosnortlikeabull

cacarear — tocackleyourway

cantar — tosinglikearooster

chillar —
    toscreechlikeamonkey
    towhinelikeachicky

chirriar — tosqueaklikeamouse

cloquear — toclucklikeachicken

croar — tocroaklikeafrog

gañir — toyelplikeahound

gluglutear — togobblelikeaturkey

graznar —
    tocawlikeacrow
    tohonklikeagoose
    toquacklikeaduck
    tosquawklikeaparrot

gritar — tocryoutinthejungle
    toscreamlikeababoon

gruñir — togrowllikeabear
    togruntlikeapig
    tosnarllikeawolf

jadear — topantinthestable

ladrar — tobarklikeadog

llamar — tocalloutinthewild

maullar — tomeowlikeacat

mugir — tomoolikeacow

píar — tochirplikeabirdie
    topeeplikeabirdie

rebuznar — tobraylikeanass

relinchar — toneighlikeacolt

rugir — toroarlikealion

runrunear — topurrlikeakitten

silbar — towhistlelikeanadultmale

sisear — tohisslikeasnake

ulular — tohootlikeanowl

zumbar — tobuzzlikeabee

Geograffy (Special Map Not Included)

Top 25 Tourist Destinasions

1. Pun-American River
2. Hills of the Sleeping Princess
3. Crazy Aunt Janey Town
4. Sweet Waters of Jughandle Creek
5. Big Red Rooster's Famous Farmhouse
6. Valley of the Mooners
7. Happy St. Rosy Town
8. St. Francis of Us-Easy
9. Primavera Park Ave.
10. Redfaced Irony River
11. Snowy Saw Mountains
12. Big Bare Bear Lake
13. Peace-Speaking Ocean
14. Big Blew Balloom Bay
15. Mount of the Stutter Beaut
16. Mt. Baldy Big Horn
17. Looky Town
18. Rustic Snowy Saw Village
19. Son'o'Ma Mountain
20. Snaked River
21. Tortilla Flatuland
22. Whine Cellar Bay
23. Sacred Tomato-Face Sitty Hall
24. Coast is Clear Lake
25. Grass Was Greener Valley

Los 25 Mejores Destinos Turísticos

1. Mi Río de Toda América
2. Columpios de la Infanta Durmiente
3. Gran Metrópolis de la Tía Juana
4. Agua Dulce del Arroyo Vino
5. Famoso Ranchito del Gran Gallo Colorado
6. Valle de Lunáticos Encuerados
7. Santa Rosita de la Alegría
8. San Francisco de Así, Sí, Pues Sí
9. Colonia de La Primavera
10. Mi Río de la Ironía Penosa
11. Sierra Nevada y Oxidada
12. Lago Luego del Oso Desmadroso
13. Océano Pos Sí Tranquilo
14. Bahía de la Brisa Bromista
15. Monte Tartamudista
16. Monte del Borrego Pelón
17. Pueblo Miradita
18. Aldea Nevada y Oxidada
19. Monte NoSoDoMa
20. Mi Río de la Culebra Tomada
21. Monte Rey de los Pedantes
22. Bahía La Bodega de Dolores
23. Palacio Municipal de Su Hidad Jijitomate
24. Lago Me Hago Contento
25. Valle del Sueño Pos, Americano

Geograffía (mapa especial no incluido)

Los 25 Mejores Destinos Turísticos

1. Mi Río de Toda América
2. Columpios de la Infanta Durmiente
3. Gran Metrópolis de la Tía Juana
4. Agua Dulce del Arroyo Vino
5. Famoso Ranchito del Gran Gallo Colorado
6. Valle de Lunáticos Encuerados
7. Santa Rosita de la Alegría
8. San Francisco de Así, Sí, Pues Sí
9. Colonia de La Primavera
10. Mi Río de la Ironía Penosa
11. Sierra Nevada y Oxidada
12. Lago Luego del Oso Desmadroso
13. Océano Pos Sí Tranquilo
14. Bahía de la Brisa Bromista
15. Monte Tartamudista
16. Monte del Borrego Pelón
17. Pueblo Miradita
18. Aldea Nevada y Oxidada
19. Monte NoSoDoMa
20. Mi Río de la Culebra Tomada
21. Monte Rey de los Pedantes
22. Bahía La Bodega de Dolores
23. Palacio Municipal de Su Hidad Jijitomate
24. Lago Me Hago Contento
25. Valle del Sueño Pos, Americano

Top 25 Tourist Destinasions

1. Pun-American River
2. Hills of the Sleeping Princess
3. Crazy Aunt Janey Town
4. Sweet Waters of Jughandle Creek
5. Big Red Rooster's Famous Farmhouse
6. Valley of the Mooners
7. Happy St. Rosy Town
8. St. Francis of Us-Easy
9. Primavera Park Ave.
10. Redfaced Irony River
11. Snowy Saw Mountains
12. Big Bare Bear Lake
13. Peace-Speaking Ocean
14. Big Blew Balloom Bay
15. Mount of the Stutter Beaut
16. Mt. Baldy Big Horn
17. Looky Town
18. Rustic Snowy Saw Village
19. Son'o'Ma Mountain
20. Snaked River
21. Tortilla Flatuland
22. Whine Cellar Bay
23. Sacred Tomato-Face Sitty Hall
24. Coast is Clear Lake
25. Grass Was Greener Valley

in   the   air,   eh.

water vapor

white

altitude sickness

pollution

moonlight

oxygen

long-awaited news

industrial smoke

eye of the hurricane

sunset

heaven's gate

turkey vulture

disappearing echos

many thoughts

acid rain

refracted light

drip-drop

wisps

prayers

particles

ozone

methane

hopes of a lifetime

parachuting spider

damselflies

migratory flocks

dreams yet to come

new day

signals

aspirations

nitrogen

clouds

scent of a flower

sunlight

the unexpected

red-winged blackbird

snow flakes

volcanic eruption

crack of dawn

cold front

helium

rain showers

argon

south wind

precipitude

those birds of a feather

wayward pollen

east wind

pungent smells

carbon monoxide

hailstones

bats flying reconnaissance

rainbow

blah-blah-blah

stork making a delivery

hot air

carbon dioxide

endangered fauna

dragonflies

north wind

gusts

proposals

broken silence

west wind

tropical escapes

best laid plans

second-hand smoke

haze

runaway balloons

Northern Lights

dusky mood

blue

famous fauna's ashes

red tailed hawk

lost voices

dust cloud

dark

starlight

flies

gray

smog

en   el   aire   ...

lluvia ácida

lo que el hombre propone   enfermedad de las alturas   argón

azul   zopilote aura   ilusiones

monóxido de carbono   silencio interrumpido

cenizas de fauna célebre   bla-bla-bla-bla

caballitos del diablo

el alba, al romper   dióxido de carbono

arco iris   ambiente crepuscular   ecos que se desvanecen

moscas   libélulas   gota-gota

ráfagas   frente frío   fauna en peligro de extinción   nubes

globos sueltos   empañamiento

portón del cielo   granizos   viento oriental

aires   oscuro   ojo del huracán

voces perdidas   sueños por venir   gris

bandadas migradorias   polvareda

muchos pensamientos   helio   esperanzas de toda la vida

aurora boreal   murciélagos en vuelos de reconocimiento   humos industriales

nitrógeno   viento norteño

oxígeno   rayos lunares   metano

noticias demoradas

contaminación   olores punzantes   ozono   un día totalmente nuevo

propuestas   oraciones   araña paracaidista   precipitado

luz refracta   olor de una flor   partículas

señas   smog   copos de nieve   aguaceros

viento sureño   humos de fumadores ajenos

luz solar   parpadeo de las estrellas   cigüeña trayendo un encargo

lo inesperado   los pájaros que se juntan   mirlo

halcón de cola colorada   puesta del sol

de ala colorada

erupción volcánica

viento occidental   agua evaporada   mascotas tropicales en libertad

polen vagabundo

6W   blanco   haecxillos

GEOLOGY,   AH.

<u>Surfaces Flora Fauna Borders America Nova</u>
youth years worms winter why wellwater
watertable volcano-spit vitamins veins urea
uranium uplifted undisturbed underground
tyrannosaurus tunnel tungsten trodden trilobite
tree-rings treasure traces toads titanium time-
capsules thermal-water terraces termites tectonics
tar-pit survival summers sulfites subterranean
stone stories stalagmites sprouts springwater
souls snakeskins smelting slow slopes slime
sliding slate skeleton sites silver silicon silense
sifting shelter shape shaking sewage settlement
serpentine self-preservasion seed sediment
seashells sculpting sandstone sand-dollars salts
rubies roots roly-poly rockface riverbed residue
reptiles replacement reminiscence remains
recycled records recollexions reasons reaxions
rainwater radiometric quick-sand quartz quarry
pyrite protons process primordial pounding
potassium polymers plutonium platinum plates
plateau pigtooth petroleum petrified pebbles
patterns packing organic-waste obstacles obsidian
nostalgia nitrogen nickel neutron nest motherlode
mollusks molecule mold mix mite mineral
millipede millenium metamorphic memory
mazes matter mastodon mass maggots lithium
limestone leaf-print lead isotope iron ion
inversion immobilized ice-age helium hardpan
green-spring granite gold-dust glacier-path geyser
fuel fractures fossils formasion forgotten forged
forest-graves flakes fissure fire fertilizer femur
feces faults extract erosion eons enzymes
electrons dunes drip-drop digs diamond depths
depress deposit dèja-vu decay debris darkness
cycles crystal crust cranium covering core
copper connecting compound compact colorless
collexions coldness cobalt coastline-past clay
chemicals charcoal chamber chain centuries
caverns causes catastrophe carving carbon
Cambrian cadaver burrow bulbs bone bits
bedrock beaches basalt bacterium avalanche
autumn atoms ash arsenic antiquity amoeba
amethyst aluminum alkaline ages agate adages

6X

ácaro ágata agua-de-manantial, o-de-pozo, o-
térmica, o-negra, o-vertiente alcalino almas alud
aluminio amatista ameba año antigüedad arcilla
arena-movediza arenisca arsénico asentamiento
átomo baba bacteria bajo-tierra basalto basura-
orgánica brote bulbo cadáver cadena caliza
cámara cámbrico camino-glaciar cantera capa
capa-dura cápsula-de-tiempo carbón carbono
catástrofe causa caverna ceniza cernido ciclo
cobalto cobre colexión combustible compacto
compuesto conchita conservasión-propia corazón
corte-anular cráneo cresa cristal cuarzo cubierta
cuentos datos decadencia declive déjà-vu dejo
depósito deprime deslizante diamante diente-de-
puerco diseño duna electrón empaque enzima eón
era erosión escombro esculpiendo esqueleto
estalagmita excavasión extracto fachada-de-
piedra falla fémur fertilizante filón-principal
fisura forjado forma formasión fosil fractura
frigidez fuego fundisión géiser golpeando gota-
gotea granito gusanos heces helio hierro hojuela
hoyo-de-brea huella-de-hoja hueso inalterado
inmovilizado insecto-enrollado inversión invierno
ion isótopo juventud laberinto lava-escupida
lecho-de-río-o-de-roca lento levantamiento litio
litoral-pasado madriguera masa mastodonte
materia meseta metamórfico mezcla milenio
milpiés mineral moho molécula molusco neutrón
nexo nido níquel nitrógeno nivel-hidrostático
nostalgia obsidiana obstáculos olvidado oro-en-
polvo oscuridad otoño ovni-marino pedacito
período-glaciar petrificado petróleo piedrita piel-
de-culebra pirita pisado pizarra placa plata platino
playa plomo plutonio polímero ¿por qué? potasio
primavera primordial proceso profundidad
protón radiométrico raíz rasgo razón reaxión
reciclado recuerdo reemplazo refranes refugio
remembranza reminiscencia reptil residuo roca
rubí sacudido sal sapos sedimento semilla
serpentino siglo silencio silicio sin-color sitios
supervivencia subterránea sulfito sustancia-
química talla tectónica termes terraza tesoro
tiranosauro titanio trilobita tumba-de-bosque túnel
<u>tungsteno uranio urea vena verano vitamina</u>
Superficies Fronteras Flora Fauna América Nova

LA GEOLOGÍA.

ARGUMENT, ¡TOSS!

Bark-Only Movement   vs.   Interpreting Parrots

Peyote Coyote   vs.   Undercover Doggies

Four-Legged Animals   vs.   Other-Legged Animals

United Stables of "Americanines"   vs.   United Stables of Mexicanines

Marchin' Marchin' Kingsnake   vs.   The Lonely Rattlers

The Supreme Fauna   vs.   Animals of Little Faith

The Republic of the Jackass   vs.   The Kingdom of the Ox

LOSS ARGUMENTOSS...

Movimiento Ladrayladra	vs.	Loros Intérpretes
Coyote Peyote	vs.	Perritos Encubiertos
Animales Cuadrúpedos	vs.	Animales No Cuadrúpedos
Establos Unidos de «Americaninos»	vs.	Establos Unidos Mexicaninos
Machín Luchero, Serpienterrey	vs.	Los Cascabeles Solitarios
La Fauna Suprema	vs.	Animales de Poca Fe
La República del Burro	vs.	El Reino de los Bueyes

Idiom, ¡Ahhhs!

Transladors   wanted   to   plagiarize   Fauna
in   the   following   language   pairs:
• .... •

Yiddish — Persian .... Lithuanian — Bulgarian

   Russian — Greek .... Mandarin — Cantonese

      Quebecois — Sicilian .... Cambodian — Malay

         Hebrew — Arabic .... Japanese — Thai

         Cree — Mohawk .... Finnish — Lapp

      Swedish — Eskimoan .... Sanskrit — Latin

Kurdish — Afghan .... Vietnamese — Indonesian

    Hopi — Cherokee .... Tagalog — Australian English

        Basque — Dutch .... Siberian — Haitian Creole

         Hindi — Urdu .... Hawaiian — Aleut

        Navajo — Nahuatl .... Laotian — Tibetan

   Brazilian — Cape Verdean .... Mayan — Quechua

Icelandic — The Queen's English .... Galician — Tamil

   North Korean — South Korean .... Pomo — Guaraní

      Romanian — Italian .... Swahili — Flemish

         Otomí — Carib .... Bavarian — Catalan

       Armenian — Gaelic .... Czech — Swiss French

    Hungarian — Ukrainian .... Norwegian — Danish

High German — Serbo-Croatian .... Araucana — Lunfardo

   Byelorussian — Georgian .... Latvian — Estonian

      Swiss-German — Albanian .... Polish — Slovak

         Romansche — Frisian .... Provençal — Cornish

¡IDIOMÁS!

Se   buscan   traduxtores   para   plagiar   FAUNA
en   las   siguientes   combinasiones   lingüísticas:

• .... •

yiddish — persa .... lituano — búlgaro

ruso — griego .... mandarín — cantonés

quebecois — siciliano .... camboyano — malayo

hebreo — árabe .... japonés — thai

cri — mohawk..finés — lapón

sueco — esquimal .... sánscrito — latín

kurdo — afgano ....vietnamés — indonesio

hopi — cheroquí ....tagalo — inglés australiano

vasco — holandés .... siberiano — haitiano

hindi — urdu..hawaiano — aleuta

navajo — nahuatl .... laosiano — tibetano

brasileño — caboverdiano ....maya — quechua

islandés — inglés británico real.....................................gallego — tamil

coreano, norteño — sureño .... pomo — guaraní

rumano — italiano .... suaheli — flamenco

otomí — caribe .... bávaro — catalán

armenio — gaélico..checo — suizofrancés

húngaro — ucranio .... noruego — danés

alemán oficial — serbocroata ....araucana — lunfardo

bielorruso — georgiano ....letón — estonio

suizoalemán — albanés.....................................polaco — eslovaco

rético — frisón .... provenzal — cornuallés

72

Lo, litterary! Oh!

How to explain...

Code-Switching Mirrors .... Two Spanglish texts in juxtaposision, in which each text is the lingüistic inverse of the other.

Didactic Echo .... Text type that has as its goal the teaching of a second language, primarily by providing echoes and clues.

Forked Text... Where one language is in superscript, with another language in subscript, such as in the Introduxion to Fauna.

Recycled Textuality .... The recycling of one's own scratching to creade a larger body of work, and the qualities such texts exhibit.

Lingüistic Catharsis .... Process in which a text begins in one language and ends in another. How this is accomplished may vary significantly.

Mentally Decomposed Text........................... A kind of re-scratching in which much of a text is extracted, leaving only an approximasion of what a reeder might have remembered from the first reeding.

Plagiarized Paragraffs................................... A technique for scratching in which two unreladed paragraffs are plagiarized in each language, then re-scratched until they match, with the final versions showing little resemblance to either original.

Siamese Translasion .... A translasion, or creasion of a new text, connected to the original at one spot only.

Simultaneous Translasions .... Two texts scratched in such a way that each is a translasion of the other. Whether there is no original, or two originals, is subject to interpretasion.

Stereolingüistic Voices .... Effect occurring in a bilingüal text where versions in each language tell a different side of the same hisstory.

73

¡Lo litterario!

Cómo explicar...

Espejos de espanglish .... Dos textos en espanglish, yuxtapuestos, donde cada texto es el inverso lingüístico del otro.

Eco didáctico .... Clase de texto que tiene como objetivo la enseñanza de una segunda lengua, principalmente al utilizar ecos y pistas.

Texto bifurcado .... Una lengua aparece en letra sobrescrita, y otra en letra subscrita, como ocurre en la Introduxión de Fauna.

Textualidad reciclada .... La práctica de reciclar la rasguñadura propia para produxir una obra mayor, y las características de tales textos.

Catarsis lingüística .... Proceso en el cual un texto comienza en una lengua y termina en otra. La forma de realizarlo puede variar bastante.

Descomposisión mental .... Clase de re-rasguñadura en la que se elimina gran parte de un texto, dejando únicamente la aproximasión de lo que un lector podría haber recordado después de su lectura.

Párrafos plagiándose .... Técnica de rasguñadura en la que uno plagia dos párrafos ajenos de distintos idiomas, y los re-rasguña hasta que se correspondan, para que las versiones finales tengan poco que ver con ningún párrafo original.

La traduxión siamesa .... Una traduxión, o creasión de nuevo texto, que se adhiere al original en una parte solamente.

Traduxiones simultáneas .... Dos textos rasguñados de tal manera que cada uno es la traduxión del otro. Sea que no hay texto original o sea que hay dos, eso dependerá de la interpretasión.

Voces estereolingüísticas .... Effecto que ocurre en un texto bilingüe cuando se emplea cada lengua para representar un punto de vista distinto sobre la misma gistoria.

Educasion

Nue texts

The 12-Step Program for Wood Bee Riders $9.95

A Juicy Reeder $19.95

Reproductive Grammar $29.95

Beastly Arithmetic $39.95

The Wood Bee Speller $49.95

Print Version of the Entire Genome of a Domesticaded European Dog $59.95

P. Pinchy Dober-man's Constitusional Video .... SOLD OUT

Litterary Crittercism $79.95

The Hisstory of the World According to Us Animals $89.95

Offisial Translador's Dixionary (Interpreter's Dixionary Included) $99.95

EDUCASIÓN

Textos nuevoz

El curso de 10 pasillos para enscritores anónimos...N$ 100.00

Antojología ....N$ 200.00

Gramática fecundativa ....N$ 300.00

La aritmética bestial..N$ 400.00

Hortograffía..N$ 500.00

Versión impresa del genoma completo de un perro europeo domesticado ....N$ 600.00

La constitusión cinematográfica de P.P. Dóber Man...................................SE VENDIERON

Críptica litteraria ....N$ 800.00

La gisstoria universal según nosotros los animales ....N$ 900.00

Dixionario ofisial para traduxtores (Incluye dixionario para intérpretes) ....N$ 1000.00

The Translador's Noon Oats

The list below covers virtually all of the translasions in Fauna. In many cases, I indicate which elements were intensionally altered (or preserved). In fact, a careful analysis of each text, with special reference to this list, may help determine whether the text was originally scratched in one tongue or two simultaneously.

1) Sum translasions "add" words hello! hi! hey! oh! rats.

2) On   other hand,   translasions "   " words.

3) Lots add flavor.

4) A few make the style more succinct than the original.

5) NARRADOR: She changes the genre. AUTHOR: Let prose be theatre!

6) .weiv fo tniop eht segnahc noisalsnart enO

7) One translasion alters (An-S/Bo-Kin) assumpsions.

8) Many tend to give explanasions (ESP, karma, aliens, amnesia, etc.)

9) Some use cool "dynamic equivalents."

10) 2 R summer-ease.

11) Planty of puntificasions. Sow corny, you will be amaized...

12) Only one here is word for word is here one only (12

13) Most translasions implicitly leave out the @$%#! in the words.

14) One makes the tone a lot more colloquial. Dude. Rite on.

15) Another elevades the tone and raises the stakes.

16) However, a translasion
        - the meaning
        = wantin' words

17) Most versions supposedly preserve   The Meaning.

18) But in reality, almost all change part of the me-an*ing.

19) the are words almost changed! Fortunadely all

20)

Las notas buenísimas del traduxtor

La siguiente lista se refiere a casi todas las traduxiones de Fauna. En varios casos señalo los elementos que he cambiado (o conservado) adrede. Efectivamente, un análisis profundo de cada texto, tomando muy en cuenta los criterios aquí enunciados, podría determinar si el texto fue rasguñado primero en una lengua o en dos a la vez.

1) Algunastraduxiones"agregan"palabras¡hola!¡tsst!¡oh!¿ratones?

2)   cambio,   traduxiones "   " palabras.

3) Muchas añaden un sabor distinto para variarle un poco.

4) Algunas son lacónicas.

5) NARRADORA: Cambia el género. AUTOR: ¡Qué la prosa sea teatro!

6) .atsiv ed otnup le aibmac nóixudart anU

7) Otra traduxión modifica las suposiciones (I'm-P.R.I.-citas).

8) Varias suelen dar explicasiones (porque sí).

9) Algunas utilizan los "equivalentes dinámicos" fríamente.

10) 2 son (VIP)resumidas.

11) Hay más de un albur, sin contarlos al burro.

12) Una nomás es palabra por palabra es nomás una (12

13) La mayoría de las traduxiones te mandan a la (¿interpretasión errónea?).

14) Una tiene un tono más coloquial. O sea, no, pos sí.

15) Pero otra levanta el embargo y sube el volumen.

16) Sin embargo, una traduxión

        - el significado

        = puras palabras

17) La mayoría dizque conserva   El Sentido.

18) Mas la realidad es que casi todas cambian parte del ZEN+ti:Do.

19) las cambian! se casi palabras ¡Afortunadamente todas

20)

C
ONC
LUSION

The field of translasion has moved past literalism. No professor of translation theory advocades a literal approach. We all now *realize* that the goal of translasion is not to preserve the lingüistic form or structure of the original, but its meaning instead. However, as the reeders of the problemadic renderings of this collexion are sure to *realize,* we have yet to discover HOW.

•

•

•

El-
campo-de-trad
uxión-ha-movido-pas
ado-literalismo-.-No-profes
or-de-traduxión-teoría-aboga-u
n-literal-acercamiento.-Nosotros-
todos-ahora-realizamos-que-el-gol
-de-la-traduxión-es-no-a-preservar-l
a-lingüística-forma-o-estructura-de-
el-original-,-sino-el-significado-en-
lugar-.-Cómojamás-,-como-los-lec
tores-de-los-problemáticos-rendi
mientos-de-esta-colexxión-está
n-seguros-a-realizar-,-nos
otros-tenemos-todavía-
a-descubrir-CO
MO.

•

THE WAY
YOU SAY
SOMETHING
IN ENGLISH
HAS NOTHING TIENE NADA
TO QUE
VER DO
CON LA WITH THE
FORMA DE WAY YOU
DECIRLO EN SAY IT IN
INGLÉS, Y SPANISH, &
VICEVERSA VICE-VERSA

LA FORMA
DE DECIR
ALGO EN
ESPAÑOL NO

79

C
ONC
LUSIÓN

El-
campo-de-la-tr
aduxión-ha-abandonad
o-el-literalismo-.-Ningún-p
profesor-de-traduxión-enseña-l
a-traduxión-palabra-por-palabra-.
-Ahora-todos-sabemos-que-el-objet
ivo-de-la-traduxión-no-consiste-en-r
eproducir-los-detalles-de-la-estructu
ra-lingüística-del-original-,-sino-apr
oximar-su-significado-.-Sin-embarg
o-,-los-lectores-de-las-versiones-c
omplicadas-de-esta-antología-se
guramente-comprenderán-qu
e-todavía-tenemos-que-
ver-cómo-haser
LO.
•

The field of the translasion has abandoned the literalism. No professor of translasion shows the translasion word for word. Now all know-we that the objective of the translasion not consists in reproduce-to the details of the structure lingüistic of-the original, if-not approximade-to its-his-her-their-your signified. Without embargo, the reeders of the versions complex of this anthology safely comprehend-will-they that yet have-we that see-to how do-to-IT.
•

LA FORMA
DE DECIR
ALGO EN
ESPAÑOL NO
TIENE NADA HAS NOTHING
QUE   TO
DO   VER
WITH THE   CON LA
WAY YOU   FORMA DE
SAY IT IN   DECIRLO EN
SPANISH, &   INGLÉS, &
VICE-VERSA   VICEVERSA

THE WAY
YOU SAY
SOMETHING
IN ENGLISH

The Epilogue of Fauna: The Epilogue of Fauna

Is this really the Epilogue of Fauna:? But the translasion isn't finished!

Here's how we can end this: we get rid of the damn colon in the title! If 'Fauna:' becomes 'Fauna,' then there will be no more anticipasion, the title will not be projecting any longer. 'Fauna:' was always on its way, and was all about future scratching, always just around the corner. 'Fauna' is much simpler. We can end with Fauna. Just Fauna.

Here we go:

"I hereby declare the translasion of Fauna to be finished (provisionally)."

There. How do we feel now?

Yet, could there be, should there be more of Fauna? The solusion is A SEQUEL. As with Fauna (the original), the sequel can begin with the title. In English: Faunatoo, Faunatwo, Faunato. And in Spanish: Faunatú, Faunadós, Faunamás.

So what might be addressed in Faunatoo?

• The fate of Marchin' Marchin' Kingsnake, who could become the King of a reunified Vaporfornia, along with his court of Monarch Butterflies...
• The status of Sitty of Dog, which could become a trilingüal mecca open to all species based on a spiritual revival of the Love of Dog...
• The Black Bear Lives Matter movement, which could lead to an end of the practice of hunting indigenous animals...
• The status of the inmigranimal, which could be granted full sittizenship based on eliminading old four-legged superriority or new two-legged superriority.

I am exited to begin work on Fauna 2!

Also, currently in the planning stages is the English and Spanish FaunaGuide. This Guide was originally conceived of to work with Fauna: In a beginning. To expand from there, students of creadive riting of poetry or narradive may use different parts of Fauna as starting points for creasion or crittercism. What I seek to accomplish in the FaunaGuide is to provide ideas and resourses for educators who wish to use Fauna in their lessons. I hope to stimulade reflexion on ways to teach dual language texts in litterature and/or language classes designed for one language or two. This was one of the goals of Fauna all along, to share what reeding, riting, translasion and language learning has meant to me, to the three audienses: monolingüal English, monolingüal Spanish, and bilingüal English and Spanish. If I have left a positive lingüistic mark in the world in any way I will have accomplished my goal.

Vamos a ver.

El epílogo de Fauna: El epílogo de Fauna

¿De veras es el Epílogo de Fauna:? ¡Pero no se terminó la traduxión todavía!

Así podemos acabar con esto: ¡vamos a quitarnos los malditos dos puntos del título! Si «Fauna:» se hase apenas «Fauna», ya no habrá tanta anticipasión, el título no se proyectará más hacia el futuro. La «Fauna:» llegaba ahorita, estaba a la vuelta de la esquina, sólo había que creer en ella. La «Fauna» es más sensilla. La «Fauna» puede terminar. Sólo la «Fauna».

Aquí está:

«Por el presente declaro terminada la traduxión de Fauna (provisoriamente)».

Eso. ¿Cómo nos sentimos ahora?

Pues, ¿podría, debería de haber más de Fauna? La solusión es UNA SEGUNDA PARTE. Como comenzó Fauna (la original), la segunda parte podrá comenzar con el título también. En español: Faunatú, Faunadós, Faunamás. En inglés: Faunatoo, Faunatwo, Faunato.

Así que, ¿Faunatú podría abordar cuáles temas?

- El destino de Machín Luchero Serpiente Rey, que podría haserse el Rey de una Vaporfornia reunificada, con su corte de Mariposas Monarcas.
- El estatus de Suhidad Canina, que podría haserse una meca trilingüe abierta a todas las especies basada en un renacimiento espiritual del Amor del Can Dios...
- El movimiento de Black Bear Lives Matter, que podría impulsar el fin de la práctica de cazar animales indígenas...
- El estatus del inmigranimal, a quién se le podría otorgar la plena suhidadanía a partir de la eliminasión de la antigua superrioridad cuadrúpeda y la nueva superrioridad bípeda.

¡A mí me encantará empezar a trabajar en Fauna 2!

Y además, está en la etapa de planificasión la FaunaGuía en español e inglés. Esta Guía fue concebida en un principio para acompañar Fauna: En un principio. Para llegar más allá, los estudiantes de enscritura creadiva en poesía o narradiva podrán usar diversas partes de Fauna como base para la creación o la críptica litteraria. Lo que busco lograr con la FaunaGuía es poder proporcionar ideas y recursos para los educadores que quieran aprovecharse de Fauna para sus lexiones. Espero estimular una reflexión sobre diferentes maneras de enseñar textos de lenguaje doble en cursos de litteratura y/o idioma presentados en una lengua (o dos). Ha sido uno de mis objetivos de Fauna a lo largo de su trayectoria, de compartir lo que han significado para mí la lectura, la enscritura, la traduxión y el aprendizaje de lenguas, hacia los tres públicos: español monolingüe, inglés monolingüe, y bilingüe en español e inglés. Si consigo dejar una huella lingüística positiva en el mundo, habré alcanzado mi meta.

We shall see.

ENDEX

FÍNDICE

Paso	Pág.	Commentarios sobre Fauna y lo destacado
1	ØA	Realmente me encanta esta página, tal vez más que cualquier otra. Representa una evolución de fauna hacia F A U N A. La presentasión del título en español con puras letras mayúsculas, como F A U N A, y con un espacio entre cada letra, no existe en inglés que yo sepa. Yo descubrí y compré varios libros con títulos así en Guadalajara (México). Para mí está página (ØA) tiene una temática de proceso, de evolución, de cambios incrementales, y es una temática exelente para un libro sobre animales. El libro también tiene su origen: fauna se refiere a los animales, Fauna se refiere a la diosa romana de los animales, y F A U N A es un título de un libro sobre los animales (y más). Me gusta la forma de la evolución de fauna hacia F A U N A, parece un río, serpiente o camino. Así tiene un referente natural. Hase resaltar la forma, y la manera en que esa forma se enlaza con el sentido. ¿Cuál es el sentido de «Fauna»? También me gusta la manera en que se explora la palabra Fauna dividida en partes, en fragmentos. Esta página es una oportunidad para empezar a pensar en los componentes de las palabras—como las letras son bloques usados para construir la forma mayor y el significado.
Ø	ØH-ØI	Estas páginas representan la razón de ser de Fauna, y un giro. En nuestro Taller de Narrativa en la Escuela de Enscritores SOGEM (ZOOGEM) nos asignaban tareas cada semana de escribir un cuento nuevo con temas diferentes. Yo escribía muy poco, generalmente. En una clase, escribimos diez palabras que detestábamos y Caro Aranda nos pidió luego escribir un texto que contendría esas palabras. Yo escribí dos versiones, una un intento más en serio, y la otra un párrafo estilo payaso. La versión 'humorística', según yo la llamaba, se entituló "El amor de las cucarachas". Creo que la tarea de escribir sobre los animales fue asignada el otoño de 1993 o en la primavera de 1994 (probablemente esta última). Los primeros escritos de Fauna surgieron a partir de una visión de un congresso de animales cuadrúpedos que tendría lugar en la casa del lobo (Wolf House) de Jack London en Glen Ellen, Alta California. Hay una versión temprana (y prematura) de Fauna preparada a finales de los años 1990 en mi estante de libros, lo poco que permanece de aquellas ideas. En la Fauna de ahora, las páginas ØH y ØI representan mi abordaje comunicadivo, en el que declaro algo con muy pocas palabras sin explicar todo claramente, más bien resumiendo, de forma más o menos divertida. El giro es que en algún momento llegué a la conclusión que los animales no escribirían (salvo los primates), y más bien rasguñarían, picotearían, hilarían, etc., con garras, picos o hilando telarañas. Y los primates, o sea los animales que tenían manos, no escribirían exactamente, sino 'enscribirían'. Enscribir, según yo lo he imaginado, es una combinación de escribir e inscribir. En la página ØI el texto está 'enscrito' en la forma del círculo, o casi círculo, allí.
8	ØW-ØX	Estas dos Introduxiones gemelas juegan con la traduxión palabra por palabra, nos recuerdan de los cognados que existen en español e inglés, y retoman la temática de la evolución ("mutachones"). ¿Qué es Fauna aquí? «Fauna es un título, Fauna es un texto». Título poco común, por lo menos en su forma y presentación, y texto poco común también.

Step	Page(s)	Highlights of Fauna/Commentary, Oh

A 1C-1D These were originally conceived of as the short story titles that would make up the anthology that Fauna was supposed to become. Some of the titles have been adjusted slightly over the years but not many and not much. It was probably in 2005 that I threw up my arms (forelegs?) and desided to creade shape poems for the titles, calling them short stories. So they were. It was a burst of creadivity. At this time Fauna had domino page numbers, and each grouping of 37 pages was supposed to be a chapter (I can't remember if they were steps yet). That is why the current step F is around 36 or 37 pages. I liked how the titles sounded, and I was more interested in having titles that pleased me aesthetically than having stories to go with them.

B 1F SUB títulos and sub TITLES. Along the same lines, this is a bilingüal page, which I find attractive: simple yet elegant. There are two words, one English and one Spanish, which in turn are broken up into two parts each. I had not made the connexion, but I am making it now, between this page and the Introduxions on pages ØW and ØX. The 'prefix' SUB is a part of both subtitles in English and subtítulos in Spanish; titles and títulos are cognades. It expresses what is to come: titles and subtitles, which are intertwined like the capitalized SUB below and the capitalized TITLES above. Subtitles in the video sense, because this is NON-Film Noir, and subtitles in the book sense, where subtitle means under the title.

B 1G-1N The actual subtitles that follow are also favorites. In general, more so than merely feeling satisfied with a given 'sub title,' I am satisfied even more by the translasions. These were creaded early on, were shared with the Narrative class at the SOGEM (ZOOGEM) in 1994, and caused a round of laughter and general approval. At that time there were two pairs of pages of 9 minibooks each. Later I removed two of the minibooks/subtitles, and set up the current layout where we begin with 1 pair of subtitles, double to 2, double again to 4 (two by two), and end with 9 (three by three). My favorite is the Road to Rattlesnake Heaven. My most impactful experience with rattlesnakes was when I was 6 years old hiking in with my father and company to his cabin at Mt. Baldy. My father and another hiker saw two rattlesnakes, one on each side of the road, and felt fairly certain that another boy and I, who were hiking after my dad and ahead of my mom, would not see them and could be in danger. The snake on the right must have left, because when the other boy and I arrived my father had cornered the snake on the left under a rock (which we called Rattlesnake Rock, and became the inspirasion for 'Rattlesnake Rocky' on page 1C). Someone pulled out a tape recorder and began to record the sound of the rattles which were rattling vigorously. My father's glasses fell off and landed right in front of the snake. This was one of my most memorable childhood memories of my father and the fauna in our life.

B 1P-1Q I really like this crossword style layout of 'THE END,' where you can see on the left various combinasions, THE FIN, ELF, LE FIN, EL FIN, THE END, and on the right, just the word EL. The shape makes me think of a bird, flying off.

C 1R-1S These pages harken back to pages ØB and ØC, where writer's block is introdused as a theme, and 'block' in English is transladed three ways: Bloc (literal, means a writing pad), Bloque (meaning a building block), and Bloqueo (meaning blockage, as in writer's block). I like how on the left the whole page is like a block, and then on the right it's a different kind of block, not as blockish, showing how translasion cannot always maintain the form or the meaning.

C N/A 'This page has been intensionally left blank, in English.' This feels like the ultimade irony and paradox: If it is left blank, why is it blank in English?

C 2Ø My favorite part of this sexion is the last three lines on this page: 'At ten o'clock, world istory, at eleven o'clock the 'other' world history, and at twelve o'clock, what was missing from world hisstory.'

Paso	Pág.	Commentarios sobre Fauna y lo destacado

A   1C-1D   Estos títulos fueron concebidos, en un principio, como los títulos de los cuentos que formarían la antología imaginada de Fauna. Algunos de los títulos se han modificado un poquito con el transcurso de los años, pero no muchos, y no mucho. Más o menos en 2005 yo me di por vencido y resolví crear poemas concretos para los títulos, e igual llamarlos cuentos. Así eran. Fue una explosión de creadividad. A aquellas alturas Fauna contaba con enumeración de páginas al estilo dominó (6 x 6 arriba, 6 x 6 abajo). Cada agrupación de 37 páginas tendrían que formar un capítulo (no me acuerdo si ya se llamaban pasos). Por eso el Paso F actual cuenta con 36 ó 37 páginas. A mí me gustaban cómo los títulos sonaban, y a mí me interesaba más tener títulos que me agradaban por su estética que tener cuentos para acompañarlos.

B   1F   SUB títulos y sub TITLES. Igualmente, esta página es bilingüe y atractiva, sencilla mas elegante. Hay dos palabras, una en inglés y una en español, las cuales a su vez se han separado en dos partes cada una. Sólo ahora me doy cuenta de la conexión entre esta página y las Introduxiones de las páginas ØW y ØX. El «prefijo» SUB es parte de subtitles y subtítulos, y títulos y titles son cognados. Se expresa lo que ha de venirse: títulos y subtítulos, que son entrelazadas como la mayúscula SUB de abajo y la mayúscula TITLES arriba. Son subtítulos en el sentido de un video, porque es NON-Film Noir, y subtítulos en el sentido de un libro, en que subtítulo significa bajo el título.

B   1G-1N   Y también son favoritos los subtítulos que siguen. Por lo general, más que apenas sentirme contento con un «sub título» dado, me siento satisfecho aun más con la traduxión. Estos se crearon poco después de empezar a enscribir Fauna, y se presentaron en la clase de Narrativa en el SOGEM (ZOOGEM), provocando risa vigorosa y aprobasión generalizada. En aquella época había dos pares de páginas con 9 minilibros cada una. Más adelante removí dos de los minilibros/ subtítulos, y diseñé el formato actual en el que se comienza con un par de subtítulos, se dobla a 2, se doble otra vez a 4 (dos por dos), y se acaba con 9 (tres por tres). Mi favorito es la Vía dolorosa para los cascabeles. La experiensia personal que más me dejó un impacto fue a los 6 años en una caminata con mi padre y algunos compañeros de él, con el destino de la cabaña que él tenía en el Monte «Baldy» (Pelón). Mi padre y otro compañero vieron dos cascabeles, uno a cada lado del camino, y tenían la certeza de que otro niño y yo que los seguíamos no nos daríamos cuenta y correríamos peligro. Mi imagino que la culebra al lado derecho se había ido ya, porque cuando llegamos mi padre había podido empujar la de la izquierda hasta querer esconderse bajo una roca (la que llamamos la Roca del Cascabel, que llegó a ser la inspirasión del título «El torero de cascabeles» (en inglés, Rattlesnake Rocky). Alguien sacó una grabadora de casettes y empezó a grabar el sonido de los cascabeles que se sacudían con vigor. Los anteojos de mi padre se le cayeron y quedaron justo en frente de la culebra. Esta memoria ha sido una de las memorias grabadas más profundamente dentro de mí entre esos tiempos con mi padre y la fauna de nuestras vidas.

B   1P-1Q   Me encanta la presentasión estilo palabras cruzadas de «EL FIN»/«THE END», en donde puede uno ver a la izquierda varias combinaciones, THE FIN, ELF, LE FIN, EL FIN, THE END, y a la derecha, nomás la palabra EL. Las formas me recuerdan de aves, en vuelo.

C   1R-1S   Estás páginas se remontan a las páginas ØB y ØC, en dónde la temática del bloqueo del enscritor se presentó por primera vez. «Block» en inglés se traduxe con mínimo tres palabras: bloc (traduxión literal), bloque, y bloqueo. Me gusta como la página en inglés forma un bloque, y que en español no es un bloque puro (no es tan «blocoso»). Así demuestra que la traduxión no siempre mantiene la forma ni un sentido único del original.

C   N/A   «Esta página se ha dejado en blanco a propósito, en español». Parece ser la ironía y paradoja máximas: Si está en blanco, ¿por qué está en blanco en español?

C   2Ø   Mis frases favoritas de esta sexión son las últimas tres frases de la página: «A las diez, la istoria universal; A las once, la otra historia universal; A las doce, todita la gistoria universal».

D	2G	This is one of my favorite Spanish pages. In this sexion I wanted to list charactors under 'persoñajes de la cobra'/'personajes de la obra.' I imagined the 'she-snake' taking on roles in a play. So these charactors would be played by her. If I remember right, this all began with 'La Faunona.' There are connotasions there to explore. Then there is 'La Faunísima,' which I know will not seem legitimade to many Spanish speekers, since Fauna is not an adjective. One of the main themes of Fauna is that language is malleable, and Fauna is about as far from convensional as you can get. Is Fauna wedded to standard Spanish?

What I was really getting at by using the 'male' and 'female' shapes was the idea that, just as animals can be anthropomorfized, so people can take on qualities of animals (animalized?). Certainly we can see people as animals. What are the connotasions of 'Fauna' in terms of being animal-like? As mensioned above, I want to explore connotasions.

When I listed Faunita 1, Faunita 2, Faunita 3, I was thinking of plays where they list charactors like that, 1, 2, 3. I liked the way Faunita evoked names. So when I wanted to talk about the first animal in the story 'In a beginning,' which comes next, it was only natural to have the first animal be Faunita 1 (or as it turned out, Faunita Zero). A nugget from one part of Fauna may be expanded upon or otherwise reappear later in Fauna.

E	2P-2R	'In a beginning, there is no translasion.' Is this really true, or, as I say later, everything is a translasion, and we are all translasions of translasions forever? Is there really a beginning?

In the end, we have 'Original Fin.' Here, beyond its literal meaning, Fin could refer to the end, or it could be evoking 'Sin,' since Original Sin as a theological concept or doctrine was born in the book of Genesis. And in Spanish, it was Pecado Original, evoked by Pescado Original, the original fish, or fished original.

F	39	Back to images in the shape poems I call 'short, short, short stories:' On page 39, I feel great satisfaxion with the enlarged letter C, just looking at its form. It is a perfect vessel to represent a cave. I also really like the titles on 39 and 3A, and how they translade each other.
F	3L-3M	This was inspired by my father's property on Lost Ranch Way outside of Rustic Snowy Saw Village. I imagined him being lonely there, lonely as a rattlesnake, but I think I was projecting, and actually I felt the loneliness in his absense.
F	3Q-3R	I like these ultimade Scrabble pages, with Tic Tac Toe. I don't know how I came up with this. What processes were operading as I came up with page 3Q first, and much later, 3R?
G	3Y-3Z	Here I think we can see the core of Fauna: "pan pan panning for a nugget get get" in Pun-American River. The imagery of gold country, and the hisstory of the American River, were foundasional for me. Then in Spanish, 'Mi río' instead of 'Me río,' I laugh at all of America.
H	4E-4F	The vote has been extended to all animals, as long as they vote for a quadruped. Faunaesque. In this sexion some of the most important laws are seen through animal eyes in a country dominaded by quadrupeds.
H	4I-4J	The Bark-Only Movement (see page 3W) was based, of course my horse, on English-Only. Animals must bark fluently in any communicasions with the Four-Legged Government. This is logical in a dogocrasy.

Paso	Pág.	Commentarios sobre Fauna y lo destacado

D   2G

Esta es una de mis páginas favoritas en español. En esta sexión yo quería haser una lista de «los persoñajes de la cobra»/«los personajes de la obra». Me imaginaba una obra de teatro con varios papeles para «la cobra». Creo que lo que inventé primero fue el papel de «La Faunona». Hay que explorar las connotasiones. Luego viene «La Faunísima», invensión anti-gramatical pero aceptable en mi Fauna poco convensional. Yo ruminaba sobre las posibles connotasiones de varias derivasiones de «Fauna» para describir a personajes femeninos.

Yo quería presentar formas femeninas y masculinas, bajo la idea de que, al igual que se puede antropomorfizar los animales, se puede usar las cualidades de los animales para describir a las personas (¿animalimorfizarlas?). ¿Cuáles son las connotasiones de «Fauna» en términos de ser animalístico. Cabe repetirlo: quiero explorar las connotasiones.

Cuando enumeraba los personajes Faunita 1, Faunita 2, Faunita 3, me imaginaba cómo las obras de teatro listan los personajes así, 1, 2, 3. Me gustaba la manera en que «Faunita» evocaba los nombres. Así que al querer hablar del primer animal en la gisstoria «En un principio», que sigue, resultaba completamente natural nombrar al primer animal Faunita 1 (o al final, Faunita Cero). Un pedasito de oro de una parte de Fauna puede reciclarse más adelante en otro contexto totalmente diferente.

E   2P-2R

«En un principio, la traduxión no existe». ¿De veras es así? O como se dice después, ¿sería que «Todo es una traduxíon, y somos todos traduxiones de traduxiones para siempre»? ¿Realmente existen los principios de las cosas, o el principio es siempre una ilusión?

Al final, tenemos en inglés «Original Fin» y en español «Pescado Original» Sin, que rima con Fin, significa Pecado, que rima con Pescado. El Pecado Original es un concepto teológico nacido en el libro del Génesis. Para mí, Pescado Original me hase pensar en Original Pescado.

F   3A

Volvamos a las imágenes de los poemas concretos que he denominado «cuentos cortitititos». En la página 3A, me siento muy contento al ver la letra C grandísima. Es un símbolo perfecto de una cueva. Me gustan mucho los títulos de 39 y 3A, y cómo se traduxen mutuamente.

F   3L-3M

La inspirasión de estas páginas originó en el predio de mi padre en la brecha de Lost Ranch Way (el Camino del Rancho Perdido) en las afueras de la Aldea Nevada y Oxidada. Yo veía en mi mente a él estando allí, solitario como un cascabel. En verdad yo era el solitario, y más ahora, que él se ha partido.

F   3Q-3R

Me encantan estas palabras cruzadas a la Scrabble, también con ta te ti, 3 letras en línea. Primero concebí la 3Q, y años después, 3R. No sé ni me acuerdo cómo fue que lo concebí así.

G   3Y-3Z

Esta frase en inglés es el corazón de Fauna: «pan pan panning for a nugget get get». Significa buscar el oro, en este caso en Mi Río de Toda América. Simbólicamente, evoca «pun pun punning for a nugget get get», que habla de haser juegos de palabras o alburrear, buscar el «oro» en el corazón del lenguaje figurado.

H   4E-4F

El sufragio se ha extendido a todos los animales, con tal de que voten a un cuadrúpedo. Es faunaesca. En esta sexión, varios de las leyes importantes se ven con ojos animales en un país dominado por los cuadrúpedos.

H   4I-4J

El Movimiento Ladrayladra (véase la pág. 3W) se basaba en el «English-Only», o sólo inglés. Los animales deben ladrar con fluidez al comunicarse con el gobierno cuadrúpedo.

Step	Page(s)	Highlights of Fauna/Commentary, Oh

I   51-52   When I was hiking with my father while he was teaching natural hisstory, whenever a turkey vulture appeared above us, he would call out, "TV! Look alive!" So here I am remembering that, and making a connexion to television which was implicit in my father's call out.

I   55-56   Referring back to page 3W, I conceived of P. Pinchy Dober-Man's 3 word constitusion: Vote for me! That was the entire constitusion, Vote for me! It would simplify things greatly for simplistic animal sittizens. Come to think of it, it would be appropriade for the elefant Doughnuttle Trunk. Reduse the constitusion to raw power, claimed to be the will of the animals. This did not make it into Fauna 1, so we will have to take it up in Fauna 2.

I   59-5A   The Casting Quest-gen-aire. "How many legs do you think you have?" I was imagining the charactors of Fauna audisioning for parts in a faunal TV show or movie. For me this sexion stimulades quest-genning about how animals are presented on the screen, animaded or otherwise.

I   5B-5C   The Pledge of Obediense. This could lead to a fruitful discussion about why an animal would stand and recite the Pledge or not. What does it mean to four-legged animals? Two? Snakes?

J   5H-5I   In this sexion Marchín Kingsnake is taken prisoner, and I fail to rescue him here, a great shortcoming on my part. He is a nadive animal, a reptile, has no status because he does not have four legs, and his red colored bands seem to simbolize commune nest tendensies. Not to mension common prejudices against snakes. In fact, I could see animals who believe he represents them or their social group protesting and arguing that I should choose another animal to play this part in Fauna. I tend to find lingüistic or simbolic connexions and try to exploit them (is exploit another unfortunade word to use here?). What I mean is I want to see where such connexions lead. So we start with a kingnsake. This is my favorite species of snake. I do not have any prejudices against snakes. Going back in hisstory, back again to the beginning, to Genesis, the snake is the bad guy par excellence. But it doesn't have to be that way. Snakes can be good, protagonists. The argument would be, that they are still snakes. You cannot make a snake good unless he (or she) is not a snake. I argue that here, the kingsnake is the ultimade good snake. It is not venomous. It is not a constrictor. A kingsnake is the perfect candidade to become a king. I stake my reputasion on it.

"And then you had to bring up reincarnasion, over a couple of beers the other night." becomes "And then you had to bring up reunificasion, with a couple of bears the other night." Perhaps I should not pursue this line of thinking, to avoid running a fowl of the four-legged authorities.

J   5O-5P   I really wish I had cast more cats in Fauna, and found a substansial role for the Purrsian Narradora Cat. Perhaps if there was more narrading? Something to explore in Fauna 2.

K   5Q-5R   That's how it starts: First you say only four-legged animals on your team. Then you say only four-legged animals of a certain color. Or you exclude female animals. Or you only allow mammals on your team. You see where this is going? Towards a dogocrasy, where dogs are privileged. But dogs are good, you say? So are other animals. Absolute power corrupts absolutely. Good dogs will share power with other animals. They share their privilege.

M   5U-5V   Speaking of how it starts: An exile without starts with an exile within, exile within before the exile without. The Independence Trail was my father's jewel near Rustic Snowy Saw Village. Yet exiled or upon return, independence is elusive. I know I'm not the only one.

Ñ   66-67   Do you believe the translador should be invisible? Or the translasion should be transparent? "... when the texts are placed side by side they turn opaque because their nature as translasions is undeniable." "I don't feel invisible, just a little fictisious, that's all."

Paso	Pág.	Commentarios sobre Fauna y lo destacado

I   51-52   Cuando yo caminaba con mi padre con sus clases de historia natural, y un zopilote aura aparecía en el cielo, mi padre llamaba, «TV! Look alive!» (¡TV! ¡Que te veas vivo!). Yo lo traduje de dos formas: ¡No te veas muerto! o ¡No te ve has muerto! Recuerdo esto con cariño.

I   55-56   Para volver a la página 3W, concebí la constitusión de 3 palabras de P.P. Dóber Man: ¡Vote a mí! Así era la constitusión entera, ¡Vote a mí! Sería todo mucho más fácil de entender para los suhidadanimales simples. También sería apropiado para el elefante Dona L. Trompa. La constitusión se reduse al poder crudo, supuestamente la voluntad de los animales. Como este tema no llegó a haserse parte de Fauna 1, tendremos que abordarlo en Fauna 2.

I   59-5A   El cuestionario del Casting. «¿Cuántas patas cree usted que tiene?» Yo visualizaba el casting de los persoñajes de un show de TV o película faunal. Para mí, esta sexión estimula cuestionamientos sobre la forma de presentar a los animales en la pantalla, de forma animada o de otra forma.

I   5B-5C   El Juramento de Obediensia. A partir de esto, se podría debatir sobre el por qué un animal se pondría de pie para declamar el Juramento, o no. ¿Qué significa para los cuadrúpedos? ¿Para los bípedos? ¿Para las culebras?

J   5H-5I   En esta sexión Machín Serpiente Rey es detenido como reo, y yo no lo rescato aquí, una verdadera tragedia que he provocado. Él es un animal nadivo, reptiliano, no cuenta con estatus legal porque sólo tiene... pues, no tiene patas. Más allá de eso, sus franjas coloradas parecen simbolizar tendensias comunnidoístas. Y aun más allá, es perjudicado por los prejuicios comunes en contra de las serpientes. De hecho, no me sorprendería si algunos animales que en teoría él los representaría reclamarían y argumentarían que yo debería escoger otro animal para tener su papel en Fauna. Yo suelo encontrar enlaces lingüísticos o simbólicos y aprovecharlos. Es decir, quiero ver hacia dónde tales enlaces conduxen. Así que empezamos con una serpiente rey. Viene siendo mi especie favorita de serpiente. No tengo prejuicios contra las serpientes. Si volvemos hase más tiempo, hasta el principio, hasta Génesis, la serpiente es el actor malo par excellence. Pero no tiene por qué ser así. Las culebras pueden ser los buenos, los protagonistas. El argumento en contra sería que, pues, siguen siendo culebras. Que no se puede haser buena una culebra a menos que ella (o él) no sea culebra. Yo argumento aquí que la serpiente rey es el animal más heroico y bondadoso. No es venenosa. No es constrictora. Una serpiente rey es la candidada perfecta para ser un rey, su nombre ya nos lo indica eso. Y sobre ser Rey de Vaporfornia Reunificada, hay una cansión de las Indigo Girls en inglés (confieso que cambié la letra un poquito):

    «Luego tenías que hablar de la reunificasión, con dos o tres osos la otra noche». Yo no debiera seguir por aquel camino de la reunificasión, a menos que quiera ser llamado traídor.

J   5O-5P   Me arrepiento de no haber escogido más gatas en el elenco de Fauna, con un papel bastante importante para la Gata Narradora. Necesitaría más narración. Veamos en Fauna 2.

K   5Q-5R   Empieza así: Primero se dice que se admiten únicamente cuadrúpedos en el equipo. Luego dicen que sólo los de sierto color, o sólo los mamí feros. O se excluyen las hembras. ¿Vean adónde vamos? Hacia la dogocrasia, de los caninos privilegiados. Pero los perros no son los únicos buenos y fieles. Hase falta compartir el poder y los privilegios con los demás animales.

M   5U-5V   ¿Y cómo empieza el exilio? Un exilio por fuera empieza con un exilio por dentro. El Camino de la Independensia fue la joya de mi padre, cerca de la Aldea Nevada y Oxidada. Sea en exilio o de vuelta, la independensia sigue siendo elusiva. Yo sé que no soy el único.

Ñ   66-67   ¿Piensa usted que el traduxtor debe ser invisible? ¿O que la traduxión debe ser transparente? «cuando los textos se yuxtaponen se vuelven opacos porque su naturaleza de traduxión no se puede negar». «no me siento invisible, tal vez un poco fictivo, nada más».

S   6I-6J   Before translating Hisstory of C, the last text I had red was "Every Animal Is A Species." The actual inspirasion for this last text was "Every Man Is A Race," by Mia Couto.

U   6O   The Appendix: Glossary, ¡Oh! This was one of the first parts of Fauna completed, where I began by making a list of all the important animals in my life, many of whom I witnessed in their natural habitat with my father in Vaporfornia. I saw the coyote and the coatis in el Bosque de la Primavera, near Guadalajara, Mexico. Hence Peyote Coyote and Coaty Mundy.

U   6P-6Q   The Bibliograffy, ¡Ah! This was written before I became conscious of how lopsidedly male the authors of these works were, with limited diversity. Nevertheless, these were authors who influensed me, and I do not think it makes sense to deny my hisstory. It would be interesting to research a more inclusive bibliograffy and spend some time reading some of those addisional books and stories with implications for Fauna before really getting into Fauna 2.

U   6T-6U   Geograffy. I feel this is really a key to understanding Fauna. Just like the Glossary, and the Bibliograffy, these real and imaginary places informed my childhood and more. Number one is definitely Pun-American River. The American River was where gold was discovered, the Rio Grande is a kind of border between Mexico and the U.S., and when something is Pan-American it encompasses the Americas, the original meaning of America. Pun-American is derived from all of these denotasions and their connotasions, including Un-American.

U   6Z-7Ø   This originaded in the Spanish 'argumento,' meaning 'plot.' So the plot becomes an argument in English, or several arguments. It was creaded very early on, definitely in the 1990's. These perceived conflicts permeade Fauna.

U   73-74   Lo, litterary! Oh! These are descriptions of text types which I imagined myself riting, mainly short stories, but also poems. Perhaps I need to think more broadly, and ask whether other riters will be inspired to follow this path and experiment with these dual language styles. I envision a new litterary meta-genre. One thing I really enjoy is imagining what could be done with two languages, beyond what can be done with only one. There's the recurring quest-gens about whether dual language texts can only be understood by bilingüal reeders, or whether there is a place for a monolingüal reeding. Can works with translasion playing a prominent role be axessible to monolingüal reeders? I believe they can. That is, I believe there is a place at the table for monolingüal reeders to discuss translasion, to quest-gen, to explore, to imagine.

U   79-7A   The Conclusion. This is one of my favorite pieces of Fauna. I know if you are a bilingüal reeder you have axess to this, but if you are monolingüal, or simply do not know one of the two languages, I hope you will give it a chance. If you have red this far, you already have.

Even if you cannot reed a foreign work in the original language, you may have axess to it through a translasion. It should be obvious that I want to promote translasion as a practice in every sense of the word. Will Fauna surpass and outlive its usefulness to me as an outlet for my lingüistic creadive urges, and will it gain traxion beyond lingüistic borderlands?

V   7B   Epilogue. This is a milestone. To continue it is necessary to end. Ironic, isn't it?

X   7N   The author was... El autor. Which word should be used to describe me, author or autor? This story is true. Do I have a baboon's heart? Should a baboon have given her heart to Baby Fae? Unwillingly? No informed consent given. In general, should animals be sacrificed to save lives or otherwise serve the interests of human beings? Should there be laboratory rats?

Y   7S   Last pages. Domino dominó: I have mastered dominoes. QED.

Z   7U   Back cover and the final page. Fauna descending a staircase in the nude. Figuradively.

Paso	Pág.	Commentarios sobre Fauna y lo destacado
S	6I-6J	El mundo sin geños (texto fictivo) fue inspirado por El mundo sin genios, por Rafael González-Aréchiga, Nauta Editores, México, 1993.
U	6O	El apéndixe: Glossary, ¡Oh! Fue una de las primeras hojas de Fauna que terminé. Comenzé haciendo una lista de todos los animales importantes de mi vida, muchos de los cuales observé en su hábitat natural con mi padre en California. Vi el coyote y los tejones en el Bosque de la Primavera, cerca de Guadalajara, Jalisco. Coyote Peyote y la Tejonísima.
U	6P-6Q	La Bibliograffy, ¡Ah! Fue escrita antes de que yo estuviera consciente de lo desequilibrado era tener únicamente autores masculinos, y sin diversidad además. Sin embargo, fueron los autores que yo había leído, y no veo motivo de negarlo. Sería interesante recopilar una bibliografía más incluyente y pasar algún tiempo leyendo más de esos libros y cuentos adisionales con implicaciones para Fauna, antes de entrar plenamente en Fauna 2.
U	6T-6U	Geograffía. Creo que es una clave para comprender Fauna. Igual que el Glossario, y la Bibliograffía, estos lugares reales e imaginarios informaron mi niñez y más. El que más sobresale, claro, es Mi Río de Toda América. Número uno. En el Río Americano descubrieron el oro que provocó la fiebre del oro. Otro río, el Río Bravo, sirve de frontera México/EE.UU. En inglés juego con «pun» y «pan» de Panamericano. Podría ser Mi Río Panamericano, pero pierde la ironía. También «Un-American», o antiamericano, es evocada en inglés. Se pierde mucho, ni modo.
U	6Z-7Ø	Estas páginas tuvieron origen en el español, «argumento» con su sentido litterario, discussión (del inglés «argument»). En inglés es «Argument, Toss» («argumentos»). Creé esto muy temprano, en los 1990. Y los conflictos enumerados aquí permean Fauna.
U	73-74	¡Lo litterario! Estas son descripsiones de clasificasiones de textos que yo me imaginaba enscribir, principalmente cuentos, pero también poemas. Tal vez vale a pena pensar de forma más amplia, y preguntarme si otros enscritores se van a inspirar a seguir este camino y experimentar con estos estilos duo-lingüísticos. Puedo visualizar un nuevo meta-género litterario. Me encanta visualizar lo que somos capaz de crear con dos idiomas. Existe el cuestionamiento recurrente sobre los textos en dos idiomas, que si hay que saber los dos idiomas para poder entenderlos, o si puede haber lecturas monolingües también. ¿Cómo funciona con obras que se tratan de la traduxión? ¿Son axessibles por los monolingües? Yo pienso que sí. Creo que hay un lugar en la mesa para que los lectores monolingües discutan los temas de la traduxión, que cuestionen, que exploren, que imaginen.
U	79-7A	La Conclusión. Es una de mis «piezas» favoritas de Fauna. Si usted es lector bilingüe, tiene axesso a todo esto, mas si usted es monolingüe, o no sabe uno de los dos idiomas, espero que vea esto con una mente abierta. Si ha leído hasta aquí, parece que ya tiene una mente abierta.
		Aunque no se puede leer una obra extranjera en el idioma original, podría tener axesso a la obra através de una traduxión. Obviamente, yo quiero fomentar la traduxión y su práctica en todos los sentidos de la palabra. No sé si Fauna sobresaldrá su utilidad para satisfaser mis ganas creadivas. ¿Ganará terreno más allá de los mundos fronterizos de la lingüística?
V	7C	Epílogo. Es un hito. Para continuar será nesesario acabar. ¡Qué ironía! ¿No?
X	7N	El author era... El autor, El autor era... El author. ¿Cuál de las dos palabras he de usar para describirme? Esta es una hisstoria verdadera. ¿Cuento con el corazón de una babuina? ¿Estuvo bien éticamente sacrificar una babuina para experimentar con un bebé, «Baby Fae»? Ni siquiera hubo consentimiento informado. ¿Y las ratas de laboratorio? Sin derechos.
Y	7S	Últimas páginas. Domino dominó: He domado dominó. QED.
Z	7U	Cubierta trasera y la última página. Fauna descendiendo escalera desnuda. Figuradamente.

About the Author

The author was...
The autor.

7N.

En cuanto al autor

El autor era...
El author.

7Ñ.

About the Autor

The autor was born on election day in 1967.

About the Autor

The autor was born on election day in 1967. Due to his premature birth, he was kept in an incubador, ah, until

About the Autor

The autor was born on election day in 1967. Due to his premature birth, he was kept in an incubador, ah, until he was ready to leave the

About the Autor

The autor was born on election day in 1967. Due to his premature birth, he was kept in an incubador, ah, until he was ready to leave the hospital. Years later, at the same hospital in Loma Linda, Alta California, another baby would be

About the Autor

The autor was born on election day in 1967. Due to his premature birth, he was kept in an incubador, ah, until he was ready to leave the hospital. Years later, at the same hospital in Loma Linda, Alta California, another baby would be the first human being to receive a transplanted heart

En cuanto al author

El author nació el día de sufragios de

En cuanto al author

El author nació el día de sufragios de 1967. Debido a su nacimiento prematuro, lo mantuvieron en incubadoras hasta que

En cuanto al author

El author nació el día de sufragios de 1967. Debido a su nacimiento prematuro, lo mantuvieron en incubadoras hasta que estuvo listo para dejar el hospital.

En cuanto al author

El author nació el día de sufragios de 1967. Debido a su nacimiento prematuro, lo mantuvieron en incubadoras hasta que estuvo listo para dejar el hospital. Varios años después, en el mismo hospital de Loma Linda, Alta California, otra bebé sería

En cuanto al author

El author nació el día de sufragios de 1967. Debido a su nacimiento prematuro, lo mantuvieron en incubadoras hasta que estuvo listo para dejar el hospital. Varios años después, en el mismo hospital de Loma Linda, Alta California, otra bebé sería el primer ser humano que recibió un corazón trasplantado

from a
BABOON.

7Q.

de una
BABUINA.

7R.

```
D  D  D  D  D  D
D  O  O  O  O  O
D  O  M  M  M  M
D  O  M  I  I  I
D  O  M  I  N  N
D  O  M  I  N  O
```

```
D  O  M  I  N  Ó
O  O  M  I  N  Ó
M  M  M  I  N  Ó
I  I  I  I  N  Ó
N  N  N  N  N  Ó
Ó  Ó  Ó  Ó  Ó  Ó
```

Z	H	I	J	K	L
Y	G	5	6	[7]	M
X	F	4	1	8	Ñ
W	E	3	2	9	Ñ
V	D	C	B	A	O
U	T	S	R	Q	P

Z	H	I	J	K	L
Y	G	5	6	7	M
X	F	4	1	8	Ñ
W	E	3	2	9	Ñ
V	D	C	B	A	O
U	[T]	S	R	Q	P

Fauna:

Hiking Book

When I was a cub, some cows came into our back yard to visit us.

The Bear Who Transladed Fauna

This is really about animals like you and me.

The Bio Logical Psychologist

I'm still jawing, and I'm still standing. I love our trees.

Bolshevik Beaver, a few years ago

All pigs are equal, but some pigs are more equal than others.

Orwell's pigs, plagiarized a century from now

Hiker, there is no trail to follow.
You make a trail when you hike.

Antonio Machado, paraphrased

7U

F A U N A :
LIBRO ANDANTE

Un día, cuando yo era cachorro, unas vacas nos visitaron en el patio.

El oso que traduxo Fauna

Se trata de animales, animales como todos nosotros.

La sicóloga bio lógica

Sigo mandibulando. No me han derrumbado todavía.
Me encantan nuestros árboles.

Fidel Castor, hase algunos años

Todos los puercos son iguales,
pero algunos son más iguales que los demás.

Los puercos de Orwell, plagiados en el siglo 22

Caminante, no hay camino. Se hase camino al andar.

Machado, sitado por Serrat

Fauna: F

A

U

N

A

Made in the USA
Las Vegas, NV
27 January 2024

84858591R00164